文
景

———————

Horizon

社 科 新 知　文 艺 新 潮

去往第九王国

[奥地利] 彼得·汉德克 著

韩瑞祥 主编

韩瑞祥 译

上海人民出版社

编者前言

　　彼得·汉德克（Peter Handke，1942—　　）被奉为奥地利当代最优秀的作家，也是当今德语乃至世界文坛始终关注的焦点之一。汉德克的一生可以说是天马行空独来独往，像许多著名作家一样，他以独具风格的创作在文坛上引起了持久的争论，更确立了令人仰慕的地位。从 1966 年成名开始，汉德克为德语文学创造出了一个又一个奇迹，因此获得过多项文学大奖，如"霍普特曼奖"（1967 年）、"毕希纳奖"（1973 年）、"海涅奖"（2007 年）、"托马斯·曼奖"（2008 年）、"卡夫卡奖"（2009 年）、"拉扎尔国王金质十字勋章"（塞尔维亚文学勋章，2009 年）等。他的作品已经被译介到世界许多国家，为当代德语文学赢来了举世瞩目的声望。

　　汉德克出生在奥地利克恩滕州格里芬一个铁路职员家庭。他孩童时代随父母在柏林（1944—1948）的经历，青年时期在克恩滕乡间的生活都渗透进他具有自传色彩的作品里。1961年，汉德克入格拉茨大学读法律，开始参加"城市公园论坛"的文学活动，成为"格拉茨文学社"的一员。他的第一部小说《大黄蜂》（1966）的问世促使他弃学专事文学创作。1966年，汉德克发表了使他一举成名的剧本《骂观众》，在德语文坛引起空前的轰动，从此也使"格拉茨文学社"名声大振。《骂观众》是汉德克对传统戏剧的公开挑战，也典型地体现了20世纪60年代前期"格拉茨文学社"在文学创造上的共同追求。

就在《骂观众》发表之前不久，汉德克已经在"四七社"文学年会上展露锋芒，他以初生牛犊不怕虎的精神严厉地批评了当代文学墨守于传统描写的软弱无能。在他纲领性的杂文（《文学是浪漫的》，1966；《我是一个住在象牙塔里的人》，1967）中，汉德克旗帜鲜明地阐述了自己的艺术观点：文学对他来说，是不断明白自我的手段；他期待文学作品要表现还没有被意识到的现实，破除一成不变的价值模式，认为追求现实主义的描写文学对此则无能为力。与此同时，他坚持文学艺术的独立性，反对文学作品直接服务于政治目的。这个时期的主要作品有剧作《自我控诉》（1966）、《预言》（1966）、《卡斯帕》（1968）、诗集《内部世界之外部世界之内部世界》（1969）等。

进入70年代后，汉德克的创作在"格拉茨文学社"率先从语言游戏及语言批判转向寻求自我的"新主体性"文学。标志着这个阶段的小说《守门员面对罚点球时的焦虑》（1970）、《无欲的悲歌》（1972）、《短信长别》（1972）、《真实感受的时刻》（1975）、《左撇子女人》（1976）分别从不同的角度，试图在表现真实的人生经历中寻找自我，借以摆脱现实生存的困惑。《无欲的悲歌》开辟了70年代"格拉茨文学社"从抽象的语言尝试到自传性文学倾向的先河。这部小说是德语文坛70年代新主体性文学的经典之作，产生了十分广泛的影响。

1979年，汉德克在巴黎居住了几年之后回到奥地利，在萨尔茨堡过起了离群索居的生活。他这个时期创作的四部曲《缓慢的归乡》（《缓慢的归乡》，1979；《圣山启示录》，1980；《孩子的故事》，1981；《关于乡村》，1981）虽然在叙述风格上发生了很大的变化，但生存空间的缺失和寻找自我依然是其表现的主题；主体与世界的冲突构成了叙述的核心，因为对汉德克来说，现实世界莫过是一个虚伪的名称，丑恶、僵化、陌生。他厌倦这个世界，试图通过艺术的手段实现自我构想的完美世界。

从80年代开始，汉德克似乎日益陷入封闭的自我世界里，面对社会生存现实的困惑，他寻求在艺术世界里感受永恒与和谐，在文化寻根中哀悼传统价值的缺失。他先后写了《铅笔的故事》（1982）、《痛苦的中国人》（1983）、《去往第九王国》（1986）、《一个作家的下午》（1987）、《试论疲倦》（1989）、《试论成功的日子》（1990）等。但汉德克不是一个陶醉在象牙塔里的作家，他的创作是当代文学困惑的自然表现：世界的无所适从，价值体系的崩溃和叙述危机使文学表现陷入困境。汉德克封闭式的内省实际上也是对现实生存的深切反思。

进入90年代后，汉德克定居在巴黎附近的乡村里。从这个时期起，苏联的解体，东欧的动荡，南斯拉夫战争也把这位作家及其文学创作推到了风口浪尖之上。从《梦幻者告别第九王国》（1991）开始，汉德克的作品（《形同陌路的时刻》，1992；《我在无人湾的岁月》，1994；《筹划生命的永恒》，1997；《图像消失》，2002；《迷路者的踪迹》，2007等）中到处都潜藏着战争的现实，人性的灾难。1996年，汉德克发表了游记《多瑙河、萨瓦河、摩拉瓦河和德里纳河冬日之行或给予塞尔维亚的正义》批评媒体语言和信息政治，因此成为众矢之的。汉德克对此不屑一顾，一意孤行。1999年，在北约空袭的日子里，他两次穿越塞尔维亚和科索沃旅行。同年，他的南斯拉夫题材戏剧《独木舟之行或者关于战争电影的戏剧》在维也纳皇家剧院首演。为了抗议德国军队轰炸这两个国家和地区，汉德克退回了

1973 年颁发给他的毕希纳奖。2006 年 3 月 18 日，汉德克参加了前南联盟总统米洛舍维奇的葬礼，媒体群起而攻之，他的剧作演出因此在欧洲一些国家被取消，杜塞尔多夫市政府拒绝支付授予他的海涅奖奖金。然而，作为一个有良知的作家，汉德克无视这一切，依然我行我素，坚定地把自己的文学创作看成是对人性的呼唤，对战争的控诉，对以恶惩恶以牙还牙的非人道毁灭方式的反思："我在观察。我在理解。我在感受。我在回忆。我在质问。"他因此而成为"这个所谓的世界"的另类。

　　世纪文景将陆续推出九卷本《汉德克文集》，意在让我国读者来共同了解和认识这位独具风格和人格魅力的奥地利作家。《去往第九王国》卷收录了汉德克 1986 年发表的长篇小说《去往第九王国》。

　　上世纪 80 年代是汉德克面临种种危机而苦苦思索的时期，既有对文学感知孜孜不倦的探索，也有对生存困惑的深层思考。这一切都以汉德克独有的方式深深地渗透到他这个时期的作品中。小说《去往第九王国》正是这种思考最闪亮的结晶，也代表着汉德克创作的又一个高潮。

　　小说《去往第九王国》集汉德克迄今叙述之大成，从篇幅、结构和叙事方式来看，它是作者对宏大叙事前所未有的尝试。这部小说秉承了作者根本的审美原则，融历史回忆和现实思考于一体，又吸收了传统的家庭和成长小说的诸多因素，并且与叙事问题相互交织，相辅相成，形成了一幅结构独特层次分明张弛有致的叙事画面。

这部小说的叙述通过多层交织的回忆展现了作者对现实生存的感知和反思。"我追寻着失踪的哥哥的足迹，来到了耶森尼克。二十五年过去了，或者就是一天"，小说就这样开始了主人公菲利普·柯巴尔的经历、回忆和叙述之旅。四十五岁的菲利普·柯巴尔既是小说叙述者，又是小说被叙述的中心人物。作为叙述者，二十五年前去往斯洛文尼亚的寻根旅程构成了他回忆的中心，而在这个回忆与反思交融的叙事框架中，又嵌入了青年柯巴尔对童年的回忆。在这里，被叙述的时间呈现为三个层面，相衬相映，水乳交融，形象地勾画出了叙述者人生的三个发展阶段，形成了一个意味深长的现代人成长模式。在现实感知中，叙述者才有能力以匠心独运的叙述方式来重现过去"一部纷乱无序的史诗"，因为"这个二十岁的年轻人所经历的一切，还不是什么回忆……对我来说，回忆并不是什么随随便便地回首往事，而是一种正在进行的行为，而这样的回忆行为赋予所经历的东西地位，体现在使之生存下去的结果中，体现在叙述里，它可以一再传递到尚未完结的叙述里，传递到更伟大的生活中，传递到虚构中"（《去往第九王国》）。因此可以说，在汉德克的笔下，小说多线穿行错落有致的回忆流成为叙述者反思现实的精神空间。

这部小说分为三个部分，其标题分别是"盲窗"、"空空如也的山间小道"和"自由热带稀树草原与第九王国"。这些神秘的标题正是小说密码似的叙述象征。小说第一部分回忆和描述了叙述者1960年夏天离开家乡前往斯洛文尼亚的旅行。伴随着追寻失踪的哥哥的踪迹，叙述者回首自己童年和青年时期的一幕幕被感受为恐惧的经历，异乎寻常的感觉，陌生无助的氛围始终是主人公心灵上挥之不去的生存阴影。菲利普的这种认同困惑源于其家庭出身：作为"奴仆部落"，柯巴尔家族世世代代生活在流亡中。语言也与这个家庭的生存危机形影相伴，世代相传的斯洛文尼亚语与作为"敌对民族"语言的德语形成对立。这种缺少尊严和自主的生存也感染了这个小儿子；菲利普与父亲、病入膏肓的母亲和那个智障姐姐处在一种矛盾重重的状态中。在学校里，他孤立无助，放弃了参加中学毕业旅行，只身前往那个祖先的国度。在这个过程中，一个个"盲窗"成为主导这个旅行者感受生存的标志，因为在菲利普看来，它们成为一种"友好的象征"。

小说第二部分表现了菲利普的寻根之旅也是走上叙述

之旅。对主人公来说，既陌生又熟悉的斯洛文尼亚风光成为一个令人解脱的生存空间。在那一个个一见如故的地方，他怀揣哥哥的两本书度过了那美妙的停留时刻。一本是哥哥在那里的农业技术学校用斯洛文尼亚教学语言写成的笔记本。那个曾经与众不同硕果累累的家乡果园在叙述者的童年记忆中留下了刻骨铭心的印象，它正是这个笔记本的结晶。因此，在旅途中，这个青年人自然也把这些种植和优化果树指南当成"教育故事"来阅读。在观察这个如今处于"自然凋零"中的果园时，叙述者觉得这个地方"彻底变成了一个杰作，一个使人的手得以流传和赞美的形式，具有由别的手可以转化成别的形式的裨益，比如说以文字形式"，并且因此赋予自己创作的使命："真的，我将会向你们叙述的！"而另一本则是1895年版斯洛文尼亚语－德语大词典。菲利普仔细地品味着那一个个由哥哥画上标记的词语，越来越觉得斯洛文尼亚语以其"一个词语童话集和富有活力的世界图像"成为真正的人性生存的象征，因为在这个民族的语言根源中就找不到"战争"、"屠杀"、"暴力"等词语。出于对杀死哥哥的战争的悲伤和愤怒，菲利普在这里发现了充满人性的生存希望。当他沉思于那最后一个被哥哥打上标记的词语时，他的目光便落在了山边那条条空空如也的山间小道上，觉得它们变成了一行行需要书写的图像。他毅然决然地认识到自己负有叙述的使命，因为"没有这些词语的隐含，这个地球，不管是黑色的，还是红色的，或者是绿色的，便是一片无与伦比的荒漠"。于是，菲利普把这个决定生存的现实经历永远铭刻在心上。

小说第三部分里，叙述者跋山涉水，步行来到位于的里雅斯特海湾高原的喀斯特地区。像坐落着玛雅文化丰碑的自由热带稀树草原一样，喀斯特地区也开启了其民族的历史，创建了辉煌的文化。那充满神奇的灰岩坑地貌教诲他观察和区别一个个原始图像和本原形式，去发现它们的相互关联。喀斯特风使得他的感官变得敏锐，他在这里发现了"那些毫无用处的东西获得了价值"，并且能够用语言将它们启人深思地关联在一起。旅途中，一个人工开发的、肥沃的大灰岩坑吸引住这位旅行者渴望的目光，向他预示着一个可能的未来，即使发生核灾难，而在他看来，人们也能够在这里找到一个新的开始。显而易见，在叙述者的意识中，历史回忆与现实思考在这里融合成一个理想的生存图像。最后在那所农业学校的教堂墙上，菲利普发现上面刻着哥哥的名字。叙述者寻找失踪哥哥的踪迹之旅在喀斯特地区圆满结束。伴随着叙述，叙述者成功地使哥哥的踪迹付诸文字，让回忆成为现实的一面镜子。

"叙述，没有什么更现实的东西比得上你，没有什么更公正的东西比得上你，你是我最神圣的东西。"因为"叙述的阳光，永远会普照在那只有伴随着生命的最后一息才能够被摧毁的第九王国之上"。叙述者结尾对叙述的无比赞颂深切地体现了这部小说重现历史经历的叙事意图之所在。可以说，小说《去往第九王国》的叙述在回忆历史和反思现实的交织中或多或少地蒙上了乌托邦色彩，渗透了作者对人性生存的美好渴望。

我们选编出版汉德克的作品，意在能够不断地给读者带来另一番阅读的感受和愉悦，并从中有所受益。但由于我们水平有限，选编和翻译疏漏难免，敬请批评指正。

韩瑞祥

2013 年 3 月

目 录

"远古时期的国王死去了，因为他们没有找到自己赖以生存的土壤。"

——《光辉之书》

"我曾经时而驻足于这群人里，时而又来到那群人里。"

——埃庇卡摩斯

"……我们将会尽力而为之。"

——科鲁迈拉

第一部分　盲窗

我追寻着失踪的哥哥的足迹，来到了耶森尼克。二十五年过去了，或者就是一天。当时我还不满二十岁，刚刚在学校里考完最后一次试。本来我会觉得一身轻松，因为在苦读了数个星期之后，这个夏日也该听我安排了。然而，我却心事重重地驱车离去了：在位于林肯山村的家里，有年迈的父亲，多病的母亲和那个精神错乱的姐姐。此外，在最后一年里，我摆脱了教会寄宿学校的日子，已经习惯了克拉根福特班级的群体生活。这里女孩占多数。此刻，我突然觉得自己孤零零的。当别人一起踏上前往希腊的汽车时，我却充当了一个离群索居的人，宁愿独自踏上去南斯拉夫的征程。（实际上，我只是没钱一起去旅行。）再说，我还从来没有去过国外。虽然斯洛文尼亚语对克恩滕南部乡村的人来说也不是什么外语，可我几乎并不怎么精通。

　　那个耶森尼克边防士兵看了一眼我那本新近签发的奥

地利护照，自然用他的语言跟我搭上了话。他一看我听不懂，便用德语说，Kobal（柯巴尔）不就是个斯拉夫名字吗。"Kobal"意味着两腿叉开之间的空间，意味着"步伐"，而且也意味着一个叉开两腿站立的人。照这样说，我的姓则更适合他，也就是这个士兵了。他身旁那个年长些的官员身着便衣，满头银发，架着一副圆形无框学者眼镜，面带微笑解释说，那个从属的动词则意味着"klettern"（攀登）或者"reiten"（骑马），所以，我的名字因为对马的热爱与 Kobal 很般配。我总归有一天要为自己这个名字而争光。（后来我又多次碰到，偏偏就是一个所谓进步国家的这些官员却显示出惊人的素养。这个国家曾经是昔日一个大帝国的部分。）突然间，他变得严肃起来，靠前挪了一步，神情郑重地看着我的眼睛：我一定要知道，二百五十年前左右，曾经有一个名叫 Kobal（柯巴尔）的民族英雄就生活在这块土地上。格里高尔·柯巴尔出生在托尔敏地区，在这条河上游，继续往下流到意大利就叫伊松佐河。1713 年，柯巴尔是托尔敏农民大起义的一个首领，第二年就与同伙一起被处决了。如今在斯洛文尼亚共和国依然因其"放肆"和"大胆"而著名的警句就出自他之口：皇帝不过是一个"仆人"而已，人们要自己来掌管一切事务！受到如此一番教诲——用我所知道的东西——之后，我才获准挎上海员背包，不用出示现金，走出那个黑乎乎的边境火车站，进入那个南斯拉夫的北方城市。当时，在教学地图上，在耶森尼克旁边，括弧里依照标示着"阿斯令"这个奥地利原名。

我久久地站在火车站前，连绵的卡拉万肯山脉就耸立在我身后。我有生以来，它始终展现在我眼前的远方。一走出隧道，便是一片城市，直穿过蜿蜒狭长的河谷。河谷两边的上方露出一线天空，向南延伸而去，又被笼罩在钢铁厂的烟雾之中。眼前一道长廊，一条马路，熙熙攘攘的，左右两边尽是岔开的陡峭小道。那是 1960 年 6 月末一个酷热的夜晚，路面上泛起一道直刺眼睛的亮光。我发现在那扇大弹簧门前，川流不息的小车一辆接一辆停靠后又驶去，让门后的大厅里充满了一片昏暗。这里完全是另一番情形，到处灰蒙蒙一片，灰蒙蒙的房子，灰蒙蒙的街道，灰蒙蒙的汽车，与克恩滕城市的色彩缤纷形成了鲜明的反差。在毗邻的斯洛文尼亚，克恩滕有"圣美"之称。这个美誉是从 19 世纪流传下来的。在那里，夜晚之光让我的眼睛无比惬意。我乘坐通往这里的奥地利短途客车即刻又会穿过隧道返回去。它就停在后面的轨道上，被夹在那些庞大的南斯拉夫老式火车中间，看上去干干净净，五彩缤纷，活像一个玩具火车。那些在站台上大声寒暄的乘务人员身着蓝色制服，为这灰蒙蒙的氛围点缀起他国异乡的色彩。再说让你注目的是，成群结队的人们忙碌在这座的确不算大的小城里，同家乡小城里的情况完全不一样，他们虽然时而会觉察到你的存在，可是从不会去注视你。我在这里站得越久，心里就越断定，自己身在一个大王国里。

这时几乎还没有过去几个钟头，可在菲拉赫度过的下午似乎已经消失得无影无踪了。在那里，我拜访了教我历史和地理的老师。我们一起商议了我这个秋天面临的各种可能：我是该马上去服兵役呢，还是往后推一推，先开始大学学业？再说学什么呢？然后，在一个公园里，老师给我朗诵了他自己创作的一篇童话，征询我的看法，并且带着极其认真的神情洗耳恭听。他是个单身汉，与母亲相依为命。当我在他家里时，母亲一再透过关闭的门，询问儿子是否安好，需要什么。他陪我到了车站，顺手塞给我一张纸币，那偷偷摸摸的样子，仿佛有人在监视着他似的。尽管我打心底里感激他，可我却没有能够表达出来，况且我此刻在边界的另一端想像着这个人的时候，只是看到一个苍白的额头上长着一颗痣。那张属于他的面孔成了那个边防士兵的面孔。虽说那个士兵和我年龄不相上下，可是从他的举止、声音和目光看得出来，他显然已经找到了自己的立身之地。除了在公园的树荫下对弈的两个领养老金的人和中心广场圣母头顶上那闪烁的光环外，那位老师，他的居所，以及这座城市都没有给我留下任何图像。

与之相反，今天早上的一幕却萦绕在我的心头，不折不扣地历历在目。就是到了今天，也就是二十五年之后，又会完完全全浮现在眼前。在那片叫做林肯的山丘上，告别了父亲。这个村子因此而得名林肯山村。这个老态龙钟的人，身板瘦削，比我瘦小得多，他弯曲着双膝，垂挂两臂，因痛风而变形的手指此刻攥成了愤怒的拳头。他站在十字路口，冲着我大声喊道："你去见鬼吧！像你哥哥一样见了鬼就安心了！像我们这个家的所有人一样都见鬼去吧！谁都一事无成，而你也不会有任何出息的！你甚至都不会成为一个会玩的人，而我好赖也算是一个！"此时此刻，他正好搂抱住我，这是有生以来第一次，而我掠过肩膀，望着他被露水打湿的裤腿，顿时觉得他搂抱的不是我，而更多是他自己。可是在回忆中，我后来被父亲的搂抱留住了，不仅在耶森尼克火车站前那个晚上，而且在过了这么些年后依然如此，我倾听着他的诅咒，就像祝福一样。实际上，他是完全当真的，而在想像中，我看见他抿着嘴微笑。但愿他的搂抱也承载着我走完这个叙述的历程。

我站在朦胧的夜色里，被包围在来来往往的火车的隆隆声中，简直感觉惬意。我心想着，在有生以来与女人的拥抱中，从来还没有过被吸引住的感觉。我没有过女朋友。我所认识的惟一姑娘，每每拥抱我时，我都把她不是当作戏弄就是看成打赌。然而，同她一起拉开距离走在街头上又是多么自豪呀。在那些迎面而来的人看来，显然我们是天生的一对。有一次，碰到一群半大不小的孩子，他们中有人喊道："你的女朋友好美啊！"还有一次，一位老妇人停住步子，从这位姑娘打量到我，随之一本正经地说："你好福气呀！"在这样的时刻，那种渴望似乎就已经满足了。要说幸福，那就是过去在电影院里不断变幻的灯光下看着身旁那闪烁的侧影，还有嘴巴、面颊、眼睛。最快乐的就是身体与身体时而不由自主地微微靠拢。此时此刻，哪怕是偶尔的接触都会被看做是逾越雷池。照这样说来，我不就是没有女朋友吗？因为我所理解的女人不是贪欲或者要求，而仅仅是这个与我面对面的美人的理想图像——是的，这个面对面的人就应该漂亮！——我终于可以给这个人叙述了。叙述什么呢？干脆就开始吧。这个二十岁的年轻人想像着相互拥抱、喜欢和爱慕犹如一种持久的叙述，既小心翼翼，又无所顾忌；既从容不迫，又石破天惊，犹如一种净化的叙述，一种澄澈的叙述。同时，他也想起了自己的母亲，只要他离家久了，不论是去城里，还是独自待在林子里或者田野上，她每次都会逼着他说："你说吧！"可是一到这时候，尽管他事先还经常进行演练，却从来都没有顺顺当当地向她叙述过，至少在她患病前如此；你事先不用问他，他倒会娓娓道来——当然往后需要那些恰如其分的插问。

而我眼下在火车站前发现，从那个女朋友出现以来，我已经在默默地叙述着这一天了。可我给她叙述了什么呢？既没有意外变故，也没有不寻常的事件，而只是些平平常常的过程，或者仅仅不过是一个景象，一片噪声，一种气味。街对面那个小喷泉的水柱，那个报亭红色的闪光，那些载重汽车喷出的尾气：在我默默无声的叙述中，它们都不再是独立的东西，而是相互交融在一起。这个叙述的人根本就不是我，而是它，是经历本身。在我内心深处，那个默默无声的叙述者是某种超越我的东西。这时，它的叙述所针对的那个姑娘变成了一个永不衰老的年轻妇人，就像这个二十岁的年轻人一样，他在自身发现了那个叙述者，也成了一个没有年龄的成人。我们面对面站着，恰好齐眉高。因为齐眉高是叙述的标尺！我打心底里感觉到那深深柔情的力量。而它对我来说则意味着："跳跃吧！"

在耶森尼克泛黄的工厂天空上，闪烁着一颗星星，独自构成了一个星像。一只发红的甲虫飞过下面街道的烟雾。两节车厢砰的撞在一起。那家超市里，清洁女工已经接替了收银员。一个抽着烟的男子身着内衣站在一幢高楼的窗口前。

我精疲力竭地坐在火车站的饭店里，就像经历了一次艰辛的劳顿，守着一瓶当时在南斯拉夫取代了可口可乐的深色甜饮料，几乎直到午夜时分。同时，我一点睡意也没有，跟在家里的那些夜晚如此不同。那些时候，不管是在村子里，还是在寄宿学校里，或者在城里，我总是一再犯困，每每扫大家的兴。我惟有一次被带去参加舞会，居然也睁着眼睛睡着了。每到新年来临的最后时刻，父亲总是竭力拿玩牌来不让我睡觉，可也徒劳无用。我思量着什么东西会让我如此清醒呢，不仅仅是这个异乡他国的缘故，而且也少不了这个餐厅；要是在一间候车室里，我势必很快就要犯困的。

我坐在一个用栗色木板装饰的隔间里。那一个个隔间犹如一长排座位。我身前是一排排站台，一片灯火通明，向后远远依次排列；身后是那条同样灯火通明的长途干线，一片片住宅区里亮着灯火。这里满载的小车和那里满载的火车依然纵横交错，川流不息。我看不见那些旅游者的面孔，只是一个个影子。然而，这些影子是通过一张反射到玻璃墙上的面孔观察来的，那就是我的面孔。凭着这个使我显得并没有什么特别的映像——只有额头、眼窝、嘴唇——我便可以幻想着那些影子，不单是那些行人，而且还有那些高楼大厦的居住者，他们时而在房间里穿来穿去，时而又坐在凉台上。这是一个轻松、明亮和清晰的梦。在这个梦里，从所有那些黑乎乎的人影中，我都在想像着友善的东西，他们之中没有一个不友善。老人像老人，情侣像情侣，家庭像家庭，孩子像孩子，孤独者像孤独者，宠物像宠物，每个个体都是整体的一部分，而我连同自己的映像都属于这个人群，我在不停地、温和地、冒险而泰然地漫游过一个夜晚时想像着他们，连那些睡眠者、病人、弥留者，甚至故去的人都一起走进我的想像里。我站起身来，想认可这个梦。然而，它惟独被那个国家的总统的巨幅画像扰乱了。画像就挂在餐厅中央，柜台上方。铁托将军身着挂满勋章的镶边制服的形象显得十分清晰。他站在一张讲桌前，向前倾着身子，紧攥着的拳头立在桌上，一对炯炯有神的眼睛俯视着我。我甚至听到他在说"我认识你"，而想要回答说："可我却不认识自己啊。"

在柜台后，昏暗的灯光下，服务员出现了。一张影影绰绰的脸庞上，惟独能够看得清楚的是那径直看上去时几乎遮住眼睛的眼皮。这时，梦才继续做下去了。看着这眼皮，母亲的身影突然鬼使神差地浮动在我的眼前。她把酒杯放进水盆里，拿针别起一张付款单，冲洗铜餐具。她的目光瞬间击中了我，嘲笑我，让我不可捉摸。这时，一种不可名状的恐惧油然而起；与其说是恐惧，倒不如说是一种震撼，一种对更大的梦的神迷。在这个梦里，那个病快快的女人又恢复健康了。她装扮成服务员，蹦蹦跳跳地迈着大步走过这家分店，从后跟敞开的服务员高跟鞋里闪现出那丰满白皙的脚跟。母亲获得了多么壮实的两条腿，多么充满活力的圆臀，多么高高竖立的发式。她与村里的大多数女人不一样，虽然只会几个斯洛文尼亚词语，可她在这里就是说个不停，和旁屋一群看不见的男人寒暄着，完全无拘无束的样子，甚至有些盛气凌人。毕竟她不是弃儿，不是难民，也不是德国人，而始终声称自己是外国人。瞬间，这位二十岁的年轻人感到羞愧的是，这个女人连同确定的行为举止、哼唱、大笑声和敏捷的目光居然会成为自己的母亲。然后，我打量起这一个个人，打量起这个异乡女人，从来没有如此仔细：是的，直到不久前，母亲也是拖着这样的唱腔说话，而且每当她真的开始唱起来时，儿子就要堵上自己的耳朵。在每次那么大的合唱中，总会立刻听出母亲的声音来：一种颤抖，一种震动，一种热烈的声响，与那位听者相反，这位歌唱者则完全陶醉其中。她的笑声不只是高亢，简直就是疯狂，是呐喊，是爆发，有高兴，有愤怒，有苦衷，有蔑视，也有判决。还在患病最初的痛苦中，那与之相应的叫喊听起来就像是惊异的大笑，半是高兴半是愤怒的大笑，她竭力靠着自己那歌唱的颤音要驱走那大笑声，却随着时间的推移越来越无助了。我想像着回荡在我们家里的各种声音，父亲咒骂着，姐姐自言自语地嘟哝，又是傻笑又是哭泣，母亲从一个村口直笑到另一个——林肯山村是一个狭长的村子。（我在想像中看到自己总是默默无声。）于是，我发现母亲的举止不仅像眼下这个服务员一样盛气凌人，而且颇有统治欲。她始终打算经营一家巨大的旅店，让所有的雇员都成为她的仆人。我们的家底不大，可她的胃口却不小：在她的叙述中，我哥哥总是作为被骗去了王位的国王出现的。

在她眼里，我被看做理所当然的王位继承人。与此同时，她一开始就怀疑我能不能担此重任。有时候，她落在我身上的目光会凝固在一种没有一丝怜惜的同情里。至今，我已经一再被人所描述，有神父，有老师，有姑娘，也有同学：然而，从母亲那无声无息的目光中，我觉得自己受到了如此的描述，我由此不仅认识了自己，而且也看到自己命该如此。我深信，她并不是因为随着时间的推移，由于那些外在的状况才如此凝视我，而是从我降生的瞬间就已经开始了。她将我高高托起，捧到光亮的地方，笑着弃之一边，从而宣判了我的命运。同样，为了证实自己，她后来又捡起了这个在草丛里手舞足蹈和出于生存的欲望而尖叫的小孩，将他捧到阳光下，笑着看他，从而又宣判了他的命运。我竭力想像着。此前哥哥和姐姐的情况也不会有什么两样，可我却怎么也想像不出来。惟独我使她的目光在通常情况下显得那样缺少怜悯，紧接着就爆发出惊叫："天哪，我们两个人！"她时而面对一个被推上屠宰台的牲口也会发出这样的惊叫。虽然我很早就有被人看在眼里，被感知，被描述，被认识的需求——但却不是这个样！比如有一天，不是母亲，而是那个姑娘说了声"我们两个"时，我就感到自己被认识了。在教会寄宿学校度过的岁月里，姓就是陪伴着我们的称呼，谁也不例外。当我在普通学校里第一次被同桌的女生完全无意间直呼大名时，我感受到这就是一种使我如释重负的描述，甚至是让我松口气的爱抚。直到今天，这位同桌女生的秀发依然闪耀在我的眼前。不，自从我能够看懂母亲的目光以来，我就知道：这里没有我的立足之地。

与此同时，在这二十年里，她事实上已经两次挽救过我。我从布莱堡的普通中学转到高级中学，根本不是出于父母的什么厚望，儿子将来会更有出息。（我觉得，无论是父亲还是母亲，他们都深信，我要么就是一事无成，要么就是"与众不同"。他们这么说，更多包含的是某种令人毛骨悚然的东西。）要说转学的主要原因吧，那是在我十二岁时，有了我的第一个敌人，而且立刻就成了死敌。

　　在村子里，孩子们之间打打闹闹向来都司空见惯。大家都是邻居，而且由于近邻关系，各种不同的性格特点往往难以相容，就是成人也莫不如此，老人亦不例外。过后好一阵子，相互形同路人，谁跟谁都不打招呼；你装着在自家屋前的院子里忙碌，而就在你眼皮底下的邻居屋前，他也以自己的方式表现出忙碌的样子。突然间，尽管没有围栏，乡邻间却划起了不可逾越的分界。哪怕在自家屋里，假如一个孩子觉得受到了某个家庭成员不公正的对待，似乎就会按照古老的习俗，自己站到客厅一个划清界限的墙角去，面对墙壁，一声不吭。在我的想像里，一到这个时候，村子里的所有客厅就组合成一个独一无二的多角形空间，其中每个角落都被那些孩子占去，他们相互背靠背，闹来闹去，别别扭扭，直到终于有一个人或者全部同时（事实上常常也就是这样）说出打破僵局的话或者笑出声来。在这个村子里，没有人会把别人称作朋友——要说起来，就是"好邻居"——可也没有无休无止的争吵会导致持久的敌意。

还在我遇到自己第一个敌人之前，当然就经历过被人追踪的事。这样的经历多多少少地决定了我后来生活的走向。然而，在当时，并不是我这个人，而是这个来自林肯山村的孩子受到来自另外一个村子一群孩子的追踪。那里的孩子们去学校的路程要比我们远，比我们艰难；他们要跨越过一条深沟，因此自视比我们强壮。在回家的路上，我们要共同走到一个岔道口，通常都是"胡姆查赫人"追赶"林肯山村人"。尽管那些人年龄并不比我们大，可在他们身上，我却从来都看不出一群孩子的面目。（如今面对墓碑上那些英年遇难者的肖像，我才恍然觉得他们一个个多么年轻，多么孩子气，就是成了小伙子也没有什么两样。）我们久久地奔跑在一条乡间马路上。恰好在这个时分，那里根本也没有车辆过往。我们的身后回荡着一群闹事者咄咄逼人的怒号，看不到脸面，两腿粗壮，两脚笨拙。他们挥舞着大猩猩一样的长臂，就像是棍棒；挎在背上的书包就像是冲锋时的背囊。有好些日子，等我知道已经穿越过原始森林的危险，经历了这样的时刻，我就觉得如此地饥饿，便留在布莱堡这座保护你的小城里。平日总是牵记离开这里回家，可到了这个时候，它在我心里是很可爱的。然而，事情后来可谓出现了转折——或者更确切地说是转变，是骤变。又有一次，已经过了城界，我听到身后那正因为不可理解而显得如此咄咄逼人的怒号。于是，我让同村的孩子们快跑，自己却坐到那个岔道口的草丛里。这条马路和那条交汇道路的三岔口在这里围起了一块三角地。就在他们向我冲来的时刻，我很自信，我是不会出什么事的。我坐在这三角地里，伸开两腿，朝南望着拜岑山脉，南斯拉夫边境就绵延在那山峰的高处。我相信自己会安然无恙的。我所看到的，同时也是我所想到的，我仿佛感觉这就是心灵的标志。到后来，不仅我安然无恙，而且那帮追赶的人靠近时越来越放慢了步子，不是这个就是那个追寻着我的目光。"那山顶上好美啊!"我听到有人说。"我曾经和父亲一起登上去过。"我挨个儿打量着他们，发现这群家伙瓦解得零零散散的。他们从身旁溜达过去时笑着看我，仿佛我看穿了他们的把戏，他们自己也因此变得轻松了。谁也一声不吭，可显而易见，随着这个瞬间，一切追赶都停止了。望着他们的背影，我心想着那一伸一屈的两腿和拖拖曳曳的步伐：比起我来，他们还要走好远啊。而在距离中，一种亲密的感觉油然而起——在自己村子里，对那些邻居的孩子从来没有产生过这样的感觉。因此，后来接着在时间距离中，这群胡姆查赫孩子乱作一团跌跌撞撞，卷得尘土飞扬，声嘶力竭的吼叫让恐惧传向四方。这一切变成了一个舞蹈和跳跃的队列，而今依然在童年的乡间大道上扬长而去，犹如一群部落成员，没有别的目的，就是要在这个图像中存在下去。（事后我自然浑身都打颤，久久地在草地上无法挪动身子。我靠在那儿的木头奶站上，默默地背诵着那些数字。）

相反，要对付我的第一个敌人，却什么招也没有了。他是邻居的儿子，白天挨母亲打，晚上挨父亲揍，一天到晚，没完没了。（我在家里从来都不会挨打，取而代之的是，父亲生我气时，常常就在我眼前自个儿不是捶胸，就是打脸。可更有甚者，他会握紧拳头，狠劲地捶打自己的额头，直打得他不是跟跟跄跄地向后摇晃，就是双膝跪倒在地。可是我哥哥就不同了，尽管他只有一只眼睛，可是据说他不光是挨打，而且常常整个下午被关在屋后的地下室里。在这个用来储藏土豆的地下室里，我哥哥只要一闭上那只独眼，无疑要比他睁着那只眼时看见的要多得多。）我那个"小敌人"——相对那个后来的"大敌人"，我现在这样称呼他——可是不会动手的。尽管如此，他一下子就成了敌人，一眼就是了，好久什么都不用再说了，甚至连再看一眼都用不着。没有习以为常的吐舌头，吐唾沫，使绊腿。儿童敌人不用声明，仅仅就是怀有敌意。他的敌意会爆发为突然袭击。

有一天，教堂里在朗读新约四福音书，大家都站在那儿。这时，我觉得膝窝后面挨了轻轻的一击，几乎只是没有使劲地撞了一下，可是却足以让我支撑不住。我转过身去，看见那个家伙在独自出神。从这个时刻起，他就再也没有让我安宁过。他不打我，不扔石块，也不骂我——只是堵住我的去路。只要我一出门，他就跟在身旁。他甚至闯到家里来——在村子里，小孩去邻居家串门，这也不是什么稀罕事——挤着我的身子，一点也不显眼，平常谁也发现不了。他从来都不会动手；他所做的一切，就是用肩膀轻轻地顶你（甚至连踢球时的冲撞都说不上），看上去，仿佛他要友好地向我说什么悄悄话似的。而事实上，他要把我挤到一个墙角去。然而，他通常压根儿都不会碰我一下，只是故意学着我的样子。比如说，不管我去哪儿，他就会冲出灌木丛，跟在我身旁，学着我的架势舞来弄去，同时迈起脚步，以同样的节奏甩起手臂。我一跑起来，他也跟着跑；我一停住步，他也跟着停下来；我眨一眨眼，他也跟着眨。此刻，他从来都不会看着我的眼睛，只是打量着它们，就像其他身体部位一样，目的是尽可能早地捕捉到每个动作的苗头来重复它。我常常试图使他对我的下一步行为产生错觉，故意朝着错误的方向接着又迅速掉头转向。然而，你永远都不会骗过他。他以这样的方式与其说是学着我的样子，倒不如说使我黯然失色，我成了自己影子的俘虏。

平心想一想，他或许只是讨厌。这种讨厌劲久而久之自然会变成一种敌意，搅得你永无宁日。那个家伙始终与你形影相随，即便他本人不在我身旁。每当我高兴的时候，立刻又会失去这种兴致，因为我在思想里看到它被我的敌人模仿，而且这样被否定了。其他生存感受——自豪、哀伤、愤怒、爱慕——同样如此：在影子游戏中，它们立刻就会失去其真实性。凡是我感觉自己最有生气的时候，在专心致志的时候，这个敌手就趁机而入，切断我与这个世界的联系，哪怕是我与这个对象之间才出现一丝一毫的接近，不管它是一本书，一个水上广场，一座田间小屋，还是一只眼睛。在这种持久的、犹如在无声无息的鞭笞下进行的追逐中，没有仇恨能够表现得如此难以忍受。我无法理解会受到如此仇视，并竭力要求得到和解。可是他就是不买账，他压根儿就无动于衷，只是一个劲学着我寻求和解的样子，完全不假思索。再也没有一天，甚至没有一个梦会过得没有我这个守护者。后来，我终于第一次朝他吼起来，可他并没有退缩，而是洗耳恭听：这吼叫声就是他梦寐以求的象征。可最终动起手的就是我。当时我十二岁，在和那个家伙扭打中，我再也不知道我是谁；也就是说，我什么再也不是了；再就是说，我变得凶恶了。我的童年敌人告诉了我（我深信不疑，他明明事先就是这样预谋的），我凶恶了，我比他凶恶了，我是一个恶人。

起初，我不过是拉开挥来挥去的架势抵抗，更像是一个快要溺死的人四处抓来抓去的样子。尽管如此，这家伙也不向一旁躲闪，相反却把自己的脸伸过来挑衅。面孔贴得如此之近，也许就像在一个坠落的梦境里，接近撞点了。我顺手抓上去，这可不仅仅是抵抗的一种反射，而且也是态度的表现，承认，人人都期待已久的表白：我跟这家伙平分秋色。由于我动起手了，我终于承认是一个比自己的敌人还要更为凶恶得多的敌人。说实在的，在接触到别人的唾液和鼻涕时，我有一种双重感觉，既暴力，又冤屈，这种感觉我永远都不想再经历。展现在我眼前的是一个胜利的面具："对你来说，再也没有任何退路了！"于是，我就一脚踹到他屁股上，用尽浑身的力量！他没有还手，只是忍受着，扮演出一副不可动摇的怪相。他达到了自己的目的：从这天起，在所有人眼里，可以说我成了"打他的人"。他现在就有理由和权利，永远不再让我安宁。我们迄今暗自较劲的敌意变成了一场战争，而且不可避免地要斗出个名堂来，可是这样不会有任何别的结果，只有我们俩共下地狱。后来有一次，他父亲发现我打他儿子，就直奔过来，把我们拉开，将我推倒在地上，用他在牛圈干活的鞋子（吼着尖细的嗓门，连连不断地诅咒我这，诅咒我那，而我父亲平常只是在诅咒滑坡、雷电大火、冰雹和破坏房屋和地板的害虫时才这样无以复加地一吐为快）在我身上踩来踩去。这事让我感到幸运——再说是我确实懂得的独一无二的幸运，不仅在当时，而且在十多年之后依然如此。

遭受了这次虐待后，我的话就多起来了，并且能够向母亲（是的，她）叙述那个敌人了。每次叙述都是用一个命令句开始："你听着!"用另一个命令句结束："你可要管一管啊!"母亲成为行动者，在家里向来如此：她说干就干起来了。她借口神父和老师劝说她，就领着这个十二岁的儿子去参加寄宿学校的招生考试了。

在考完试回来的路上，我们在克拉根福特误了开往布莱堡的最后一趟火车。我们走到城外，站在通往家乡的大街上，四面一片漆黑，天下着雨，我也顾不上被雨淋得湿透了。过了一阵子，有一辆车停下来，这车驶往南斯拉夫，去德拉瓦山谷，马里博尔或马堡[1]的司机让我们上了车。车里没有后座，我们就坐在车后面的厢板上。这时，母亲用斯洛文尼亚语向这男人说了我们的目的地，于是这男人就开始试图与她聊起天来。然而，他发现除了那些应付问候的套话和几首民歌歌词外，她对这门语言几乎一窍不通，便也一声不吭了。这次坐在汽车后面铁皮厢板上无声无息的夜间之行给我留下了一幅与母亲融为一体的画面，一再显现出作用和效果，至少在接下来寄宿学校的岁月里如此。为了这次行程，母亲专门让人理了波浪式发型，终于有一天不戴头巾了。尽管五十岁的身躯显得十分臃肿，可一道道的亮光时而掠过时，我觉得她的面目好年轻。她蜷曲着两腿坐在那里，手提包搁在身旁。雨点打在车窗玻璃外面，歪歪斜斜地流去。坐在遮雨的车厢里面，每到拐弯时，不知什么工具、装着钉子的包、空桶都朝着我们滑来。有生以来第一次，我在心灵深处感受到某种不可遏制的东西，激情澎湃的东西——似乎就像信心一样。母亲的帮助使我上了道，对我来说是一条正道。之前和之后，我确实没有少否定过这个女人。在我的眼里，她是那样的陌生——就连一句合她心意的话，我几乎都难以张口。然而，在1952

---

[1] 马里博尔（Maribor），斯洛文尼亚东北部城市，与奥地利距离很近，德语中称为德拉瓦河畔的马堡（Marburg）。——中译注，下同

年这个夏日的雨夜，我突然觉得，有一个母亲，当她的儿子，这是天经地义的。在这个时刻，她也不再是那个农家女人，那个乡巴农妇，那个牛圈女仆，或者那个常去做礼拜的女信徒了；她常常打扮成这般样子穿梭在村子里。她露出了潜藏在深处的东西：她不是家庭妇女，而更是一个女管家；她不是一个土里土气的人，而更是一个精通世故的人；她不是一个观望者，而更是一个行动者。

在去往林肯山村的岔路口，司机让我们下了车。我一点儿也没有注意到母亲挽着我的胳膊，直到她转了一圈。雨停了。月光下，拜岑山脉呈现在平川的边缘，一丝一毫都清晰可见，犹如一种图像文字：一条条峡谷，一道道岩壁，分明的树木线，一块块凹地，一座座山峰。"我们的山！"母亲接着说，早在战前，就在下边沿着山势的地方，像"我们的司机"现在一样，我哥哥朝着相同的方向驶去了，向着东南越过边界，去马里博尔上农业学校了。

在寄宿学校度过的这五年是不值得叙述的。乡愁、遭受压抑、冷酷、集体坐牢，这些词汇就足够了。我们大家所谓孜孜追求的僧侣精神却从来没有使我获得某种使命感。我也觉得几乎没有一个年轻人会有能力胜任。那些神秘的东西早就在乡村教堂举行的圣礼中传播过了，如今在这里从早到晚都失去了任何吸引力。我从来没有遇到一个主管神职人员会充当神父的职责。他们要么关在那暖和的私有屋子里深居简出，一旦叫谁前去，那也仅仅是要警告你，威胁你，摸你的底——要么总是披着拖在地上的黑色教士长袍在楼里来回巡视，充当看守人和探子，形形色色，千差万别。就是在圣坛前，每天做礼拜时，他们也不会承担起曾经被授予的这个神父圣职，而是充当了秩序守护者的角色，履行着仪式的每个细节：当他们转过身去，一声不吭，手臂伸向苍天站在那里时，就好像在倾听着自己的背后发生了什么；然后当他们又回过头来，仿佛要为所有的人赐福时，于是他们心里就只有一个抓住我的念头。而乡村的神父则完全两样：他刚刚还在我眼前把装满苹果的箱子搬入地窖里，听着广播新闻，剪去耳边的头发——而现在就穿着庄重的礼服站在教堂里，不管膝盖怎样咔嚓作响，一心虔诚地屈膝在圣体前，完全忘却了我们其余人的存在。然而，我们正是因为如此才走到一起来了。

与此相反，在学习时，我独自感受了教会兵营里独一无二的美妙交往。在独自学习中，我掌握的每个字眼都先说出了我正确运用的每个简单明了的表达形式；我能够信手描绘的每个河道都先说出了当时催促着我要奔向的惟一目标：到外面去，生活在自由的天地里。要是你问我想像的"王国"是什么,我要说出的不会是一个确定的国家,而是"自由的王国"。

　　然而,我觉得,恰恰是人成了那个当时只有在学习中才隐约意识到的王国的化身。接着在寄宿学校的最后一年里,人却成了我的大敌。这一次,不是我的同龄人,而是一个成年人;也不是一个神职人员,而是一个外来人,来自世俗世界,一个世俗的人,一个老师。他还很年轻,刚刚完成学业,住在那幢所谓的教师楼里。在方圆广阔的范围内,这幢楼连同寄宿学校的城堡和凿进山坡的主教墓地一起,孤零零地坐落在偏僻而光突突的山丘上。平日,我对所有人来说都不那么起眼(就是在十多年之后,遇到当年的相识时,我总是听到同样的描述:"好静,独来独往,专心致志。"这样一说,我连自己都认不出来了):他立刻就注意上我了。他讲起课来,都是针对我来的,仿佛在专门给我一个人上课似的。此时此刻,他说起话来,没有一点教训人的口气,更好像是他每讲一句话,就要问问我,是否同意他这样划分材料的方式。真的,看他的样子,好像我早就对这材料了如指掌,而他只是每每期待着我点点头认可,他对其他人并没有叙述什么不对的东西。有一次,当我真的纠正了他时,他非但没有佯装不理,反而兴致勃勃地表明了他的热忱,一个学生居然能够强过老师:这样的情形始终是他梦寐以求的。我一刻也没有忘乎所以——完全是另外的心境：我觉得自己得到承认了。多年让人视而不见之后，我终于被人注意到了，这恰恰就是一种觉醒。我在感情洋溢中觉醒了。有一阵子，一切都很美好：我那些同龄人，首先是那个年轻老师，我们走出了那个令人窒息的信仰地狱，走进了一个学习、研究和观察世界的自由天地里，走进了一个我当时觉得很美妙的荒僻世界里。每天下课以后，我就不知不觉地陪着这位老师走到对面的教师楼前。当他周末驱车离去时，我的心就随着一起飞到城里。在那儿，他无论做什么事情，无非都是为上课的日子在养精蓄锐。一旦他留在这里，教师楼上那间惟一亮灯的窗户就在我的心底里点燃起一种永恒的光明，与昏暗的寄宿学校教堂圣坛旁那闪烁不定的小烛火迥然不同。

这期间，我从来就没有想过自己成为一个老师——我永远就想着当一个学生，比如说当一个这样的老师的学生，他同时也是学生的学生。这样的情形当然只有保持距离才会有可能，可这多么必要的距离，我们却人为地丧失了，也许是我陶醉在觉醒的感情洋溢中，也许是他沉浸在发现的无比热忱中。直到这个时候，他对于这样的发现也只有做做梦罢了。不过也许会是这样，时间久了，我无法忍受人家拿我当目标。这正好促使我要毁掉那个在他心目中描述的图像，哪怕它也符合我心灵最深处的东西。我要逃开他的视野。我渴望着重新过上默默无闻的日子，就像此前的十六年一样，躲在自己的书桌前，躲在那宽敞的蓝色棚屋里，谁也不会对我有什么看法，更何况如此高的评价——可事到如今，我如此亲密无间地被一个人了如指掌之后，甚至连那个当年常常在我心中作祟的双影人都望尘莫及。到了这个地步，我觉得默默无闻才是真实的，才是美妙的。如果超过了一定的时刻，被当作楷模，甚至是奇迹，虽然面对的并不是别人，而是自身，这无论如何也是不可忍受的。我渴望着在重重矛盾中消失。有一次，我插问了一句，肯定又一次表明了我的"同步思考"，于是一种兴高采烈，甚至激动不已的不寻常目光直冲我而来，我做出了一副极其难堪的怪相，只是要分散对我的注意力，却刺伤了这位年轻老师。在这同一时刻，我感觉和他一样。他目瞪口呆，然后离开教室，这节课再也没有回来。除了我之外，谁也不知道他发生了什么：他觉得正好看到了我真实的面孔；我真诚的想法，对学习对象的热爱，对他这个将全部身心都投注到自己事业之中的人的好感，都是我伪装起来的；我是个骗子，是个伪君子，是个背叛者。当其他人在热烈地谈论时，我却一声不吭地朝窗外望去。这位老师就站在下面楼前的场地上，背向楼。他一转过身来，正好对着我，我看见的不是他的眼睛，而是撅起的嘴唇，强硬得就像是鸟喙。这既让我痛心，也使我惬意。我甚至在享受着，除了我自己以外，终于不用亲近任何人了。

接着，那鸟喙只是撅得越来越尖了。然而，我现在面对的不是一个憎恨你的敌人，而是一个冷酷无情的执行者。他一旦作出了判决，那就不可挽回了。再说那个放着书桌的棚屋并没有表现为避难所。我再也学不下去了。这位老师每天向我表明，我要么一无所知，要么我所知道的，不是"所要求的"：我那所谓的知识无论在什么地方都是"一文不值的东西"，不是那"材料"；它不过是出自于我而已，以这种形式，没有一个被大家共同认可的表达方式，对谁都没有什么用处。我凝视着那棚屋，独自与笼罩在心中的乌云为伍。在这棚屋里，那一个个符号、辨别、过渡、连接和组合的光明世界曾经呈现给我一片蔚蓝的天空，又让我兴趣盎然。不可想像，这乌云会一散而去；它越来越沉重，四处弥漫开来，涌到口腔里，钻进眼窝里，堵住了我的声音，遮挡住我的目光。这些都是无声无息地发生着：在教堂里，集体做礼拜时，我本来就只是动动嘴唇，而在学校里，因为这位老师同时是班主任，不久便不提问我了，更不用说关注我了。在这段日子里，我经历了可谓失去语言的感受——不仅在其他人面前默默无声了，而且面对自己再也说不出一句话了，发不出一个音了，做不出一个动作了。这样的沉默在呼唤着力量；任何退让都是不可想像的。可与那个小敌人不同，这力量是无法向外发泄的。这个大敌人，他沉甸甸地压在你的心头上，你的腹腔里，你的横膈膜上，你的肺翼上，你的气管上，你的喉头上，你的软腭上，堵塞了你的鼻孔和听觉，那个被他包围在中间的心脏，不再跳动了，不再搏动了，不再嗡嗡地响了，也不再输送血液了，而是滴滴答答地响，刺耳，辛辣和凶恶。

　　这时候，有一天早上，我在上课前被叫到寄宿学校校长跟前。他呼着我的名字告诉我，我母亲马上会打电话来（当着她的面，他总是叫我"菲利普"，而平日里，人家只是呼我"柯巴尔"）。到那个时刻，我还从来没有听到过母亲在电话里的声音。而直到今天，几乎所有她的其他表现，不管是说话、唱歌、大笑还是无休无止的抱怨，都逐渐消失了。可她当时的声音依然萦绕在我的耳边，低沉得就像一个刚从邮局的电话亭里传出来的声音，单调而清楚。她说，父亲和她商量好了，让我离开这个"男子学校"，转到一所普通学校里，而且立刻就转。两个钟头后，她会乘坐邻居的车到达，在楼下大门口等我。她已经给我在克拉根福特的高级中学报上名了。"明天一早，你就会进入你的新班级。你将坐在一个姑娘旁边。你天天要坐火车去。你可以在家里有一个自己的房间；餐厅不再需要了；父亲正在给你做一把椅子和一张桌子。"我想要反对，可突然又不再反对了。母亲的声音是一个判决者的声音。她对我能知道的都知道了，她为我负责，她作决定，而且由她来宣布释放我的决定，刻不容缓。那是一个从内心深处跃起的声音，一个毕生都在那儿积聚的沉默中迸发出来的声音，仅仅就这一次。这样的积聚也许正是为了在仅有的一个时刻，把握住合适的机会，令人折服和一劳永逸地来行使权力要求。这声音随之又会立刻回归到那沉默之中。在那里，它的臣民拥有了王位和帝国。那也是一个轻快的、让人振奋的、简直是舞蹈般的声音，几乎和老生常谈不分你我。我把母亲的这个决定告诉给校长。他一言不发地接受了。转瞬间，一小队兴高采烈的人马，穿行在那广阔的原野上，带着这个被赦免的家伙和放在后座上的旅行箱，行进在一片高高的天空下。在灿烂的阳光里，仿佛汽车的顶盖被掀开了似的。每当我们前方的道路没有车辆时，手握方向盘的邻居就手舞足蹈，蜿蜒蛇行，并且放声歌唱游击队歌。不知道歌词的母亲随着一起哼唱，其间拖着一种越来越庄重的音调呼叫出点缀在我回家路上左右两边的地方名字。我感觉眩晕，紧紧地抓住旅行箱。假如我当时要说出自己的感受是什么的话，那也不会是"轻松"、"高兴"、或者"幸福"，而是"光明"，几乎是太多的光明。

　　尽管如此，我再也没有称心如意地回过家。这期间，恰好就在寄宿学校的这些年里，每次回家的行程都是在一种隆重喜庆的启程气氛中进行的。这不只是因为除了夏天外，我们只是每逢神圣的节日时才被允许离开。在圣诞节前夕，那些被释放的学生顾不上天空还一片漆黑，就冲下山去，首先抓住时机离开那条盘道，带着行李越过栅栏，仿佛走在一条直行线上，穿过那陡峭的、荒无人烟的、冻得实实在在的牲畜攀爬的坡地，继续跋涉过那片溪水释放着雾气的沼泽地，直奔向火车站。接着，在火车行驶中，我站在车厢外面的平台上，和其他人拥挤在一起，我的耳边回响着他们高兴的吼叫声。天依然还没有发亮，笼罩着一片把天地合拢起来的强劲的黑暗，上面是群星闪耀，下面是从火车头里飞出的火花。这种黑暗的力量空间被那自然力交织为一体，就是到了今天，我依然会把它想像成某种神圣的东西。看样子，仿佛我根本就不用再特意去呼吸了。那流动的空气让我的内心热血沸腾，直涌向鼻腔。我听到了身旁的人从心底里发出的欢呼声，听到了自己只是默默地埋在心底里的欢呼声。这欢呼声来自那隆隆运转的车轮，那嗒嗒鸣叫的铁轨，那咔啦作响的道岔，那指引开道的信号灯，那确保道路畅通无阻的道口杆，那响彻在这整个呼啸而去的铁道系统里的噼啪声。

然后，大家一个个分手离去，深信眼前呈现的是最美好的一段路程，最有冒险经历和结束行程的步行路程，一个家。可是，这个同被隔离的人却从来都不知道有这样的家。实际上，有一次，在这样一个日子里，这位成长中的年轻人抵达火车站后，穿过田野朝着村子走去。这时，有一样东西和他形影不离。这期间，他看见了那个被宗教历法所宣告的救世童。当然，这里并没有发生什么别的事情，只是当他走过去的时候，在路边那些干枯的玉米秸秆后面，一道道的间隙闪闪烁烁。它们动来动去，一步接一步，一排并一排，总是一个样子，空荡荡，白茫茫，飘来飞去。这时，他有一个幻影，那是一个小小的空间，而且是同样一个，它此刻不仅陪伴着他，而且又猛地一下飞到他前面；那是一丝微风，它总是在你的眼角呼呼地飞来飞去，像鸟儿一样，在等待着我，然后又先飞去。在一片平坦的耕地上，从一条犁沟里卷起一堆玉米叶飞向空中，灰黄色的叶子先是原地飘上一会儿，然后变成了圆柱形，又慢慢飘落到地上。在远处，有一列火车在行驶，它几乎隐没在雾气中，仿佛要突然停在轨道上，又突然远远地冲上前去，同样猛地一下，就像我身旁那轻轻飘动的东西一样。我朝着回家的方向奔去，心急如焚地要去叙述，可是我一跨进门槛就知道，那是不可直接叙述的，口头也叙述不了。一打开门，就只剩下这座房子了，暖融融的，闻着一股清爽的木头味，里面住着人，可是和在寄宿学校里不一样，那都是我的亲人。这一大早的火车行程集结在脸上的煤黑叙述着就够受欢迎的了。

寄宿学校是一个十分陌生的世界，离开那儿，无论去东南西北，就只有一个方向：回家。你晚上躺在寝室里，听到火车在下面的平川上缓缓行驶时，你就会想像着坐在里面的人无非都是要赶着回家去。飞机飞行在那条国际航线上，正好从这村子上方越过，云彩也从这里飘去。那条林荫道指引着回家的路。在它的尽头，一片牲畜攀爬的坡地倾斜而下；在一条条长满草、空荡荡的羊肠小道上，你会觉得目标已经近在咫尺了，就像在捉迷藏时一样，仿佛听到了声音："太让人激动了！"每个星期来一次的面包车，然后继续驶向一个只是闻其名而熟悉的地方。然而在那里，大街上的灯光就是我家乡的灯光。恰恰那些最遥远的对象——山峦、月亮、灯标——好像就是通向那个地方的空中桥梁。你在那里才是"主人"，和出生证里写的一样。那些天天都要逃脱的想法从来都不会向着一个大城市，甚或是国外，而始终只是滞留在家乡的天地里：那儿的谷仓、某个田间小屋、林中小教堂，湖畔的芦苇风雨棚。几乎所有的教会学生都来自乡村。谁要是真的逃走了，他立刻就会被抓住的，不是在自己的村子周围，就是在通向那里最近的捷径上。

然而到了今天，一切变得来去自由了，每天往返于这个偏远的村子和城里的学校之间，我感受着自己不再有固定地点的滋味。那个专门给我准备的房间，无非用来睡觉而已。在我住寄宿学校的这些年里，林肯山村几乎就没有发生任何变化——那座教堂，那些低矮的斯洛文尼亚式的农家房舍，那些不围篱笆的果园。我现在体会的林肯山村不再是一个相互关联的整体，而仅仅是一个零零散散的乡村居住区。虽然村子广场、谷仓坡道、保龄球道、养蜂场、草垫子、炸弹坑、圣坛塑像、林中的空旷地依然如故，但是它们不再显现出昔日那相互关联的统一。而我当年在其中的一举一动就是本地人中的一员，就是"土生土长的本地人"。现在看上去，仿佛连个挡风避雨的地方都荡然无存了，在那刺眼冷酷的光线下，似乎没有了聚会的地点，欢乐的地方，隐匿的角落，引人注目的东西，休息的场所——一言以蔽之，再也没有了相互转换的空间。起初我觉得，问题就出在这个村子上，因为机器代替了许多手工家具。然后我就认识到：这个格格不入的人，这个脱离了关联的人，那就是我。无论走到哪里，我都跌跌撞撞，不是碰壁，就是抓空。我一迎面碰上什么人，就躲开人家的目光，哪怕我们是从小就认识也罢。这么久离家在外，没有在家里待过，离开了生我养我的地方，这些就像罪孽一样刺痛了我。我错失了留在这里的权利。有一个同龄人，当年在村子里，我和他一起度过了小学的岁月。有一次，他想给我讲一讲邻居的这事和那事，然后中断叙述说："你看来好像什么都不知道了。"

我再也走不进那些同龄人的圈子里了。我也是他们之中惟一还在上学的人。别的那些人，不管是农庄继承人还是手艺人，他们都成了有工作的人了。照法律说，他们还是青少年，可我觉得他们已经成人了。我看到他们不是在一心一意做事，就是正要去找事做。他们身着工作服和围裙，直挺着脑袋，睁着始终果断的眼睛，放开劲头十足的手脚，有点像军人的样子。与之相应，学校教室里那嘈杂的声音，不是变成了三言两语，就是点点头而已，或者骑在摩托上擦肩而过（挥一挥手就足够了），既不说上一句话，也不看上你一眼。他们的娱乐也是成人的娱乐。而我自然而然地就成了局外人。我目睹着一对对舞伴那样庄重，那样全神贯注地迈着矫健的步子旋转在舞池中，禁不住打起诧异的寒战，甚至肃然起敬的寒战，仿佛是在朝拜一个神秘的东西。这个庄重而翩翩舞动的少妇不就是那个曾经用一条腿跨越过粉笔划定的天堂与地狱之界的女子吗？而这个现在从容不迫，稍稍撩起衣服，迈着舞步跨上舞台的女子在不久前还向我们展示过她那未长阴毛的小孩生殖器呢！就在野外的牧场上。多快呀，他们一个个都脱离了童年的幼稚，长大成人了，确确实实看不起我了。每个小伙子也都经受过很大的不幸了；不是这个缺一根指头，就是那个少一只耳朵，或者失去整个手臂；至少有一个不幸丧生了。有些人已经当了父亲；又有不少人做了母亲。而这个他，却依然被关在那个地方。我到底是怎么回事呢？我认识到，随着在寄宿学校的岁月，我的青春逝去了，我似乎就没有感受过青春，哪怕是一时一刻也好。我把青春看成是一条河，自由自在地涌流在一起，共同向前奔流不息。随着踏进寄宿学校的大门，我和那里所有的人一起都被隔绝在世外了。那是一个一去不返的年代，再也无法挽回了。我缺少某些东西，某些决定命运的东西，也许我会永远缺少下去。像村子里一些同龄人一样，我也有身体上的缺陷。然而，这种缺陷并没有脱离我，不像一只脚或者一只手，而且也根本不是现在才形成的。再说它不仅只是一种所谓的肢体现象，而更多是一种无可替代的组织。我的缺陷则意味着我再也赶不上其他人了：既做不到一起，又说不到一起。看样子，我好像搁浅了，成了一个废物，而那条似乎惟独承载了我的水流好像永远从我身边流去了。我心里明白，为了未来的一切，我需要这青春。如今我无可挽回地错失了这青春，这才使得你进退维谷，甚至在你的内心深处时而会引起无比痛苦的抽搐，尤其是在与我不相上下的同龄人交往时更是如此。要想从中解脱出来，我发誓要与那些让我麻木不仁的人——本来就存在这样的人！——势不两立。

虽然我也一再对这种袖手旁观的日子感到满意，可是久而久之，我也不甘心这样孤独地过下去。于是，我就和村子里那些年龄小一些的孩子结伴。这些孩子乐意地接受了我，把我当作他们嬉闹的裁判，当作支持者，当作一个不跟他们说实话的人。在傍晚和黑夜降临的时刻，教堂前的空地就成了属于孩子们聚集的地方。他们要么坐在教堂墙壁的外台上，要么把身子撑在自己的自行车上，通常要让人呼叫好多次以后才回家去睡觉。他们几乎都不说话，无非就是在这儿凑到一起，蝙蝠围着飞来飞去，时间就这样流去，直到谁都几乎看不到谁。在这里，我就使尽浑身解数，试着充当起一个叙述者。我时而划起一根火柴，时而拿起两块石头相互敲击，时而向握成空心球似的双手里口气。这期间，我当然从始到终也就是玩玩把戏——畸形足走路，洪水猛涨，鬼火临近。这些听众压根儿也不想听什么情节，这些把戏就足够了。然而，这个快要成年的男子好像并不满足于这样围绕着别人转来转去，于是他就坐到这些孩子中间，犹如他们的一员。他们觉得这完全是不言而喻的事，可是那些当年的伙伴却冷嘲热讽我。他们此间已经变成"大人"了。有一次，我和几个几乎没有一个能够到我肩膀的毛孩子在广场上赛跑。这时，那个我在寄宿学校的夜晚常常看见隐现在蓝色帷幕后的姑娘——从来没有过对一个女人如愿以偿的裸体想像——脚穿高跟鞋，昂着头挺着胸走过去了。她撅起嘴，几乎让你觉察不到，一副地地道道不屑一顾的神气：仿佛从眼角投来的一瞥已经吐露出了她的一切，也就是说我怎么看着都让人不是滋味。

突然间，我不仅被阻断了与那些孩子的交往，而且也无法去广场上了。我被驱赶到那个在当地语言运用中被称为"花园之后"的边缘地带。换句话说，这个表达也就意味着那个地方虽说也住着人，可不再那样合情合理地被当作村子的一部分：栖身在那儿的人都是孤寡人。比如那个护路人就住在那儿的一间窝棚里。窝棚墙壁很厚，涂成了深黄色，犹如一个无论哪儿都不会再有的（而且在那些村子周边也从来没有过的）城堡的门房。我没有进过这间屋子，也与这个人始终保持距离。在我的周围，他是惟一没有什么秘密可言的人。只要一有秘密，他不但守不住，而且要一吐为快。他每天的工作无非就是养护这个地区的公路。然而，有些日子里，他也会起身离开那个放在乡间公路荒僻野外中的碎石箱，变个样儿站在一个梯子上，比如在村子中间的客栈门口上方，成为一个写写画画的人。看着他用极其缓慢的笔触给写好的字母再加上一道彩虹，看着他用几条细如发丝的笔线似乎要给那粗壮的字母透透气，并且从一片空白中变幻出下一个字来，仿佛它早就在那里存在似的，而他不过是描描而已。此时，我就在这显现的文字中看到了一个隐藏着的、不可名状的、因此愈显富丽堂皇的、并且首先无边无界的世界帝国的象征物。正是由于这个帝国的存在，这个村子似乎非但没有消失，反而走出了无足轻重的境地，成为这个帝国圈子的核心。这个文字图像的形式和颜色此刻在这里浑然一体，构成中心，把这个圈子照得通亮。在这样的时刻，连这位写写画画的人站的梯子也变得非同一般了：它不是倚靠着，而是高高耸立着，两条腿旁的路缘石闪闪发光。一辆满载秸秆的马车从旁边驶过，一捆捆秸秆编织成了一个个花环。百叶窗上的挂钩不再是下垂着，而是指示着方向。客栈的门变成了庄重的大门，进入的人都听从这文字的召唤，一边注视着它，一边脱下帽子。从背景中，突显出一只在那儿扒食的鸡的爪子——是一只徽章动物的黄色爪子。这位写写画画的人站着的这条街，不是通往那个临近的小城，而是通向村外的旷野，并且同时径直指向他的笔尖。在别的一些日子里，秋天的狂风落叶，冬天的雪花飘舞，春天的繁花似锦，夏天的远方闪电，在我眼前这乡村广场上，那个大世界曾经作为不折不扣的现实而主宰过。然而，在这些写写画画的日子里，我却有了更多的感受：在现实中感受的时间，升华为时代的感受。

我觉得，那个护路人还有另外一个变身法：他给坐落在野外田间小道旁的圣像柱重新涂色。有一个田间的圣地就像是一个小教堂，有一个内室，当然小得可怜，其中仅仅不过一步的空间。我总是碰到他在忙活着。他身子挤进这坐落在偏远十字路口的四方空间里，只露出脑袋和胳膊肘。他把胳膊肘撑在小窗腰上，小窗朝着我的方向敞开着。此刻，圣像柱不禁使人想起一个被掏空的树干，一个驾驶室，一个岗亭。看样子，仿佛这人把它扛在自己肩上，扛到野外这荒无人烟的地方。这位写写画画的人简直连退一步来审视一下自己干了什么的空隙都没有。然而，他站在那里，头上戴着礼帽，一点也不为我的脚步而分心。这镇静自若劲表明，他根本就不需要那样一个活动空间。那幅需要修复的壁画从外面是看不见的。过路人要想看看上面画的是什么，就得把身子弯到窗腰上。在这个小室里，惟独反射着主要色彩，一种浅蓝色。在这个色彩中，久久看去，每个别的色彩运动就像榜样一样影响着我。真的，有朝一日，我也希望这样来干我的事情。如此悠然自得，如此从容不迫，如此无声无息，不为任何人而动摇，完全自由自在地活着，没有劝说，没有赞扬，没有期望，没有要求，一句话，没有任何别的想法。不管今后干什么工作，它都要和这儿的工作一个样。这样的工作使得从事它的人如此显然地变得完美，并且让这个偶然的见证人得以分享。

在这些年里，我每天不得不感受着。对我来说，在这个村子里，在过早因为暴力断送了童年之后，再也没有可能建立什么联系了，不存在什么延续了，也不会再持久下去了。与此同时，我那神经错乱的姐姐第一次开始接近我。说来也奇怪，从小时候开始，周围所有的疯子都吸引着我，而我反过来也吸引着他们。他们在不间断地漫游时，常常走到窗前，将鼻子和嘴唇贴到玻璃上，龇牙咧嘴地朝屋里冷笑。当我在布莱堡上学的时候，在我的眼里，那儿有个独一无二的地方，让我越来越着迷，那就是护理院，疯人院。我定期在放学以后绕道前往，让人家透过围栏，用叫喊和无声的挥舞——我也回想起拥抱空气的情景——来欢迎我。接着，我一边十分兴奋地往回走，一边在空荡荡的乡间大路上自个儿挥舞来，叫喊去。看样子，好像那些精神病人或呆子都是我的保护神。当我好久碰不到他们时，那么只要一看见第一个十分友好的呆子就高兴极了，顿时会充满力量，如同大病初愈。

然而，在我看来，姐姐既不是那群劲头十足的呆子中的一员，也不属于疯子行列。她总是独自一人，不可捉摸。我从一开始就觉得怕她，躲避她。只要一想到她的目光，我也觉得就像人家说得我心悦诚服一样，那不是精神错乱的目光，而更多是凝视；不是呆若木鸡，而更多是清清白白；不是沉迷于过去，而是任何时候都在现场。我不断地与这双眼睛进行较量，可是较量的结果没有一次对我有利。此间，这个工具（我把那个不动声色的目光看成是这样的工具）表明的并不是我当时的过失或者无耻行为，而更多是那根本的不幸：我伪装了；我不是那个自己表现的我；我不是真实的，我根本不是这样，我是在演戏。而且她也真的从来都没有善良过。无论干什么事——只要我这样或那样一盯望——我都觉得做什么都是给她和我自己看的，再说是虚伪和拙劣的。起初，她嘲笑我，起码有时在她那咯咯笑声中几乎还带着同情味。后来，在经过这样蔑视的折磨瞬间之后，她只是一声不吭地幸灾乐祸。因此，我就尽可能地躲开她（当然，她过后也许会出乎意料地站在回廊里，并且在那儿设下她的目光陷阱）。

我姐姐大我那么多，这无疑也让我感到诧异。哥哥和她只相差一岁，而我和她却相差二十多岁。实际上，这孩子久久地把她当成家里的一个陌生人，一个可怕的入侵者，她随时都会从头发里拔出一根发针来刺人。那么到了如今，当我从寄宿学校回来时，她又从自己的头发里拔出饰针，不过这却意味着：她靠近了，她向我表白心事，她接近我，带着关怀的神情，也是一种激动。当我下了火车时，她激动地穿过田野，迎着我走来；她激动地帮我拎着包；她激动地递给我一支鸟羽毛，拿来一个苹果，献上一杯果子酒。我否定了全部的过去，我最终就是这个样子：最终不仅她不知所措，无可归属，而且我也一样。她最终有了一个同谋，一个同盟，可以围着我转了。她的目光不但不伤害我，而且停留在我身上。如果说这目光迄今向我预言了不幸的话，那么它现在无非就预示着对我的、她的、我们俩的现实存在的惬意。然而，此时此刻，它绝对不是强加于你，始终不过是作为一种纯粹的征兆，像符号一样，无视于我需要的任何第三者。

　　在我的想像中，姐姐相应的举止就是坐姿，安安静静地挺着身子坐在那儿，两手搁在身边的长凳上。虽说家家门前都放着这样一条长凳，可平日都是男人们坐在那里，大多数是老人——而惟独作为老者留在我记忆中的父亲却没有给我留下一次坐着的印记。相反，我看见村子的女人们"一天到晚都忙个不停"，就像人们谈论女店主时说的；要么奔忙在大街上，要么弯腰劳作在花园里，要么在屋子里奔来跑去。也许我只是这样想像，不过在我看来，这是斯洛文尼亚乡村女人的一个特点。在屋里，她们从一个点到另一个点的每个动作都是奔跑。她们从桌前跑到灶前，从灶前跑到菜案前，又从菜案前跑回桌前，尽管各个点之间都近在咫尺。这种在狭小空间里的奔跑开始于站立，是由短步急走、踮起足尖一闪而过、就地奔跑、换换脚、转向和再短步急走组合而成的快速延续，从整体上呈现为一种脚步沉重的跳跳蹦蹦，一种长年累月的女仆人的舞蹈。连那些少女也一样，她们刚一走出校门回到家里，就刻不容缓地开始在那里奔忙，在客厅厨房里蹦来蹦去，要和别人争个高低，就像自然而然地迈着效劳的急步。甚至连我那个不是本地人的母亲也接受了这种习俗，比如说，她眼睛盯着地板，屏住呼吸急急忙忙地蹦过来，就是要为我送杯水，仿佛我是一个突如其来的贵客。此时此刻，我想不起来什么时候会有这样一个客人光顾过我们这个家，甚至连神父也不曾来过。可眼下这位姐姐是村里女人中惟一让我看见坐着的一个。她坐在门前的长凳上，光天化日之下，无所事事，就是坐着。而且像那个护路人一样，我也把她看做一个榜样。她坐在那里，指头扳来弄去，指间并没有通常的十字架念珠。这时，她在众目睽睽之下变成了一个空中精灵，只是让她自己最愿意看到的人才看得见，那就是我。与那个写写画画的人一模一样，她远离其他人的舞蹈，以其愚人百无禁忌的自由，也代表了这个村子的中心。我心想，她现在坐的那个地方，那坐落在教堂某个昏暗的角落里而不为人注意的千年小石像似乎就可以正襟危坐在那里。它就只剩下躯干、手和头。从那饱经沧桑的脸上，隆起的不过是眼睛和满带微笑的嘴，二者都紧闭。眼皮、嘴唇和拿着石球的手在露天里反射着太阳的光芒，这全部图像挪进了那光芒闪烁的房屋墙壁里，成为它的基座。

是呀，那帮孩子在夜幕中的时刻；是呀，那个没有见证人而辛勤写写画画的人的时刻；是呀，那个坐在太阳下的同谋者的时刻：然而，久而久之，所有这些时刻都不能替代我那失去的天地。

这个梦结束了，许多梦肯定又随之而来了，大梦和小梦、白日梦和黑夜梦。可是在这些年里，我也没有变成城里人。虽然我在村子里变得可怕了，常常在放学以后直等到最后一趟火车才回家，可我在城里到处都格格不入。那时，我不去饭馆里，同样也不去看电影。于是我不是四处荡来荡去，就是坐在公园的长凳上消磨时间。或许也是克拉根福特的特点使我毫无目的：要走路去湖边，离得太远。这个的确让我觉得广阔的城市，一个州的首府却没有河流经过，要不就可以去河边，站在桥上。那惟一对我来说像客店一样的城市大楼就是学校，它坐落在火车站旁。我在那儿独自度过了一个个下午，不是在教室里，就是在走廊某个被打扫干净的角落，里面摆放着桌子和长凳。有时候，其他名义上的走读生也加入到这里来。于是在这座宏伟的、空荡荡的、越来越变得无声无息和昏暗的大楼里，我们形成了一个奇特的小团体，一个默默无声地坐在窗前长凳上和站在拐角的小群体。在这里，我遇到了那个很有主见的姑娘，过后还和她看过一次电影呢。她同样住在离得很远的地方，位于相反的方向。我现在想起来，与寄宿学校的岁月不同，那个地方要比自己的家乡诱人得多；凭她那张从走廊的昏暗中迎着我照亮的脸看来，她只有可能属于坐落在某条繁华大街上的豪门望族之家。

相反，和同班的同学，我惟独在上课期间有一种群体的感受。在这里，我有话可说，甚至有时候是代言人（或者是遇到疑难问题时被提问的人）。然而，下课后，我就孤零零的。其他同学都住在城里，不是和父母一起就是寄宿在亲朋家里。而且他们都是律师、医生、厂主和商人家的孩子。没有人像我一样，连自己父亲的职业都说不出口。那么我是一个"木匠"的儿子、一个"农民"的儿子、一个"山洞工人"的儿子呢（这些是我父亲几十年里干过的工作），还是干脆回避说我父亲"退休了"不就够了吗？我也隐瞒了自己的出身，因此也撒了谎，一会儿说得高高在上，一会儿又说得什么都不是。我甚至想跳过这出身，让我像一个压根儿就没有出身的人，这样对我来说无疑再好不过了——当年在布莱堡这座小城里，在和那些教师、警察、邮局经理、银行职员家的孩子们打交道时，我确实已经清清楚楚地认识到那影影绰绰感觉到的东西：我不是他们中的一员，我从心灵深处和他们完全两样，他们不是我的世界。他们有自己交往的规矩，而我根本就没有。他们的社交活动不仅让我感到陌生，而且反感。他们起初还客气地邀请我去参加社交活动。站在一个舞蹈培训馆门前，听到那女培训师数着节拍的命令，我不禁想像着，这里面都是终身被监禁的人，而且是自觉自愿的。我觉得抓住的门把手如同相应的手铐。在一次花园聚会时，我曾经屈起双膝闲坐在挂在我头顶上方的吊床里，笼罩在五彩缤纷的灯笼，闪烁的风灯，烟雾浓浓的烤肉篝火中，沉迷在轻音乐和喷泉哗哗的水声中，包围在一群舞动和聊天的人之中，就像进入了一张罗网，再也无法逃脱了。

在学习群体之外，我找不到自己的位置。我无论站在哪儿，都成了碍事的。由于我对每句话都踌躇不定，那些本来进行得如此应对自如的谈话被弄得戛然而止。当其他人都昂头挺胸地从人行道中间走去时，我却弯着身子，紧贴着墙壁和栅栏挪过去；当他们不管在哪儿，比如大门口停下来要让人看看时，我就利用这个瞬间，悄悄地从他们身旁跨过门槛（这样有时反而更加引起他们对我的注意，就像发生在教室里的哄堂大笑所表明的一样）。一句话，与同学们在一起的那些自由时光就是笼罩在我反应迟钝的征兆之下，这无疑只有我一个人心里明白。好些年以后，我似乎在有轨电车里一个男子身上看见了自己当年的影子：那个人坐在一群讲着笑话的同伴圈里。他总是随声附和别人的笑声，然而每次都慢了一点，而且也是笑到一半又一再戛然而止，发起呆，接着又跟着一起笑，声嘶力竭的样子。在他的周围，没有一个人能觉察到让我这个局外人立刻就明白的一切：他肯定听懂了这儿所叙述的东西，可是并没弄明白这笑话的弦外之音。他对双重意义和影射彻底没有感觉，于是，别人讲什么，他就完全当什么。在沉默的瞬间里，我从那简直吃惊的眼神中看得出，他甚至在共同经历着那些叙述的一个个细节，当作某种十分严肃的东西。这时，我就在有轨电车上想着，当时我坐在同学们中间，情形也一模一样，惟有局外人，像我现在一样，似乎才会认识到，有人处在这个圈子里是"不合宜的"。

有一次，我们好几个人坐在一张桌旁聊天。起初，我还跟得上，可是后来，十分突然，我与别人之间就一刀两断了，那儿是交往的人群，这儿是我。我只是听到他们在说话，没有看他们。在我的余光里，最多不过是几个肢体闪来闪去，或者动来动去。因此，这听觉就越发敏锐：让人吃惊的是，无论是每个句子的一字一词还是抑扬顿挫，我似乎都能够立刻清清楚楚地复述出来，比最好的录音机还要真实。人们谈论的无非都是些习以为常的东西，借以消遣。然而，恰恰就是人们谈论的那些事，还有他们谈论那些事的方式使我气愤。这期间，我自己不是也竭力想参与其中吗？是呀，可是此刻我无声无息地坐在一旁，就想着让这一圈人来问一问。在我看来，那些人当然只是谈得越发来劲，旁若无我，无视我，仿佛此间惟独就是要这样做给我看的，他们就是他们，而我对他们来说是不存在的。是的，这帮市民子女当着我的面，当着这个一声不吭的人的面，滔滔不绝地说个没完没了，压根儿连问都不问你一声。他们如此做的目的就是要把像我这样的人，像我们这样的人驱除出去，就连他们说话的方式也是冲着我来的，尽管其中也没有什么恶语相加，像是平平淡淡，容易上口的歌唱。我感到，面对这样的聚会，在孤独的境地中，能量在我的身上聚集——那种总有一天也要说话和叙述的冲动——，在我的脑海里突然变向，一边猛烈地震撼和麻醉了整个大脑，一边弹回我的身体里。那种"孤独"，我不过是把它当成一个字眼：我就是这样感受孤独的。在这一天里，我打定主意，这种形式的交往永远也不会是我的。甚或不能在这儿跟他们一起谈论，充当一个另类，这不也是一种无声的胜利吗？我不告而别，离开那张桌子，他们甚至连片刻都不停顿。后来，当再发生这样的事时，我才听到有人说，我没有过"儿童游戏室"。随之我想起来了，在我们家里，确实没有过孩子们的专用空间。再说，从发生这些事情后，留给我的就是一个后来我自己无论如何非要改掉的不好习惯：在一次争论中，冲着一个对手说出了"你们"，尽管他就一个人而已。

这样一来，我那时的家园就是乘车，在汽车站和火车站等待，一句话，在路途上。每天九十公里路程，或者加上步行，来往于村子和那个城市之间花去的三个钟头构成了一个时间空间。由于各种各样的麻烦，它同样也给予了适合于我的生存空间。每次都会让我深吸一口气，终于又来到这些绝大多数不相识的人之中，我不需要把他们之中的任何人分类，他们也不用将我去分类。在乘车期间，我们既不是穷人，也不是富人，既不是好人，也不是坏人，既不是德国人，也不是斯洛文尼亚人，充其量就是年轻和年老而已——而晚上乘车回来时，我甚或觉得，仿佛我们之间压根儿连年龄都不算不上什么了。可是我们到底是什么呢？在这没有等级的客车里，干脆就叫做"旅行者"或者"旅客"，而在汽车里，则更好听些，叫做"乘客"。有时候，由于各种原因，我选择乘汽车：一方面，这样我路途上会长些；另一方面，这时天已经黑了；再说乘坐汽车时，我觉得连那些令人厌烦的熟人一个个都变样了。无论是在村子还是小城里，我哪儿都会把他们和他们的声音、他们走路的姿势、他们的目光，他们胳膊肘撑在窗台上扭头望着过路人的样子，也包括我对他们的家庭和他们的来历所知道的东西等同起来。可在这儿，他们一上汽车，一下子就变得无法确定。而作为无法确定的人，他们在我的

眼里超越了平日：他们被消除了自己的特征，终于表现为
独自，惟一和现在。在这飞快行驶摇摇晃晃的汽车里，他
们坐在自己的位子上，显得比他们在家乡坚守的教堂固定
座位上要真实多了，就像被共同的行程脱胎换骨了。变得
无法确定以后，他们才显现出自己的图像。他们这时表明
了什么，同时却又是无法阐释的，这也就是实实在在的他
们。他们和一个个乘客打招呼毕竟就是招呼；他们的询问
毕竟就是想要知道。我虽说没有能够这样坚持，可是我本
该如此啊！在这几乎总是零零散散的人堆里，或者由小孩
和成人组成的一个个人群里，我感到就像受到保护一样，
如同在像我这样的人之中似的。这些人由一个可信任的公
职人员（在家乡或许就是个闷闷不乐的邻居）驾驶着穿行
在城市和乡间公路上，不是什么郊游，也不是什么娱乐目
的把大家联系到一起，而是不得不做的事情使他们离开住
地和花园，去看医生，去上学，去逛市场，去当局办事。
这种感觉不是什么时候都需要黑暗的保护。有一次，在一
个阳光明媚的上午，我坐在几个女人后边，她们谈论着自
己的亲戚，满车都听得到。她们正好都是去医院方向的路
上。她们的病史形成了各种声音清晰的连续，一个扯开嗓
门，一个低声低气，一个痛苦抱怨，一个泰然自若，其间
各个声部分别加入合唱。于是，这辆行驶的汽车就变成了

一个现在单独属于这些女叙述者的舞台，而在这个装着玻璃的保护罩里，最后集结成一个完整的王国的光束，一道驱散一切现实存在和让人透不过气的东西的光束，一道催人振奋的光束。这是一个特殊的，此刻却与这辆汽车一起运行的王国。那些女人的头巾闪闪发光，从她们手提包里闪耀着一束束花园鲜花的绚丽色彩。

我一再看到那些在停车站下了车的乘客以相似的方式匆匆地消失在黑暗里：这些停车站同样也是舞台，一个情节发生的地方。它不外乎就是人们在这里来来往往，首先是等待。有几个人在转身离去之前，还要在灯光圈里停留片刻，仿佛面对回家的路犹豫不决（当时我也属于他们的一员）；其他人几乎刚一下车，就像梦中的孩子们有时候那样，立刻就无影无踪了，仿佛永远消失了。而旁边热乎乎的座位，呼吸时散发在玻璃窗上的雾气、手指和头发的印记充斥着他们留下的空虚。

那时候，市汽车站一带成为我的主舞台。一条位于火车道旁的横街设有临时售票房，街道两旁都是木板搭起的小客店。那儿有汽车开往国内各个方向，甚至在有些日子还开往南斯拉夫和意大利。在这里，我感觉自己处在事件的中心。要说发生什么事了，当然莫过于临时售票房里油黑闪亮的木地板的气味，铁炉里呼呼燃烧的响声，门扇砰砰的撞击声，外面摊位上广告晃来晃去的样子，一辆辆汽车发动时的颤动，一辆辆汽车停站时噼啪咔嚓的响声，粉尘、碎片、雪花和报纸飘过刮风的大街。在这个地方，出现这些东西，或者说它们本来就存，大树高处浅黄色的灯，小客店巨大的支梁，标记目的地的锈迹斑斑的金属牌子，这些对我来说，作为情节就足够了，再多也根本用不着发生，这已经很丰富了。一个面孔从黑暗里走出来，变得那样容易认识，那样有个性，这就已经太多了。它不但不碍事，反而使你清醒。在那些我为此不由自主想像出的故事中，那么主人公也同样是一个冒充上帝的人，或者是一个白痴，他在上车时受到了大家的冷眼，而在夜间行驶中充当了复仇者，把汽车开到万丈深渊里。连那个女朋友坐在自己出发的汽车上，从街道另一边向我转过脸时都阻挡住了那望向自由空间的目光。只有当她离开了视线，那个地方又空荡荡时，我才会去回应她的招呼。然后，她自然好像定居在那整个国家里，我和她一起行驶着她的路程，就像她和我一起行驶着我的路程一样。

　　是的，我的路程，不是坐火车就是乘汽车，火车站和汽车站，这就是我当走读生的岁月里的家。寄宿学校岁月的乡愁一去不复返了。在没有课的日子里，我就被牵引到那条有等待位置的大街上，它不同于村子，无愧于"地方"这个名称。我被迫永不停息地奔波，居无定所，没有落脚的地方。在此间经历的一切痛苦中，当年的乡愁是最残酷的，是一种折磨，不同于平常只袭击一个人的折磨，从天而降，而在你的周围，一切都安然无恙；它也不同于一般的折磨，无可对付，屈服于一种漫不经心，只要这种漫不经心没有目标，我就觉得无聊；可一旦它获得了方向，我才觉得这是对远方的向往：不是折磨，而是兴致。

我乘来乘去的一个认识是，连父母在村子里都是陌生人。并不是同村的人这样看待他们，而是他们本身。一到外面，他们就受到尊敬：父亲被委以不断变化的职务（在林肯山村，几乎只有教堂的职务），母亲被视为与当局和当权者打交道的行家，一句话，打理外务的能手。她像一个乡村文书先生，替邻居写信和申请。然而在家里，只要他们在一起，偏偏在谁都不干事的时候，既笼罩着一种动荡不安和争吵，又充斥着一种不动声色的图谋，看样子，仿佛他们俩都不情愿出现在这里，是被拘禁者或者被驱逐者。

父亲的形象使我想起了一个人，他早就在外面的岗位上毫无希望了，又一次毫无希望地寻求着回归的信号；他踱来踱去，突然跑到那个小收音机前，面带越来越阴郁的神情，打开收音机旋钮。起初我觉得，这是多年来变得空空荡荡的牛棚和谷仓里黯淡沉寂的后果。堆放在那儿的工具不过是陈列品或者破烂。后来我才发现，父亲在他当年屋后的作坊里一再要证明自己，尽管没有订货，他却无愧于一个木匠的手艺，做出了绝对棱边笔直无可挑剔的桌子和椅子，是对不公正无可补救的愤怒和反抗的表现。有时候，我从外面透过玻璃观察，他干活时眼睛看都不看工件：他要么直直地瞪着眼睛无视它，要么就猛地抬起头来，在长久的麻木之后，眼睛里闪现出短暂的挑战。在这个地方，对于他的狂怒有各种各样的传闻，而干活时，它转变成一种稳定而持续的愤怒。不管是画出尽可能粗的木线，还是钉钉子，或者打磨棱边，这愤怒都尽情地发泄在其中。后来我才想到，问题就出在我们家，在我哥哥失踪二十年以后，这个家始终还笼罩在一片哀伤之中。这个失踪的人，不同于一个确定无疑的死者，不但使得家庭成员心无宁日，而且日复一日远离他们而死去，他们却丝毫无能为力。

不过，这也不是症结所在，至少不是惟一的。那个仿佛扭曲了这个庄园的角角落落的意识要古老得多。在这里没有家乡感，甚至说生活在这个地方是一种惩罚。这是一个——惟一的——家庭传统，从父亲的父亲传到父亲，一代接着一代。也许这再明显不过地表现在那个世代相传的古训里：
"不，我不进去，因为我一进去，里面一个人也没有。"

这样的遗产来源于一个历史事件，从而出现了我们这个家族的传奇：据说我们的根真的就是那个格里高尔·柯巴尔，托尔敏农民起义的首领。在他被处决以后，他的后人被驱赶出伊松佐河谷地了，其中一支翻过卡拉万肯山脉，流落到克恩滕。因此，第一个儿子都取名为格里高尔。从这个传说中，对我父亲产生影响的，当然不是那个叛乱者或者首领名分，而是处决和驱逐。从此以后，我们成了奴仆族，流浪族，哪儿也没有居住地，注定永远就是这个命运。我们惟一享有的权力就是娱乐，我们在其中可以找到短暂的平静。而在娱乐中，他虽说是个老人了，可是每次都会成为村里的头名。对他来说，驱逐判决的一部分也包括：斯洛文尼亚语本来就是他祖先的语言，可它在自己家里不但得不到重视，而且一定要彻底废除。他虽然也不间断地在心灵深处说这个语言，从他那有规律的，常常声音很大的作坊自言自语就看得出来，可是它不允许再说出口来，而且也不能再传给自己的孩子们——因此，当他娶了敌对民族的一员，一个说德语的女人为妻时，说来无非就是合情合理了。看他的行为举止，仿佛这是一个最高的意志施加给我们这个家族的，比那个当年命令处决我们的祖先格里高尔·柯巴尔的皇上的意志还强大；仿佛他的长子——叫这个名字的最后一个人——失踪以后，他也一定要在家里让那些剩下的斯洛文尼亚语音素沉默起来。这样一来，在别人面前，只有骂人时，他才会情不自禁地说出自己的语言，或者受到感动时脱口而出。惟独在娱乐时，他才会自如地说出这个语言，无论是揭牌，还是投掷保龄球，或者在一边召唤一边督促朝着目标滑去的冰壶：一到这个时候，他就可以一而再，再而三地说斯洛文尼亚语了；一到这个时候，平日无论什么时候都不会跟着唱歌的他，却领着别人唱起来。可在平日里，只要他开口说话就只讲德语，讲的是一种丝毫不带地方腔调的德语，并且感染了整个家庭。后来，就因为这口德语，无论我走到这个国家什么地方，人家都会问我，仿佛那是一种被禁止的外语。（当然，父亲说起德语来怯生，一丝不苟，每个字眼都苦苦思索，都要变成一个图像，而回响在我耳际的，是再清晰不过、纯洁无瑕、地地道道和声如其人的声音，我有生以来在奥地利所能够听到的声音。）

这期间，我父亲当然不会只是对柯巴尔家族打入地狱的惩罚忍气吞声，诸如流亡、奴仆地位、语言禁锢等；他觉得是可忍，孰不可忍。不过，他并没有通过反抗或者哪怕只是不顺从来寻求拯救，而是通过他特有的方式，那就是有过之而无不及地遵从那不公正的戒律，也许正因为如此而显得更加激烈，更具讽刺性，更为鄙视。他就是要以这样的方式把那不公正的戒律展现给当局，从而使之最终不得不来对付你。父亲竭尽全力，尤其是凭着他那坚忍不拔的力量，坚持不懈地为自己和他的家人寻求拯救，甚至要迫不及待地强求获得拯救，像对付动物时爆发的狂怒和残暴所表现出的一样。然而，尽管如此，看样子，仿佛这就是那种渴望不可分割的部分，没有希望，没有梦想，没有想像，也没有给我们主意。在这片土地上，拯救这个家庭看上去无非就是如此的处境了。为此，他怪罪于两次世界大战；他几乎完全是在我们那条传奇的家乡河——伊松佐河边上熬过了第一次世界大战，又作为一个逃兵，在流放地林肯山村挺过了第二次世界大战。

相反，我母亲是娶过来的，是迁到这儿来的，她对这个家族传统有完全不同的理解，彻头彻尾地转向了。在她看来，这个传统意味的不是徒然的斗争和被迫迁移的悲壮之歌，而可以说是目的和权利的原始见证：一种希望。与寻求拯救的父亲不同，她并不指望从第三者身上获得拯救：她要求我们自己来救自己。父亲总是一再痴迷于信仰，听凭命运的安排，而母亲则坚定不移地不信神，不信鬼，无论什么时候都尽力去行使自己的权利（这也是她从两次世界大战的经历中体会出来的）。而这个权利表明：她的家庭——她指的是自己的孩子们——的安身之地数百年来就在卡拉万肯山脉的那边，拥有回归故里的权利，并且最终一定要靠自己来实现。望着西南方，奔向西南方，回到西南方去，无论情况怎么样，去收复那块土地吧！这样收复土地也包括洗刷那由于祖先遭到当权者的杀害而让"我们"蒙受的耻辱。（母亲，这个弃儿，这个漂泊而来的人，为那个向她提供避难的氏族用了一个最盛气凌人的称呼"我们"。）我们似乎就要这样来对那个皇帝，对那些贵族，对那帮当权者，一句话，对那些"奥地利人"——对她这个奥地利女人来说，那是蔑视人的无以复加的表现——进行报复。她惯于靠着玩弄字眼，也就是我们的发祥地应该所在的伊松佐河谷地的那个地方名称，将这个报复象征化：等我们回归并且从长达千年之久的奴役中重新站立起来以后，这个在德语中称为"Karfreit"（卡尔弗莱特）的村子，实际上斯洛文尼亚语叫做"Kobarid"（柯巴里德）的，将会改名为"Kobalid"[1]（柯巴利德）。随之，父亲讥讽地回敬她说，这倒也可以翻译成"骑着马离去了"，她最好还是让它保留卡尔弗莱特这个名字吧，像我们这样的人也就这

---

[1] Kobalid：叙述者在这里想像着按照这个家族的名字 Kobal 把这个地方改名为 Kobalid。

个命了，或者起码保留 Kobarid 这个名称，其中比如就包含着共生的水晶，或者也包含着一束榛子。接着母亲又惯于应对说，是不是这个如今彻底退化为臣民的他，居然忘记了有关自己的儿子，那个抵抗战士最后的消息就来自那个著名的"柯巴利德共和国"。战争期间，那儿独独一个村子宣告为反法西斯共和国，并且也存在了好些日子。对此，父亲只不过说道，他既不知道什么消息，也不知道什么反抗。

过后，两人自然又一再在我们家里那惟一的相片前碰面（除了我哥哥那张放大的相片之外，它挂在那神圣的收音机暗室里）：相片挂在前厅里，并且有一张斯洛文尼亚地图。就是在这个地方，父母通常也是唇枪舌剑，要争个高下。母亲平日那样不信鬼神，甚至对上帝也不恭不敬，可面对这张地图，在念着一个个名称时却抬高嗓门，吟唱起来，一如既往，有板有眼，忽高忽低。而父亲对她要么直言不讳态度生硬地纠正，要么干脆就对她的外来词发音摇摇头而已。尽管她此时此刻已经咬牙切齿，舌头僵硬，可是也无法使她脱离那斯拉夫语冗长乏味的列举。她一个接一个地吟唱着"Ljubljana"、"Ptuj"、"Kranj"、"Gorica"、"Bistrica"、"Postojna"、"Ajdovscina"（我特别期待着这个音色图像），而不是"Laibach"、"Pettau"、"Krainburg"、

"Görz"，"Feistritz"，"Adelsberg"，"Heidenschaft"。[1] 奇怪的是，与母亲平日的歌唱相反，我觉得那单调的地名吟唱得很美妙，尽管她的重读错误不断。听起来，仿佛每个名称都是一个祈求，而所有的名称一起联结成了一个无与伦比的、高亢而亲切的祈求。而在我的记忆中，父亲对此非但没有回绝，反而作为这个民族——很小的民族——的代表唱起了第二部，仿佛这狭小的前厅——铺着木地板、围着栏杆的木楼梯通到地下室，出门就是木走廊——变成了一个神圣的殿堂，比任何乡村教堂的殿堂都要宏大。

再说，母亲从来也没有跨出过国门一步。那些南斯拉夫地名，她首先是从丈夫的叙述中知道的。而对他来说，那些名称体现的仅仅是战争而已，一如既往。这些年里，他对地名也没有什么好讲的，更多总是那同一个布满岩石的高地，被攻克了，又失陷了，再被夺回来，等等。照他的说法，这场世界大战就发生在这样一道光秃秃的、石灰色的山背上，一个接着一个战场的前线仿佛就是向前或向后扔去一块石头划定的。只要你听一听村子里其他老兵的叙述就是了，这曾经是他们所有人的真实所在。父亲本来就抖抖颤颤的。只要一提起山里那些深深的岩体弹坑，他

---

[1] 前一组是斯洛文尼亚语地名，而后一组是相应的德语地名。

就抖颤得更厉害了。在那些弹坑深处，夏日里积雪还不融化。他有过许许多多的害怕，然而，他主要害怕的是可能会杀死一个人，至今依然如此。他十分镇定自若地给人家看他身上的多处伤口，有胫骨上的，有大腿上的，还有肩上的——只要一提起那个意大利人来，无论什么时候，他都会非常激动，因为他曾经奉命瞄准他开了枪。"我并没有直接瞄准他，"父亲说，"可是我一扣动扳机，他就飞起来了，两臂伸得开开的。然后，我就再也没有看见他的影子。"这一瞬间，他总是瞪大眼睛讲来讲去，因为过了三十、四十、五十年之后，那个人依然不断地飞到空中，而且似乎永远也无法让人知道，他是有意躲进战壕里了，还是一头栽下去了。"太卑鄙了！"他一边骂，一边用斯洛文尼亚语重复着这骂声，"Svinjerija！"听起来，仿佛这种语言毕竟是他发泄给这段历史，这个世界和这个人生的愤怒更好的表达。在战争中，他无论如何几乎没有看到过什么村庄，至多是曾经到过"……地方的附近"或者"通往……地方的大路上"。惟独戈尔兹对父亲来说意味着超过了战区："这是一座城市，"他说，"我们的克拉根福特根本没有什么可以跟它比的！"然而，当你再问下去时，无非就是一句话："在那些花园里，长满了棕榈树，而在一个修道院陵墓里，埋葬着一个国王。"

父亲重述时，只要一提到那个引起悲痛和愤怒的战场名字，这可给倾听的母亲创造了借题发挥的机会。凡是被他诅咒的——"该死的特诺瓦纳森林！"——，在她那里则变成了一个充满期待的家园。而且她把所有那些地方又在我的面前（这事姐姐是做不到的）整体勾画成一个国家来。这个国家与事实上的斯洛文尼亚并不相干，而纯粹是那些名称，那些由父亲提到的战役和痛苦经历构成的，无论是令人毛骨悚然或者只是顺便说说也罢。这个国家仅仅存在着主要的地方，一个个都有童话般的名称，如 Lipica，Temnica，Vipava，Doberdob，Tomaj，Tabor，Kopriva 等。[1]在母亲的言谈里，它成了和平之国。在这个国度里，我们这个柯巴尔家族终于能够再现当年了，并且长久地存在下去。这样的魅力蓝图与其说产生于那铿锵的语言或者家族传说，倒不如说出自我哥哥在南斯拉夫的岁月，出自他在第二次世界大战期间写给家里的几封信。在那些信里，这个儿子常常在那些同样的地名，也就是父亲借以把这个世界诅咒得一无是处的地名之前加上一个赞美之词："这座神圣的纳诺斯（山）"，"那条神圣的蒂马沃（河）"。而在我这个晚到人世的次子心里，从一开始，不管母亲的想像与

---

[1] 这些都是与斯洛文尼亚历史和文化相关的地方。

经验世界多么遥远，都比父亲那些战争叙述的影响要强烈。如果我要为此构想出这两个人的图像来，那么出现在我面前的是一个无可奈何和一个分享快乐的叙述者：一个袖手观望，另一个置身其中，主张权利。

不言而喻，现实生存，也就是这个家里平常的日子取决于父亲那闭关自守的行为。恰恰是他的地方陌生感使他成了家庭的暴君。他无论在哪儿都找不到自己的位子，因此他就去折磨其他家庭成员；不是把他们从各自的位子上赶走，至少就是让他们待着不是滋味。只要父亲一进来，大家顿时就变得提心吊胆。即便他只是往窗前一站，我们其他人都会被害得手忙脚乱，让我们无论干什么都不知所措。甚至连正襟危坐的姐姐也捍卫不了自己的权利；气喘吁吁的发愣替代了心灵的平静。他那喜怒无常的行为像瘟疫一样：在大厅里，他是一个绕着圈子走来走去的矮小男人，他这样走的时间越长，围绕着他的一个个眼睛，一个个脑袋，一个个肢体就越发开始闪动、颤抖和抽搐。哪怕是他一个小小的举动，常常都会弄得这样鸡犬不宁。他猛地一下推开门，朝其他家庭成员投射出那遭受到伤害而无望的目光，然后又走开了，或者我们感到他一动不动地站在前厅里，仿佛在那儿等待着自己的救星，同样就像等待着那个最终会将他连同这个庄园一起埋葬的山崩地陷一样。只要他一进自己的作坊里，我们才长出一口气，可是从那儿也会传来他愤怒的吼叫。虽然数十年来我们都习惯了，可一听到这吼叫声，我们总是禁不住吓一跳。甚至这个或许会使他真的觉得自由自在无拘无束的作坊，也不会被父亲当成家。

就是到了星期天，除了下午玩牌，原本也只有做完弥撒回来时，才会出现那相应的平静。这时，父亲打开每周出版一次的斯洛文尼亚语《教会报》。这是他向来惟一阅读的东西。此时此刻，他戴上眼镜，掠过每个字眼时都无声无息地动起嘴唇，仿佛不但是一行一行地看着，而且也是一字一句地琢磨着。在这段时间里，从他那从容的神态中弥漫出一种宁静，笼罩着他，充满整个屋子。在这阅读的时刻里，父亲终于有机会找到了自己的位子。风和日丽时，他坐在屋外的长凳上，平时都坐在东窗前那张没有扶手的长凳上，他面带着一种充满童稚的研究者的神情，逐字逐句地研读着—— 一想起这样的情景时，我就觉得好像自己此刻依然和他坐在一起似的。

实际上，我们当时根本连一顿饭都没有在一起吃过：总是用密封的金属盒把饭菜给父亲送到对面的作坊里，仿佛他依旧还在外面劳作，不是同那些山农在一起，就是在山涧的沟底里。母亲除了做饭，也在灶台前吃饭。像通常看到的"精神错乱者"一样，姐姐在门口的台阶上，一勺一勺地从一个大碗里舀着吃。而我随便走到或站在什么地方就吃了。饭后，我们都盼望着那些牌友到来，不只是因为父亲向来是赢家：这时，他正襟危坐，敢于一个接着一个下大赌注，这种从容不迫的神情放射出一种喜悦，连那些输家也被感染了。每当这个凭着自己的冒险劲而赢得成功的牌友突然大笑起来时，大家都会意地跟着一起笑。他的笑那样少见，既不是幸灾乐祸的笑声，也不是同情怜悯的笑声，而是胜利者直截了当的、自由自在的笑声。这些牌友都是父亲的朋友，像他一样是奴仆，当牌友时成了平起平坐的人，乡村绅士、本地人、发言人、叙述者，和谁都不谈自己。不过，这种友谊只是在玩牌期间活跃起来，随着牌局的结束，大家相互离去，各奔自己家，没有了协作，零零散散，纯粹的邻居，疏远的相识，首先是相互之间对各自的弱点和嗜好了如指掌的乡民：色鬼、守财奴、夜游症患者。而父亲，尽管依然正襟危坐在桌前，一手抓着牌，一手在点钱，却又失去了自己的位子。牌局结束后灯一关，屋里似乎闪闪烁烁，似灭非灭，就像当年那微弱的、跳跃不定的电流。在整个国家电气化之前，我们这个地区是由一个位于德拉瓦河上、甚至没有一个水磨那样大的小电厂供电的。

虽然父亲亲手建造和布置了这座房子，集泥瓦匠、木匠和细木工于一身，可是他住在里面却不是其主人。他是自己的劳工，无法放弃和欣赏自己的工作，哪怕一时一刻也好，而且因此也不会觉得自己就是创作者。在自家庄园对面的建筑物上和别人一起干活时，比如教堂塔顶，他不时地也带着某种成就感指指画画，而对由他在自家房子里里外外所做的一切，他想都不想瞥上一眼。他只要一砌起墙来，就竭尽全力，一丝不苟，可同时又毫无目的地直视着前方。他只要一把做好的小凳子送给别人，他的眼里除了下一个凳子的木材，什么都没有了。我从来连想都不会想，当时作为年轻人，当这座几乎独自长年累月、辛辛苦苦建造的房子完工时，他上山来到那片树林边上，从那里自豪地一览整个林肯山村，因为那儿有他为自己和自己的家庭成员建起的住处。这可是二百多年之后柯巴尔家族第一座自家的房子啊。真的，在我看来，甚至在房屋上梁的庆祝仪式上，连格里高尔·柯巴尔这个不动产拥有者举起一大杯果酒都是不可想像的。

所以，首先是这个不会生活的父亲，在我上中学的最后几年里，使我失去了回家的兴致。虽然从火车站或者汽车站的回程一帆风顺，我甚至克服了村子这个障碍，依然满怀着与那些素不相识的人，那些送来温暖的影子同行的心情；可一到村界上，一股不快的感觉油然袭上心头，又是脑袋发痒，又是手臂变得僵直，又是两脚不听使唤，实在没有法子不让它们发生。这时，情形不是这样的：我事先在旷野途中为自己虚构出了什么图像，陷入了沉思之中，心醉神迷了，就像人们常说的，睁着眼做梦了——我虽然"睁着眼做梦了"，然而不过都是同时在我周围发生的事：夜晚、下雪、玉米地里刷刷的响声、吹进眼窝里的风，而这一切，凭借着在思想上依然继续的行程，显得比平日更加清晰，别有天地，像符号一样。那立在奶摊上的奶桶就像印刷字母。一个接着一个在黑暗里闪耀的小水洼连结成一行。然而，一到家门前，这些符号便失去了自己的力量，这些事物便失去了自己的特质。我常常久久地站在门口，几乎喘不上气来。那些如此清晰可见的东西，瞬间变得杂乱无序。由于我再也无法做梦了，也就再也看不见什么东西了。一路上，彩虹似的接骨木枝条一道接一道，盘旋而上，向天梯一样，最后消失在花园里，成为树篱的一部分。上方那些刚才还个个清楚可辨的群星图像此刻闪闪烁烁，无法辨认。多亏迎面而来的姐姐帮忙，我也才有可能顺顺当当地跨过门槛。她像一个家庭宠物分散了我的注意力，又像一个家庭宠物，融入了那梦幻般的路标秩序中。然而，一走进前厅里，我就觉得在每个空间里都听到了父亲那没完没了的喧闹声，犹如到处存在的不和谐，它也立刻感染了这个回家的人，倒不是让我不再着迷，而是一并败了我的兴，于是，我便没有了任何情绪，恨不得立刻钻进卧室里。

母亲患病了，父亲才学着生活了。这样一来，在这几个月里，这个家也就成了我们其他人的生存之地。还在母亲住院期间，也就是动完手术以后，可以说他从那个作坊里搬出来了，搬进主楼里了。在这里，他好像不再寡言少语了，也不再自个儿发无名火了——每个举止同时也是一种绝望的表现，你反正弄不明白他的心思，所以谁都帮不了他——，而且突然变样了，想说什么就说什么，甚至处于窘境时会求人帮忙。因此，我就再也不那么笨手笨脚了。在此之前，每当我要帮助这个性情急躁的人时，顿时就会乱了手脚。我现在密切地和他一起干活，那样稳妥，就像我单独一个人似的。而且姐姐这个迄今不被放在眼里的人，被不屑一顾的人一下子成了父亲同等相待的人。她表明自己原来是个有理性的人。她只是在等待着人家注意到她的存在，拿她当回事。好比一个不明原因瘫痪的人，只要你对他说句好话就够了，于是他就蹦起来，跑来跑去了。现在就是这样，转瞬间，随着父亲叫着"干这干那！"这个精神错乱的人脱胎换骨成一个脑袋里装着很多东西的人。她也不用说上一句话就说明白他的意思，从那个让人讨厌的先知变成了另一个类似人的先知，既不是洞察秋毫，也不是悲观观望，而更多是预感到什么事需要做，并且已经预先相应采取了行动。虽然她一如既往，没有放弃坐的习惯，可是她现在坐在灶前，坐在卷心菜坛子旁，坐在面包炉前，坐在酸莓灌木丛旁，而父亲就蹲在旁边，常常是无所事事。即使他也在干活，可看上去不再是独来独往，或者蓄意找事的样子，显得就像他平日惟独在阅读时才会表现出的从容不迫，就像与某种东西交融在一起了。而在我的想像中，那就是照射进屋里的光明。窗台上闪光的栗色，连他自己眼睛的颜色因此才让我觉得变得明亮，一种深深的、不禁让人想起那些圣像柱背景上的蓝色。

虽然父亲惟独看重的是相信文字，可是事后，他那一举一动，所作所为以其几乎令人诧异的从容不迫蒙上了某些迷信的色彩：仿佛每个举动只有一个目的，那就是要驱除母亲的病魔。打上一个节，就像要勒住病魔；钉上钉子，就像要阻止病魔蔓延；密封一个桶，就像要把病魔关在里面；支起一根树枝，就像在给病人鼓劲；开门拖过一个麻袋，就像是把病人从医院里接出来；削去一个苹果上的腐烂处，就像……举不胜举。

随着父亲变得让人熟悉了，第一次在这个家里充满了不言而喻的氛围。我每次回到家里，便自然而然地融入到其他两个人的行列里。数十年来，姐姐被锁闭在自己的爱情故事里。据说这次归咎于父亲的失恋是她精神错乱的一个原因。如今她忘却了这一切，表现出与人交往的能力，不仅局限在干活上。她挑战这个竞赛能手来玩牌，每次都输，一次比一次懊恼，与一个智力健全的人毫无两样。在这种懊恼中——悲伤岁月的终结！——，她紧咬嘴唇，甚至要掉下眼泪，看上去就是一个实实在在活灵活现的人。这时，这个成长中的旁观者把自己、这个从桌子上一股脑将牌扫到地上的头发花白的女人和脸上闪现着胜利喜悦的父亲看成了同龄人。

当然，我们的家庭生活不过是展现在舞台的周围而已。我们扮演的都是些应急替场的角色。这种表演同时也是一种等待，等待着那些真正的角色登场，并且控制发生的事。当母亲从医院里被接回来时，这个家才有了中心，而真正的角色并不是别的什么了不起的人，就是我们自己。这些替代角色鼓起劲来，人人现在都有施展之地，成了"有生的力量"。虽然人家已经告诉我们，这个病人再也活不了多久了，可是我们哪会这样相信呢？她没有痛苦，静静地待在床上，不是躺着就是坐着，变得完全悄然无声了，和那个有时在劳作间无缘无故发出抱怨的健康人相比，简直判若两人了。无论怎样，我都不会想着她会死去的。父亲和姐姐看来和我也没有什么两样：一个在最近几年里，也就是退休以来，几乎就没有离开过这个庄园，现在却绕着它迈出越来越大的圈子，起初远足去邻近的村子林考拉赫和多布，这对他的同伴来说就已经越过雷池了，后来甚至去北边，跨过德拉瓦河，"去德国人那里"。在他看来，外国的核心就是从那儿开始的。而另一个穿着十分讲究，把自己打扮得漂漂亮亮，把屋子收拾得整整齐齐，首先表明自己是个学过手艺的厨师，能够信手折腾出一些迄今在我们家里从来没有看到过的、也没有名分的菜肴来。再说，这事好像也在这个卧床不起的病人的意愿之中：她让父亲——正值晚春时节——叙述树木花草、庄稼、德拉瓦河河水、拜岑山上的融雪，叫这个终于有了用处的姐姐伺候她，仿佛她这辈子就等着这个时刻似的。她正儿八经地坐起来，一口一口地享用着那些菜肴，心满意足，两眼闪闪放光（而我们其他人弥漫在这饭菜散发的味道中，竟短暂地忘记了那些药的气味）。而我呢？在这个仪式中——要是有人错过了自己的角色，那好痛苦啊！——，我是作为叙述者登场的。我终于不会被问来问去了，可以坐到床边上，也就是床边中间，因为按照迷信说法，那些死神就站在床头和床脚，并且可以通过叙述把它们驱赶出屋子。可我向母亲叙述什么呢？我的愿望，当她的目光嘲笑起那些愿望时，这不过是催促我去重新开始，接着从很久以前的事情讲起，用另外的话绕着她打转儿。当语言和愿望偶尔成为一体时，一股暖流顿时涌遍全身，而在这个将信将疑的听者眼里，却突然闪现出某种如同信任的东西，一种更宁静更纯洁的颜色——闪烁出一副若有所思的表情。

然而，在我们的仪式中，这座房子现在扮演了主角。它表现得温馨惬意，是这样一种沉思的真正家园，连往日那一个个别别扭扭令人不快的角落都不例外。木头和墙壁拥有一种色调，从床头到桌子，从窗户到门，从炉灶到水龙头的距离在扩展。父亲建造了一座房子，在这其中，生存是美好的，无论你是动来动去还是静静地坐着；在这其中，迄今不可想像的东西现在成为可能了。他自己也证明这一点，比如，他用收音机给我们演奏了一场管弦音乐会，并且从房间最不起眼的角落里直接说出每一个刚刚开始演奏的乐器名称来。我以这样的方式感受了各种不同的音调，后来在任何音乐厅里都没有过如此的感受。接下来他让我们感到吃惊，因为他在光天化日之下，展示了那些他平日只是在教堂里，在烛光照耀时才那样做的东西：有一次散步回来，他跪倒在地，双膝同时，额头久久地贴在母亲的额头上。后来，在我的心里，这对男女组合一再出现在卡拉万肯山脉的一对山头上，也就是尖耸的霍赫奥比尔山和扁平的克舒塔山。

惟独到晚上，这几个月里为我们提供保护的避难所就解体了。尤其在黎明时刻，我就惊醒了，是被一阵无声无息的爆裂唤醒的，和他们一起睁着眼躺着，我知道他们同样睁着眼躺在床上，仿佛再也没有隔墙了。这个病人没有呻吟，也没有镜子打碎了——因为我们家里就没有挂镜子——，并且屋后的树林里也没有小鸟叫过。没有滴答的钟声，因为这屋里就没有钟，而在平坦的约恩原野上也没有火车隆隆驶过。我也听不到自己的呼吸声，惟有一种潺潺流水的声音。在我的想像中，这声音来自那深深沉降下去的特罗格谷底。德拉瓦河从那儿流过。姐姐躺在楼下那间当年的奶房里，房子的排水槽里依然还弥散出腐臭的气味。父亲躺在母亲身旁，睁大眼睛，满嘴没有了牙齿。母亲是惟一在梦乡里的人，或者至少是没有被唤醒的人。哪怕再细小的木头咔嚓声穿过这屋子，都像鞭打一样，常常有许多响声从各个无法确定的方向，如同回声在弥漫，与教堂里的钟声不同，不计其数。后来，每当父亲还没有听到第一声鸟叫之前就起身去周边地区时，我便觉得他好像要摆脱掉自己那垂死的妻子，要把我们孤零零地丢弃在他那梦魇似的房子里。

在这样一个夜晚里，我梦见，我们大家在这个被折腾得空空如也的、黑洞洞的客厅里走来走去，哥哥就站在客厅中间，含着激动的泪水，感激这些围在四周的人都爱着他。当我把目光投进人圈里时，我看到其他人如出一辙，然后看到待在一个角落的父亲也同样如此：流着眼泪，你可回来了，犹如一个深爱着自己家人的人，就只爱他们。而且也只有这样，我们这些柯巴尔家的人才会是一个家，流着眼泪，在这空荡荡的屋子里漫无目的地走来走去，既不能相互接近，也不能相互接触，垂挂双臂。这是一个归根到底只会在梦里出现的家。可是，难道这"只会发生在梦里吗"？

因为在我起程去南斯拉夫前一天，我果真眼睁睁地感受到这场梦境应验了。本来我在这天应该乘上火车离开了，我反正也告别过了，哪怕是不痛快，心不在焉，毫无感觉也罢。然而，我独自在米特勒恩火车站逗留了一个钟头后，便毅然决定掉头回家，在家里再过一夜。我把海员背包放在售票厅那个职员那里，朝着东方返回去，先是顺着轨道走，然后穿过多布拉瓦那片稀疏的松树林。那是这个国家最大的一片次生林地。时值一个初夏的下午，我背着太阳行进。在林子里熟悉的地方，我发现了今年长出的第一茬蘑菇，开始是形状不大和一成不变的鸡油菌，在这片多布拉瓦卵石地上呈现出一派白晃晃的景象。然后走着走着，迎面越来越多地闪耀着牛肝菌，个个掂在手里都沉甸甸的。在这里，我这个平日对颜色缺少感觉的人居然能够分辨出颜色来。我最后来到林边，站在齐腰深的草丛里，那些又高又细的空心草茎随风摇来荡去，我径直朝着一棵孤零零的、可以看得见的高脚小伞菌奔去，仿佛我一定要第一个到达这位王者跟前似的。小伞菌头有龟甲大小，中间鼓得圆圆的，超出了我的两个掌心，掂量着要比一块揉得如此薄的面饼还轻盈。

我将这个蘑菇包到我哥哥那块连同他的衣物一起送给我上路的特大手帕里，慢慢靠近林肯山村和那座位于其中的房子。在那里，母亲只能面向墙壁躺着；姐姐无非就是四肢趴着等待再犯起精神错乱来；父亲只能像 Hiob（约伯）[1] 一样坐在粪堆上。

可情形并不是这样的。房门敞开着，里面一个人也没

---

[1]《圣经·约伯记》中努力了解自己苦难的主人公。

有，病人的卧具晾晒在窗台上。我发现这三个人在屋后的草坪上，还有一个人，是邻居，他帮着父亲一起把母亲放在靠背椅上抬到外面了。她光着脚坐在那儿，身上穿着一件白色长衬衫，两个膝盖上盖着一张旧粗羊毛毯。其他人都将就在草地的长凳上，身子微微倾向她坐的地方，将她围起来。起初，我觉得，仿佛我发现了自己的家人在干什么事；仿佛他们高兴的是，终于没有我在场，他们自己在一起了，并且现在可以随心所欲地展现自己了：因为他们看上去兴高采烈的样子，一点也不喧闹；姐姐做出各种各样的怪相，逗着这一圈人乐，一边模仿着这个或那个的神情，一边要求猜测，其中我也认出了自己的神情，让大家，也包括礼帽歪戴在头上的父亲，笑得不亦乐乎。（我一再想像着会打扰他们，回来的不是时候，充当了一个让人扫兴的角色。我后来常常真的也变成这样了。）然而，当他们发现我时，一阵喜形于色的气氛弥漫过这块草坪，而在二十五年之后，才真正掠过了这个变得空空如也的家。从那个遭受病魔折磨的人脸上，迎我而来的是无限亲切的微笑，我从来还没有感受过的微笑，并且让我无地自容的微笑。

我坐上前去。这样一来，这个家现在就算齐了。姐姐很快就把蘑菇做好了，甚至连我都觉得很好吃，因为我平日更喜欢采摘林中果实。虽然没有支起饭桌，也没有铺上什么台布，可这毕竟是一次欢宴，连那个正好有活儿"要去干"的邻居也乘兴作陪了。此后，我回想起的不过是大家一个钟头之久无声无息地坐在那儿的情形。一对对狭长的眼睛，眼角弯曲得像小舟一样。从这个不寻常的视点——我们平常从来都不坐在草坪上，这里通常是晾晒白色亚麻布的地方——眺望，父亲这座房子好像就是为自己而存在着，不是坐落在这个名叫林肯山村的村落里，而是位于地球上一个不为人知的、也不可名状的地方，在一个同样陌生的天底下。房间里掠过一阵穿堂风，在外面这软乎乎的草垫子上都感觉得到。那棵行道树上，一个梨子摇来摆去，落在地上。那个早就遭到灭绝的养蜂棚正面，显露出一块块木板的颜色，共同表现出一个幻境，又重映在那只半掩在深绿色黄杨灌木丛里的猫所呈现的白色里。车棚里那辆四轮单驾马车像所有的机具一样早就退役了，可它却和其他那些车辆和车辆部件不同，它的漆面光泽经受住了岁月的剥蚀，呈现着节日般的光彩，有理由再次驶出车棚，在一群从灌木丛里嗡嗡飞起、像海豚似的翱翔在天空的鸟儿的陪伴下掠过大地。然而，攫住我们的不是行动的兴致，而是畏惧，伴随着一种信念。当这信念失去意义时，畏惧就越发强烈。惟独姐姐扰动了这些事物的秩序，因为她忙个不停，走过来走过去，说这说那，又是给母亲梳头，又是给她洗脚。当然，她的扰动更多是加强了这秩序。事情就得是这样，以便让这个秩序留下深刻的印象，并且持久下去。每当她摸一摸这位坐在靠背椅里的女人，拉一拉她的手，围着她转一转时，她所做的这一切仿佛在履行公事：以我们这个女代表的名义。在我的记忆中，坐在太阳底下的不是一群人，而是通常晾晒在草坪上耀眼的白色布块，由那个被委以此任的人用喷壶喷洒着水。喷水发出激烈噼啪的响声；一片片小水印即刻就蒸发了。草坪是一片斜面，其他一切东西，也包括我，都从上面消失了，滑去了，翻走了。

　　当时，那些时刻就是这样自我叙述的。可是，那个导致了那些时刻的事件，那个掉头返回的决定，一个赤裸裸的瞬间是怎么回事呢？我究竟为什么没有直接去布莱堡，而舍近求远地去了米特勒恩火车站呢？我错过了中午那趟火车，可要等到下午那趟，还要好长时间，于是我就想着向西走两站路，步行十来公里路程来消磨时间。然而，我也无法磨磨蹭蹭，慢慢吞吞，绕着道走去，结果我还是到得太早了。米特勒恩火车站坐落在一个村子旁，多布拉瓦森林边上。在雅恩费尔德平原上，它可是一座坚固巨大、看上去高高耸立的建筑物，岩灰色的墙石光秃秃的。因为竖立在这片平原上的一切——房屋、树木，连同教堂——
就像那里的居民一样，更确切地说纤细和矮小。我在站前
转悠了一个钟头之久，空空荡荡的，除了脚下黑乎乎的炉
渣石嚓嚓作响外，什么声音也听不到。阳光下，耀眼的单
道铁轨那边，时而传来松涛声。如今在我看来，那些树干
如此纤细，松塔又小又黑的松树就是这整个地区的象征，
与那些零零散散地嵌镶在林中的桦树白色（连那些裸露在
地面上的根都是白色的）相映。当时，那片林子还没有变
成草坪园林，成为观赏植物。那个铁路职员的住地位于车
站一层，挂在窗户上的帘子千疮百孔，窗前的木盒里栽着
也在这地方不可或缺的、红闪闪的天竺葵花。我在家里向
来就厌恶这种花的气味。窗后一点生机也没有。不时有箭
头似的花瓣飞落下来，有点像昆虫的翅膀在飞舞。我坐到
阴凉处一条长凳上，面前是这座建筑狭窄的一边。长凳位
于灌木丛旁，当年上面挂满了泛绿的避孕套，而不是如今
一团团白色的烂纸片。我脚前几乎长满草，有一圈裸露的
石头，莫非是当年的建筑地基？我抬头望去，看见火车站
的侧墙上有一个盲窗，呈现出像墙一样的白灰色，惟有一
个四方框缩进墙去。盲窗是见不到阳光的，可是不知从哪
儿照来一道反光，闪闪烁烁。在村子里，仅有一个类似的
盲窗，独一无二，它恰好就开在那座最小的建筑物上，也

就是那个护路人的房子上。它真的会让人想起一个不存在的地主庄园的门房。它也呈现出像墙一样的颜色——那儿是黄色的——，当然，四边都是白色的。每次路过时，它都会吸引住我的目光，看样子，仿佛那儿有什么东西非要看不可。然而，当我停住步，特意望去时，它却一次又一次地捉弄了我。尽管如此，它依然保留着自己那不可确定的意义，而且在我看来，在父亲的房子上缺少的就是它。此时此刻，面对米特勒恩这个盲窗，我不禁回想起：1920年的一个夜晚，也就是四十年前，父亲用一个小车推着我哥哥，一个当时几乎还不会走路的孩子，一路跑到这里来赶早班火车，要把这个患上一种"眼睛高烧"的孩子送到克拉根福特去看医生。这一整夜奔跑也无济于事，那只眼睛结果也没有保住。在那张照片上，那只眼睛看上去只是一个乳白色的亮点。照片就挂在那神圣的收音机暗室里。但回忆并不是解释：那个盲窗的意义依然是不可确定的，可是突然变成了符号。就在这一瞬间，事情就定下来了，我要掉头回去。而这掉头回去是那个符号进一步的力量，却不是什么不可更改的东西，而仅仅适用于直到第二天一大早的时刻。然后，我才可能真正起程，才可能真正赶路，无论到什么地方，都伴随着那些反复自我叙述的盲窗，作为我的研究对象，我的旅行伴侣，我的引路人。当我后来，也就是第二天晚上在车站旅店里想起那闪闪烁烁的盲窗时，它真的传递了一个清清楚楚的意义——它对我来说则意味着："朋友，你不用着急！"

第二部分
空空如也的山间小道

我到此叙述了父亲的房子，叙述了林肯山村，也叙述了雅恩费尔德平原。二十五年前，在耶森尼克火车站，这一切无疑全都历历在目。然而，我却似乎没有可能把它叙述给任何人听。在我的心里，我只是感觉到了没有声音的起唱，没有调门的节奏，有短音长音，抑扬顿挫，却没有相应的音节，有一个铿锵有力，跌宕起伏的乐段，却没有与之匹配的字符，有舒缓的、广阔拓展的、感天动地的、持续不断的格律节奏，却没有属于它的诗行，有一个共同的高唱，却找不到开头，为之一震却一片空白，一部纷乱无序的史诗，没有名称，没有心灵最深处的声音，没有一个文字关联。这个二十岁的年轻人所经历的一切，还不是什么回忆。而回忆并不意味着：凡是曾经发生的事情，现在又再现了；而是：凡是曾经发生的事情，现在找到了自己的位置，因为它又再现了。当我回忆时，我就感受到：

事情就是这样，千真万确！于是，我才明白了这事，可以有了名分，有了声音，也可以作出判断了。所以，对我来说，回忆并不是什么随随便便地回首往事，而是一种正在进行的行为，而这样的回忆行为赋予所经历的东西地位，体现在使之生存下去的结果中，体现在叙述里，它可以一再传递到尚未完结的叙述里，传递到更伟大的生活中，传递到虚构中。

奇怪的是，当时，只要我一从那个隔间里朝着柜台望去，那个女服务员就回头望过来，仿佛只有她从我的观望、坐相、挪动和时而用手指敲击着桌子的举止里猜出了那整个我今天才为之找到了语言的故事，仿佛我也不用再告诉她任何东西！我旋转着一只空酒瓶，一转就是几个钟头，一声不吭地构思着我的叙述，而柜台前那个女人自己也随着同样的节奏，一起旋转着一个烟灰缸。这样的共同旋转完全不同于我那个敌手的模仿，令我兴奋。所以，我也没有觉得那是催着我走开，因为旁边隔间里还有一群男人在玩色子。只要他们还在玩，我就可以待下去。我在享受着，我一点也听不懂那些看不见的人所讲的语言。我这个外国人时不时地可以把掉在地上的色子捡起来递给他们，那些人保准也不是耶森尼克当地人，是塞尔维亚人、克罗地亚人、马其顿人（不然的话，他们不都早就会回到各自的家了吗？）。我想像着，一个来自邻邦的人给一帮真正的外来者，一帮从世界的另一端稀里糊涂来到这儿的人指出了道路。我首先在享受着，我在这个女服务员身上还看到了已经恢复健康的、生机勃勃的、安然无恙的母亲。当然，我肯定已经疲倦了。然而，看看这光景令我兴奋不已，于是，我就不会有倦意了。当那些玩色子的人离去后，这个母亲的扮演者才从柜台后走出来。这时，她不过是个打破吸引力的女服务员。她的举动现在就是冲着我来的，要求我离去："快到午夜了。"

一到外面的大街上，疲倦才袭击了我。这不是别的地方，而是过往之地。没有停顿，我就穿过它了，仿佛这里一无所有似的。几步过后，那个最近几个钟头的环境就消失得无影无踪了，我再也没有什么地方了，现在停滞的就是呼吸。

我不能再回车站去，那么去别的什么地方呢，我也不知道。我停住脚步。这不再是悠然自得地站着，不像刚到达时，而是一种盲目的闲站，而且它也与初来乍到另一个国家毫无相干：在这一生中，无论是过去还是后来，有多少次我就是这样茫然地站着！再去哪儿呢？哪儿有过往之地呢？地方会有的，而且一定会找得到。我漫不经心地转过来转过去，四面八方，也说不上目的何在。一生中，我有多少次如此四处茫然寻找，连在自家的屋子里，自己的房间里也不例外，眼睛瞅着衣柜，手却抓向工具箱。

　　这时，公交车都停了，惟一还能看到的就是那些南斯拉夫军队的卡车，一辆接一辆，全部驶向边境方向。车篷敞开着。在如此形成的洞穴中间，有两张长凳，我看见上面背靠背坐着两排士兵。在前面平台边上，有两个士兵背对着背，分别把一只手臂搭在保证洞穴出口安全的横条带上。后面的车一辆接着一辆，和前面的一模一样。横条带并不宽，中间下垂着。尽管如此，那些士兵的胳膊都如此稳稳当当，如此一动不动地搭在上面，仿佛他们都被紧紧地系在上面，不是用带子或绳子，而是被自己的疲倦系上去的。我跟随着车队，向城外走去，朝着北方，也就是我刚才过来的方向。军事巡逻队的一辆汽车慢慢地从我身旁驶过，但是没有停下来：想起胡姆查赫那一群孩子，我就随便地挥一挥手打招呼，来回应人家的打量，甚至还得到了回敬。一个军队逃兵看上去则完全两样。又是那样的敞篷卡车，背后是隆起的洞穴，两个一动不动的脑袋，被横条带紧紧地固定着胳膊，垂着手臂。这车流或许就没有个尽头。然后，最后一辆却出现了，几乎让人感到失望。车厢后面同样是敞开的，却空空如也，没有载人。这个洞穴呈半圆形，此刻让人想起一个隧洞，一个确定的隧洞。在穿越卡拉万肯山时，我眼看着它以同样的方式离我而去，正好就像这黑洞洞的半圆一样。几个钟头前——经过耶森尼克的夜晚，已经成了属于一个毫无疑义的往事的瞬间——，我坐在最后一节车厢里，火车一出隧洞出口，我又一次回过头去。再也没有了军车。街道空荡荡的。然而，现在似乎更加强烈地让人感到，穿过这整个谷地，就像横贯一条疲倦的道路，一片浓密的烟雾，比南边那些钢铁厂的烟雾要更令人窒息，把最后一片天空遮得严严实实。它像那神奇的空军一样，也立刻从空中袭击了我，因为它给我的两鬓和额头上箍起了螺丝和绑带，推着我走过城边的房子，来到无人居住的地带。

在国外的第一个晚上也许叙述得简短，可是在记忆中，它却变成了我人生中最漫长的一夜，长达数十年之久的一夜。不只是因为我一心省着花钱：对这个二十岁的年轻人来说，在旅店里过夜压根儿就是办不到的事。尽管如此，我还是一味想着要睡觉。因此，在我看来，去隧洞里的想法并非不合情理，而且毅然响应了。那儿刚才还是出口，现在却要成为我的入口；火车拉着我远离的地方，现在我却在靠近它。现在什么都顾不上了，就盼着走进一个洞龛里！

我不假思索地找到了铁路旁边那条道，同样也找到了护栏上那个洞，仿佛不可能有别的办法了。我很快就到了隧洞里，就像进了房子一样，而且如同预先设想的，还没走几步，就有一个凿入崖壁的洞龛，洞前有一道水泥护墙，使它免受铁轨的影响。"我的安身之窝！"我心想着。我打着手电筒，照一照泥地，看去有点像溪流边上云母闪闪发光的样儿。我带着这把手电筒，为了继续在南方，在一个喀斯特溶洞里（这样无论如何是我青年时代的思想游戏）去寻找我哥哥的踪影。水泥墙上，除了一根沾在上面的微细的头发外，什么也没有，一根睫毛，看看它，我不禁想起费拉赫，也就是奥地利出口一边那位历史老师：他今天下午还给我讲过，这条邻近的隧洞是一条公路隧洞，是由第二次世界大战的战俘修建的，其中有许多人丧命了，也有遇害的。他甚至还——莫非开玩笑？——给我出主意，一旦在别的地方找不到住处，就在这儿过夜：一个"还纯洁无瑕的人"的睡梦会"让这个罪恶的地方得到洗礼"，"驱赶走那些邪恶的魔鬼"，"吹散那可怕的恐怖"，老师这样说。他正在创作那个相应的童话。对他来说，每个建造于皇家时代的隧洞，连耶森尼克那家无辜的矿井也不例外，从第二次世界大战以来都是"不体面的"。

　　不过，在黑暗里，我先吃了一块面包和一个苹果。苹果的气味驱赶走了开始闻到的霉味，让人觉得仿佛刮来了一股完全不同的、更为新鲜的空气。然后，我躺下蜷缩成一团，却无法入睡。就是睡着了，那也是一个劲没完没了地做噩梦，不是刹那间，就是无休止。父亲的房子空空如也，变成废墟。德拉瓦河从深深的特罗格峡谷泛滥，淹没了整个平原。太阳映照在多布拉瓦松树林上，可是战争来临了。还有我丢了一只鞋；我的分头突然留在左边，而不是右边；我们家里所有花盆里的泥土都龟裂了，花草全都干死了。这一个个梦吓得我直冒汗，立刻使我惊醒过来。有一次，不是噩梦让我惊跳起来，而是夜间火车。它以巨大的呼啸声，几乎就在护墙那边一步之遥的地方，从我身旁风驰电掣而过。这只可能是远途客车，去贝尔格莱德、伊斯坦布尔或者雅典，我想起了我的同学，他们在前往希腊的途中，肯定已经在相当遥远的南方，不是一起睡在自己的帐篷里，就是钻在睡袋里躺在露天下。我想像着，他们不仅为在异国之城的夜间漫步，为这温暖的夜晚而精神振奋，而且也为同行的人，不是当年邻座的男生，就是当年邻座的女生如此别开生面的参与而欢欣鼓舞，他们激动地谈论着，海阔天空。谁要是已经睡着了，那他就会静静地安睡在这一圈人里，没有噩梦。大家都咒骂着我，因为我没有和他们在一起。

　　然而，并不是命运让我流落到这个地方，这个昏暗的、承载着厄运的隧洞折磨着我，而更多是一种负罪感。我也感觉自己是无辜的，并不是因为我离开了自己家人，而是因为我独自一人。在这个晚上，我又一次感受着，虽说也没有什么特别的恶行，可是故意独来独往，这就是一种恶行。这我早就明白了，而且今后也一定还会感受到。一种恶行，针对什么呢？针对的就是我自己。甚至现在同那些敌手交往似乎也不是什么大不了的坏事。难道不就是那个女朋友向这个菲利普·柯巴尔多次承诺说，要陪伴他走遍他那个传说的故乡吗？她和我不同，熟悉另外那种语言。难道在这个时刻，可以想像出比我们相互迎着对方呼吸的身体更好的事情吗？一整夜如此躺在她身旁，清早醒来时手搭在她身上！

　　当然，真正的噩梦即将来临。在梦里，那随着离开车站饭店而中断的叙述在我的心里又活跃起来了。然而，与清醒时截然不同，粗暴，变化无常，毫无关联。它不再是从我的心里跃然而出，连同一个"和"，一个"然后"，一个"好像"，而是盯住我，追赶我，强迫我，就蹲在我的胸口上，扼住我的咽喉，直到我无论如何要说出纯粹由子音组成的词语来。最糟糕的是，没有一个句子能够有始有终，所有的句子在中间被卡断了，被摒弃了，被肢解了，被弄巧成拙了，被宣布无用了。与此同时，叙述还不得停止，我歇口气都不行，必须一再重新开始，开一个新头，找到一个新开端。我好像终生注定就是这种节奏，如此啰唆，又毫无意义，也没有取得意义，就连当天已经找到的意义也在回首时毁灭了，丧失了。我心里那个叙述者，刚才还发觉是隐秘的王者，被拖入梦幻的光明里，在那儿充当了结结巴巴的劳役，苦苦挣扎，也没有进出一个有用的句子来，在这膨胀为庞然大物惟独以死亡结束的包围中，却以清醒的感官又被感知为温存本身。这个叙述的灵魂——它会变得多么令人不快啊！

然后，经过了十分长久的冲击之后，我突然成功地说出了两个清清楚楚的、自然相辅相成的句子。而且在这同一时刻，我身上也没有压力了，我又有了一个面对面的人。在梦乡里，这个面对面的人以一个小孩的形象站在那儿。这孩子虽然在纠正着那些由我叙述的东西，却同样也赞成这个叙述者。紧接着，有一棵树，一根根枝条上结的不是果实，而全都是石头，它让人把自己看成神树，可这孩子似乎并不知道"Unheil"（不祥）的意义。突然间，在湍急的洪水里，许多镇定自若的游泳者，其中也包括我，在嬉闹。这个在梦乡里的人的面颊感觉身下的地面就是一本书。

就这样，在我这个最漫长的夜晚，也出现了一个半睡半醒的消遣时刻。这时，我可以伸展四肢，双手交错在脖颈上，仰面躺在那儿，耳边响着从隧洞顶上滴水的声音，这好让人惬意啊。况且我和平日完全不一样，不用侧身躺在心脏一边，在自个儿身上寻找感觉。我先是爬进隧洞里，眼下在这儿有了自己的位子，哥哥的那件大衣像一床温暖的被子盖在我身上，周围被一片漆黑笼罩着，可比起当年他在地窖里的情形，准是明亮多了。不远的出口灰蒙蒙一片，不停地飞来萤火虫，靠着落在手心上的一只，我照了照自己周围，令人吃惊地亮了一大圈。我始终把梦乡那些花絮想像成这样的安身之地。这期间，精疲力竭的奥德赛静静地卧在那史诗中。

一个钟头以后，不用说，这样的梦也突然背叛我了。于是，那不可改变的孤独降临了。半睡半醒可以说是我进入无人世界的最后伴侣，是我从一个瞬间到另一个瞬间表现为幻象的保镖。如果说在那曲解语言的叙述的梦里，当鬼魂兴风作浪时，你还保留着那样的清醒的话，那么它现在看上去就像是咄咄逼人的惩罚。而这样的惩罚并不在于指责一个也许偏僻的地方，而在于一种普遍的沉默：如此置身于人的社会之外，连一个个事物也不再有语言了，变成了对手，变成了判决执行者。说真的：那毁灭性的东西，并不是那根铁棒从隧洞壁里伸出来，又向内扭曲，不禁让人想起酷刑或者处决来——而对于活生生的躯体来说，具有毁灭性的则是，没有了交流，而且我自己现在觉得再也没有交流的可能了。面对它，就像它面对我一样，我只有沉默了。虽然我看到这铁棒扭曲成了字母 S，数字 8 和一个乐谱的形状，可是这些都一闪而过；那个"字母 S、数字 8 和乐谱"的童话失去了其象征力。

如此说来，我后来离开了那个地方，绝非是出于对其历史，或者对那儿的沉寂，对那污浊的空气，对洞顶坍塌的危险，对一个走过这段路程的人——我甚至恨不得心存感激地让这样一个人抓住我的领口，用尽这地球上所有的语言来咒骂我——的恐惧，而是因为对在那儿涌上心头的、犹如与世隔绝的失语的恐惧。这恐惧直往上冒，无可比拟。失语超越了躯体的死亡，意味着灵魂的毁灭。如今在事后，当我力图去叙述它时，又更加强烈，更具暴力，更为危险地重现了：要是我当初会跨出几步跑到外面去的话，那么我今天肯定就会干坐在这隧洞里，那儿也不会再显示给我什么藏身之地，什么洞龛，什么护墙来。我惟一通往人性的路，就是让这个沉默的星球上的事物长上一对宽恕我的语言的眼睛。我是这个星球的囚犯，想当叙述者——自己就负有罪责！因此，我现在看见那一堆趴在隧洞前草丛上的萤火虫膨胀成一条喷吐火焰的巨龙，警戒通往阴间世界的大门——我不知道，它是在那儿守护着什么宝藏呢，还是为了保护我？

可是，这个阳世，或者干脆说这个世界会是什么样呢，我后来在返回途中才感受到了。虽然清晨还远没有到来，而且没有月光，可这峡谷却展现出清清楚楚的轮廓。那条从属的河流，也就是萨瓦多林卡河（或者像父亲可能会用德语说的“沃尔岑纳萨瓦河”），像一条黯淡的光带，流动在两岸稀疏的灌木丛之间。在向下通到水边的山坡草地上，一棵树旁边站着一匹马。虽然这时还不会有什么蚊虫，可马尾巴扫来扫去。马儿吃草的声音是这个地区主要的响声，伴随着那条河潺潺流动的水声和远处火车站上车辆对接的轱辘声。在轨道和谷底之间，与草地相连的是一排排小花园，留在我记忆中的就是“耶森尼克的空中花园”。它们构成了一幅由菜畦和果树组合的图案，四周都护着低矮的篱笆，中间分别都有一个小木屋，屋前摆放着一条长凳。这个图案，一部分呈斜坡状，一部分呈梯形，向下延伸到河边。看样子，仿佛那条河浇灌着这些花园。这时已经可见的颜色是黄白色：树上挂着早熟苹果，菜畦里长着各种豆角。我走在铁道旁边的羊肠小道上。小道软乎乎的，积起深深的尘土——尘土那样厚实，那样松软，连我走过的脚印都根本留不住。露水也湿不透它，而是一起滚成小球形，浮在表面上。如果说随着迈出隧洞的第一步，沉重的石头从肩上卸去了，牙缝里的金属感都消失了的话，那么我的眼睛现在就得到了洗礼，不是被那流水，而更多是被它那如此奇特的景象。之前，这峡谷的一山一水一草一木已经被我尽收眼底了，可是现在，我觉得它们才以自己真真正正的面目，像一排事后相互连在一起的活字，展现为关联，文字，而那匹吃草的马就是打头的字母。这个呈现在我眼前的地区，这条水平线，连同它那拔地而起的物体，不管是卧着，站着，还是靠着，这片可以描述的土地，我现在就把它理解成"这个世界"。这个地区，我没有拿它当作萨瓦河峡谷或者南斯拉夫，我可以称其为"我的祖国"！而这样显现的世界同样也是对一个上帝独一无二的想像。多年以后，我的想像如愿以偿了。

　　这样，继续行走在清晨到来之前的时刻，变成了一种辨认，一种进一步的解读，一种发现，一种静静的记录（可不是吗？我在童年时期就始终在空中画来画去，被人家取笑）。而在这里，我区分了这个世界的两类支柱：一个是大地，它承载着那匹马，那些空中花园，那些木屋；另一个就是这个解读的人，他把这些事物用它们的特征和符号扛起来了。我也真正感觉到了这副肩膀，它们在哥哥那宽大无比的大衣里扩展开来，并且——因为接收和连接那些符号看上去就像是与物承重的对应——耸立起来，看样子，仿佛这大地的重力通过解读化解成一种空气文字，或者一个纯粹由元音组成的、自由自在飞动的、独一无二的词语，比如就像在拉丁语表达 Eoae 中可以看到的，这个词可以译为"厄俄斯时辰"，"朝露时辰"，或者干脆就是："黎明!"

早在日出之前，这条峡谷在我的眼前就沐浴在另外一个太阳里，也就是那个字母的太阳里，又反作用到夜晚的隧洞里，并且在那儿真的创造了一种赎罪的形式，因为它在我睡觉的地方——上面有青铜色的外表——把泥土上的裂纹连接成一个由多边形组成的、有规律的文字，连接成与这个地方相应的纪念牌。每当我后来再乘车穿过卡拉万肯隧洞时，我就倚靠在窗前，在黑暗中等待着从南斯拉夫那一边出现的第一缕阳光。无论火车过后多么快地驶出隧洞：我在出洞前的一瞬间真的看到了那个黏土似的洞龛，通常情况下遍地落满了随风刮进来的树叶，里面躺着那个蜷缩成一团的二十岁的年轻人，连同他那个圆筒形的海员背包，一个依然还躺在那儿的空气塑像。对我来说，这个地方与其说意味着那场战争的现场或者当年沉默的万恶之地，倒不如说是我的栖身之处。"Eoae！"在我生存的地方，当曙光到来之际，无论你从哪个窗户望出第一眼时，这变成了一声响亮的、或者也只是埋在心底的起床号。因此，这些从我内心深处跃然而出的元音应该再转借到外面那些事物圈子里，这儿的树，那儿邻居的房子，其间的街道，后面的飞机场，地平线。为了那个新的世界之日，那些真正的东西，那些可以描述的东西，它们应该向我敞开全部的心扉。

E—O—A—E：在昏暗里，轨道和河流此刻形成了一条林荫道，我行走在它们之间。我连一个人影也没看见，可这片土地却显得有生气，挤满了人，因为那开发感官的东西就是人造物，可以说，随时能够投入使用。火车站前，有几个工作棚和车间真的已经开始运作了。一个配电盘被照得通亮，而其余的空间还黑洞洞的；那些测量仪表上的指针跳动着，偏转着；到处回响着一片有节奏的隆隆运转声。一个大铁轮子开始运转起来，越转越快，直到轮辐都看不见了。在后面的墙上，整个轮子就像一个隐隐约约的幽灵。同样，在一个昏暗的办公室桌子上，亮着一盏灯，照亮了一部电话，一根计算尺和一个闹钟。通往一个装卸台的大门半掩着，平台向外延伸到朝两边张开的轨道区，轨道信号在那儿变换着它的颜色。这时，我觉得这是一个从不间断的活动，虽然让你看不到那些相关的人，无疑却让你猜得出他们的存在。惟有一次，这一系列夜晚的图像被一个布灯罩替代了，一个黄色的半圆球，呈现在一面孤零零的窗帘后。随之又立刻接续上了，同样也看不到一个人，一个嗒嗒转动的仓库风扇，一根在自己光滑的支架上快速运转时来回滑动的传送带，还有烟囱的烟雾投在大街上的阴影。这期间，因为别的地方再也没有什么要看的，我就改换走到这条大街上了。

在家乡，在边境那边，我也曾经看见过这样的情形，首先在我知道的几个城市的边缘上。于是，我此时此刻在问自己，为什么我在那儿始终感到自己像一个被拒之门外的人，可在这儿，为什么从那些室内传来的振动如此自然而然地感染了这个局外人；为什么这个有布灯罩的房间跟家里如此不同，呈现为让人惬意的起居的象征，普照四方的万物中心，简直就是一个安逸和温馨的殿堂。同时，我也想起了前一天，想起了一群工人的谈话；他们坐在我们奥地利罗森巴赫边境车站一条长凳上，等待着边境班车。

谈话大概是这样的："又是一天。"——"已经到星期四了。"——"可接着又要从头开始。"——"秋天快来了。"——"那么冬天也就不远了。"——"起码不是星期一吧。"——"我起来时，天黑洞洞的；我回家时，又是黑洞洞的。在这一年里，我还没有看见过我的房子呢。"

到了南斯拉夫这儿，这个工业区在曙光降临之前看上去如此不起眼，一双双看不见的手使它好像永远要运转个不停。比起我迄今对自己的祖国那司空见惯的印象来，为什么这个工业区却给了我对工人，说来说去就是对人截然不同的印象呢？不，根源并不在于那根本不同的"经济和社会制度"，就像曾经教给我们的一样（尽管似乎曾经合我的意，不要什么特征，用号码代替我的名字，放弃我的独立，甚至我那所谓的自由），而且也不仅仅是到了外国（尽管我就在初来乍到的第一天，感受到这里许许多多习以为常的景象令人振奋，让人耳目一新）：它比一个想像或者感受要更多——那是一种确信，终于在度过了二十年人生之后，在一个没有地位的国家里，一个冷酷的、不友好的、吃人的产物里，踏上了通往一个王国的门槛。这个王国完全不同于所谓生我养我的祖国。它不要求我充当一个学龄人，服兵役，替代性服役，或者干脆就"充军"，而是与之相反，让我来要求，因为它是我祖先的国度，无论多么陌生，毕竟也是我自己的国度！我终于无国籍了。我终于可以无忧无虑地置身其外了，不用持续地身陷其中了。我终于感到自己生存在像我一样的人群里，尽管一个人也无法看得到。不就是在家乡的环境里，在罗森巴赫的站台上，有一个小孩指着我，扯起嗓子大喊道："瞧，一个从下边来的人！"吗？（"下边"就是指南斯拉夫，而从德国或者维也纳就叫做"出去"。）那个自由世界，就是我刚刚过来的那个世界，如此地默契——而此刻对我来说，就是我如此真真正正面对的这个世界。

这是一个幻觉，我当时就已经明白了。不过，这样的知识我是不想要的，或者更确切地说：我要摆脱它，而这样的意志，我认识到就是我的生存情感。我这样从幻觉中获得的原动力，无论如何到今天都没有消散。

我一想到那个时刻，首当其冲的不是那些迷惑我而等待使用的工具和那些隆隆运转的机器，就像是我的家人在隐蔽地、不动声色地、不知疲倦地工作着，而首先是那些灯光，一家居室里有罩子的灯光，一张写字台上的办公灯光，而最引人注目的是那布满灰尘的粉白色氛管灯光，从一个车间到下一个车间，就像是穿过粮食加工厂的一个个生产车间。加入进去吧，转动一个辊子，一起干吧！十分令人惊异的是，这种行动起来的欲望萌发在一个平日被父亲说成"几乎对任何工作都没有用的"人身上。而他来到这里，并不是因为没有人会看着他在干活（还是像父亲所说的，让我显得"笨手笨脚的"）。在这里，我对自己很有信心，谁爱怎么看就看去吧，和在家里不一样，我不会觉得有人在监视我，我的每一个操作都会无可挑剔，一句话："太到位了！"

然而，无论这灯光图像多么遥远，可它真的把我吸引到那些车间里，吸引到那些看不见的劳作者跟前。它不是更多地要求我用完全不同的方式一起干吗？这样的一起干也许最清楚不过地表现在我从外面，从大街上，从边缘漫步穿过的一个个图像剪影里，路过时短暂地在这儿停息一阵子。不，这条皮腕带是父亲的旅行护身符，它现在戴在我的手腕上，并不是为了让我能够更好地去抓东西，而是充当了温暖脉搏的东西。与那些劳作者的默契与其说出自一起搭把手的兴致，倒不如说出自那兴致勃勃无忧无虑的路过。

就这样，我感受到了同步、同音和平衡之间的区别。与别人，哪怕是单独一个人同步，向来是我无法忍受的。一旦同步了，我一定会立刻要么停住脚步，要么加快步伐，要么走到一边去。甚至当我跟着那个女朋友的节奏运动时，我看到我们就像是两个冷漠的人，两个逆世界而行的人。而像同音一类的东西对我来说是不可能的：要是别人给我定了音，在唱歌时，我就没有能力去接受它，复制它，把它进行下去。反之，即便别人过渡到我的声调上，我就立马陷入停滞。惟有不和谐的争论声才会使我免遭沉默之苦，我通常就很乐于去争论（一场这样争论的原因常常就是那个女朋友把我们俩称作"我们"，一个我不愿意说出口的字眼）。

然而，平衡可是一种非同寻常的经历。我经历了平衡，比如说，有一天早晨，我一边扭开窗把手，一边听到远处一辆汽车的关门声，一起伴随着一辆雪铲车咔嚓的响声和一个铁路信号响彻地平线的鸣叫。或者：还有一次，在厨房里，我一边把碗放在灶台上，一边打开信。或者：我现正好目光移开写字纸，投向对面墙上那幅古老的、被夜色笼罩的风景画。像每天的这个时刻一样，那儿有一缕阳光犹如一个圆点辐射器，一边慢慢地从左边移向右边，一边把每棵树，每道水光，每条岔道，每片云彩一个一个地从那昏暗的平面上托举出来——不论是过去还是现在，这平衡是可以经历的；就在天亮之前，我背着自己的海员背包，里面装着哥哥沉甸甸的两本书，走过那些隆隆运转的、嗡嗡回响的、或者只是悄然无声地亮着灯的车间。我甚至步子踏得更坚定了，就像要使这平衡迸发出生气来——没有什么小敌手或者大敌手会从身后捅我的膝窝——像那些空空如也的车间一样，一个人影也看不到。后来我才看到了那天的第一个人，一个坐在黑洞洞的，而且空无一人的公共汽车里的司机的轮廓。他很快就上路了，看样子，好像人家已经在峡谷里的所有车站上都在等待着他似的。接着就是第一对，出现在一个高楼窗户后面，男人和女人，女的站着，身穿晨服，男的坐着，身着内衣。而过了好些年以后，首先留在我记忆里的是那雾蒙蒙的玻璃。当时，我想像着，上面那个男人不是要起床去上班，而是刚刚下班回来，大汗淋漓，一夜的劳累弄得他上气不接下气。这劳累蔓延到了我身上，仿佛那就是我自己的劳累。

在车站斜对面一家饭馆前，孤零零地摆着一张上面什么都没有的桌子和一把油布面餐椅。然后，我坐在那儿，等着天亮。我坐的地方要比铁路地基和那条有人行道的大街低一些。有几级台阶从人行道通到下边那块不大而多角的水泥地面上。因为它的另一边被围在一排排房子的半圆里，每道墙与相邻的墙都形成了一个不同的角度，如此看上去有点像一个四面都屏蔽的海湾，一个受到保护的观景台。在这里，和通常不一样，是从下向上观看，看到的不是什么全景，而是一个近在眼前，因此越发容易记住的周边景象，如同从一片凹地里向上观看。那些房子低矮而破旧，每座都建于不同的时代。房子紧后边就是向上延展的谷坡，在那幽暗的树林里，云杉尖慢慢地显露出来了。

在我的凹地里，依然是漫长的黑夜。上方人行道旁有只小鸟，一个一动不动的轮廓，是不是在做梦呢？我在夜间还从来没有看到过一只白天活动的鸟儿。大街看上去像一道墙，那只鹡鸰此刻卧在上面。酒店很早就开门了，第一批进店的客人都是铁路工人。他们匆匆忙忙喝杯咖啡或者喝口烧酒——我掠过肩膀观望着——就又离去了。天空开始发亮时，好像要下雨了，可现在晴空万里，一丝云彩也没有。一个老态龙钟的女服务员长着一张布满皱纹的男人脸，她给我端出来一壶咖啡，旁边放着一盘厚厚一摞白面包片。咖啡上结起的一层奶皮不禁使我想起叙述过的哥哥，他向来就厌恶这一片片软乎乎的奶皮。当他第一次从前线回来休假时，母亲像平日一样给他送上咖啡，心想着，经过了战争，他所有那些难伺候的毛病都改掉了，可是他把杯子推到一边说："你是昨天才来的吧！"我眼看着奶泛起波纹，形成一层奶皮，在黑乎乎的、慢慢变得清亮的水域上分裂成一个个小岛。旁边的白面包塔仅仅竖立了短暂的时刻——然后，我一边用力地切，一边又透口气，面包塔迎着这位饥肠辘辘的人隆起来，我趁着新鲜，一口气就把它干光了，消灭了，夷为平地了。从此以后，对我来说，这样的白面包就意味着"南斯拉夫"。

当我吃完面包抬头望去时，上方人行道上，来来往往的人已经成群结队，街道变成了一道堤坝。学校可能还没有放假，因为有许多学龄儿童走在行人中，向前倾着身子，好像迎着风似的。确实也刮着风，堤坝旁那修长而无生气的草茎犹如喜沙草一样飒飒摇动。尽管我还从来没有到过海边，可是我不由自主地想像着，在这铁道后面，向前延展的就是大西洋岸边的沙丘。

一个老人从酒馆里走出来，手里拿着一把餐椅，在不远的地方和我结伴了。他根本也用不着有一张桌面去观看。我们一句话也没说，却共同关注着发生的事。我们两人的眼里都是同样的事情，同样久久地注视着，又同样等待着下一件事情发生。我从此再也没有经历过像当年度过了那个最漫长的夜晚之后那样一致的目光，再也没有过那样一个空间，面对过那样一种视野。像那样的观看时一样，我知道和自己身旁那个人如出一辙。我们专注地望着一只鸽子在下方水泥海湾里迎风飞翔，颈项上微微闪亮，又扭过头去向上望着堤坝。钢铁厂的烟雾从峡谷升腾而起，朝着隧洞飘去，仿佛要把隧洞熏个通透。

在这次旅行前，天空晴朗时，我从家乡朝南望去，在蔚蓝的天空下，在边界山脊的那边，莫非坐落着一个个五彩缤纷的城市，没有丘陵地带阻挡，展开的是一片广阔无垠的平原，向下通到海边去，相互交融在一起。眼前的工业城耶森尼克看上去灰蒙蒙一片，它被卡在一条峡谷的深处，被关在遮天蔽日的群山之间，然而却完完全全证实了那幅展望的图像。上面堤坝上，有一个男人走过去，每只手里都拿着一把闪着红光的锯子，跟在他身后的是两个吃着冰糕的孩子和一个临产的孕妇。孕妇身上穿着宽大的衣服，脚上穿着一双木拖鞋。在车行道一段没有铺沥青的石子路面上，来往的长途载重汽车不断地发出轰隆声，这又不禁使我想起了哥哥，他在战前的那些来信中，提起过马堡－的里雅斯特公路上一个类似的地方。他每次去亚得里亚海郊游时，（校长）那辆小汽车都在那里"短暂颠簸得一塌糊涂"，过后他就觉得"完全沉陷到盐一般的空气里"。

　　与北方群山那边，也就是内陆故乡之国相比，在南斯拉夫，好像不仅存在着一个不同的空间单位，而且也存在着一个不同的时间单位。出现在我眼前的建筑物，常常是每一座都有自己的名堂，可以与沉积岩媲美，标志着建筑历史的一个个层面，从奥地利皇家时代的基座，经过南斯拉夫王国时期的转角挑楼，再到今天"斯洛文尼亚共和国"

那简朴的、毫无矫饰的顶楼，连同屋檐下旗杆的插口。在注视着这样一个建筑物的正面时，我禁不住有一种期望，竭尽我的全力期待着，那个失踪的哥哥随时会推开那半是过时的、用不透明和带着波纹的玻璃包装起来的挑楼门，出现在我的面前。我甚至直言不讳地心想着："先人，出来吧！"并且看到我身旁这个老人的脑袋也朝挑楼望去。仿佛惟独一声呼唤就意味着如愿以偿：跳跃过一个时代，在能够呼唤中，我觉察到了哥哥的存在，与真人一样高低（我压根儿就没有见过他），宽肩膀、褐色皮肤，披着一头又厚又乌的卷发，梳向脑后，额头宽阔；一对眼睛如此深陷在眼窝里，连那只盲眼，那个白点都给遮掩住了。一阵寒栗袭上我的心头，看样子，仿佛我这时看见了我的国王就站在面前，敬畏的寒栗，然而更多是担忧的寒栗，它驱使着我立刻离开这个凹地上的位子，加入到上边街道的人流里。

这人流也立刻接纳了我，而且那根本不是什么人流，与置身其外的印象如此不同，更多是一种缓慢得让人惊讶的蠕动。这时，没有了我对如愿以偿地恳求祖先的激动，惟独笼罩着我们缓慢行进的现实。

在这样的人流里走动，对这个二十岁的年轻人来说有点新鲜感。那个村子就不知道这样的情况，至多不过是节日或者葬礼列队行进时被延缓的步伐或者原地踏步。在寄宿学校里，只要不是单独行动，大家总是以义不容辞的集体形式行动（星期天散步，也只允许以班级形式进行，排成两队，后边的人紧踩着前边的人的鞋跟。谁要是想离队，只要刚一露出念头，就会立刻被看穿，并且被吹着哨子赶回来）。而在故乡的小城里——我也就只知道这样的城市，在一次学校郊游时，我目睹维也纳的视线被其他人的肩膀和老师们的食指给挡住了——，我至多也是耷拉着脑袋没精打采地在边上慢慢地跟着一起走：在那儿，只要一上街，我立刻就茫然了（比起那个常用的"怯生"来，这也许是一个更为形象的词语）。这就是说，我不知道要朝哪儿看，或者四处张望，惟独不直接向前方望去。和在林肯山村里不同，一到那些奥地利小城里，我的目光要么处处都被那些橱窗、那些广告牌，首先是那些报纸头条新闻吸引过去，或者只要我一把目光暗自投向街道某个遁点上，便径直沦入那目光的陷阱里，于是我至少想像着这时迎面而来的一道目光。这种陷阱伤害了我，它不是目光，而是凝视，或者干脆就是没有眼睛和脸面，比如说从中撅起一个可怕的长嘴巴，作为惟一的器官，一句话，总是三言两语，总是没有声音，总是可以看得出来，哪怕是地地道道的方言形式，死死地缠住我了。是的，在那些故乡城市里，你一上街，不会加入什么行列里，而我觉得，你立刻就成了人家的囊中之物了，被那些长久以来连同他们的狗一起暗中守候，兜着圈子和居心叵测的行人监禁了。他们坚定不移，天生就注定是一帮这样靠兜圈子为生的人，觉得一切所作所为都是合情合理的，无可挑剔的。在故乡之国里迎面传到我耳际的"Grüß Gott"[1]，我觉得听上去不是问候，而是一种威胁（"说出密码来，或者——！"），今天也一个样。首先是一听到孩子们吼叫起它，我常常会不由自主地举起两手来。难道这是纯粹的想像吗？从奥地利人中，从大多数奥地利人中，无论是走在一旁还是中间，我都看到自己总是一再被人评头论足，怪罪，并且也总是一再认可这样的怪罪，当然却认识不到我罪在何处。有一次，我走在人行道上，立刻就意识到，正好下一个来自目光捕捉队的目光会在此刻从一侧打量起我，可我抬头一看，我面对的不过是一个橱窗木偶那种无神的眼睛。那可是如释重负啊！

然而，在这条南斯拉夫大街上，眼下就不存在什么多数或少数，因此，也没有谁是少数——惟有形形色色的，同时又步调一致的熙熙攘攘。继耶森尼克这个小地方之后，

---

[1] Grüß Gott：意思是"你好"，是奥地利人见面时常用的问候语。

我后来仅仅在那些世界大都市里有过这样的经历。而我活动在其中，首先是作为外国人，在那些群山之后，在一条条克恩滕大街上，我每次都感激外国人的出现，因为他吸引去了人家对我的注意。然而，在这里，在这人群中，在这些街头行人堆里，他拥有了自己的位置。在那儿，我通常总是不断地变换步子，躲来躲去也躲之不及，免不了与人相撞。而现在，我跟着一起走，尽管对拥挤如此不习惯，可在这柏油路上，我的每一步都有自己的活动空间。终于有一次，我不用没精打采慢腾腾地走了，不用吧嗒吧嗒地拖着脚走路了（就像大家在寄宿学校的楼道里一样），而且获得了属于自己的脚步，踏着让人可以感觉到从脚趾经过拇指直到脚跟展开的脚掌，晃晃悠悠地走去，顺便把小东西踢到一旁去，有一种宁静放肆的感觉。当我再次经历时，我才感觉到这样的放肆当初就是我童年的特性。与我熟知的那群人相比，这群人真正让人惬意的东西首先是在他们身上没有出现的东西，找不到的东西：羚羊毛帽饰、鹿角扣子、罗登缩绒厚呢西装、皮裤子，总而言之，找不到任何地方服装。这些街头行人不仅没有地方服装，而且身上也没有什么徽章，没有社会等级偏见。就连警察的制服也不起眼，有点像公职人员的服装，也很得体。一种让人觉得无比强大的惬意是，从"茫然无措"中解脱出来了，可以昂首挺胸，直面而视，望着一双双眼睛。它们不是在轻视一个人，而只是显现出自己的颜色，并且以这样的褐黑和灰黑的颜色来展现"这个世界"。还让我觉得既新鲜又自豪的是，在这里，外国人这个概念不复存在了。在和人家一起行进的行列里，我认识到了自己的相似性，外在和内在的相似性，仿佛从来就没有过一面镜子会给我映现出这样的相似性来：我的身材和他们一样，体格细长、瘦骨嶙峋、脸面粗糙、动作迟钝、两臂摆动也不灵巧；我的本性和他们一样：顺从、甘愿效劳、俭朴，就是那些数百年来沦为无王的人、无国籍的人、小工、奴仆（其中没有贵人，也没有大师）的本性——与此同时，我们这些蒙昧主义者也共同放射出美好、自信、大胆、造反、渴望独立的光芒，这个人民大众中的每一个都是另一个心目中的英雄。

此时此刻，那些行走的人仿佛成了辅音，加入到那些在我心里唤起了一个个事物的元音，然而并没有因此组成词语。惟独打动我的是那完全独立于自身肺腑之外的第二呼吸，一种令人激动的气息。突然间，凭着它，我可以解读出从我身旁扛过去的报纸标题了，是斯洛文尼亚语，没有头版头条，犹如我的德语，况且让人耳目一新，如同看不到那地方服装的五颜六色，是实实在在的消息。再说这群人里叙述的许多东西，我也一下子听懂了。难道是因为在这儿街头上没有人和我搭话吗？难道是我从上小学以来一直耿耿于怀，就是因为当时出于义务，必须和老师用外语交谈吗——仅仅是顽固不化？和通常一样，jutro 就是早上，danes 就是今天，delo 就是工作，ceste 就是大街，predor 就是隧洞。连那些商铺的名称我都可以翻译了，它们真的都好简单：在奶站里，与北方或者西方的市场叫卖不同，标识的无非就是个"奶"字；在面包店里，标识的也干脆就是"面包"两个字；mleko 和 krub 这两个词的翻译并不是翻译成另外的语言，它是一种回归到那些图像，回归到词语的童年，回归到奶和面包的第一个图像的翻译。银行，即 banka，以此类推，无非又是那习以为常的东西。然而在这里，银行也显现为某些本原的东西，因为它的窗户并不是橱窗，也不是用来陈列展品的；因为在这儿，这些地方什么也不摆放，空空如也。可在我的故乡之国里，比如说，一到这样的地方，那五颜六色的储蓄罐简直堆成了金字塔，好诱人啊。那是一种向我开放的空白，一种我可以向它求教的空白，就像求教行人那一张张空白的面孔一样。在这些行人中，与在家乡不同，我不用去寻找这个家人或者那个同村人，让他们面带洞察的微笑，把我从面具枷锁中解救出来。在这儿，一张张面孔是空白的，这就是说，它们没有面具——这时，我眼前又浮现出那些年轻

116

人的图像。他们挤在一辆拖拉机拖斗里，皮衣直裹到脖颈上，正在前往一座阿尔卑斯山城的途中，要在那儿的大街小巷里，按照习俗，表演他们那野蛮的狩猎情景：直到城边上，那些为此必需的荆条和锁链，他们还没有握在手里；那些即刻就要套在自己头上的巨大而可怕的面具依然放在他们脚下。尽管小伙子们一个个都那样土里土气，可是他们露在外面的一张张面孔连同他们打着褶子的皮领子看上去却多么苗条，多么善良，又多么随和！同样，我也可以看到耶森尼克那一张张面孔里去，仿佛那是独一无二的面孔，仿佛这给了我在国内一次也没有感受过的尊严，无论在自己身上还是别的什么人身上——或者还是曾经感受过，是的，在父亲身上，在复活节的晚上，在林肯山村教堂里，他披着一件拖在地上的紫色长袍，和村子里另外几个男人一起跪在那应该预示着空空的墓穴中有复活者会冒出来的洞窟前，然后猛地一下在前面伸开四肢，五体投地，一动不动地趴在地上，遮盖在那带有蜡渍的红色中，让谁都认不出来了。就像父亲听广播音乐会时列举起一个个乐器一样，那么我现在从交通和工厂的轰隆中听得出一个个响声，并且可以清楚地把它们相互区分开来，火车站里缓冲器砰的碰撞声与超市里购物车的丁零当啷声；烟囱出口蒸汽的咝咝声与高跟鞋的嘎吱声；锤子的击打声与自己吸气和呼气的声音。我心里盘旋着，这样突然会听辨的能力够奇怪了，同样也来自这里不存在的东西，找不到的东西，应该有而没有的东西，在这个斯洛文尼亚工业城里缺少的东西。由于那习以为常的教堂大钟不响了，我才对这周围的一切获得了灵敏的听觉。也就是说，这不是随便哪个国家，而是这个确定的国家，这个有缺陷的国家。让它和我那个习以为常的国家的富裕比起来，才可以辨认它，看懂它是个"世界"。

然而，我如此感知的世界王国超越了当今的南斯拉夫，也超越了所有那些从前的王国和帝国，因为它的符号变得越来越不确定：有些过境旅客报纸的西里尔字母依然清清楚楚；一幢公务大楼上的古奥地利铭文依稀可见；一座别墅山墙上的"欢迎您！"，看上去就像古希腊椅[1]一样。——可是，一家加油站那块透过树枝隐隐可见的加油标牌却显得意义模糊。它不禁使人想起只有在梦中才经历的东西，想起中国来。而且一片同样陌生的西奈沙漠显现在一座座高楼大厦的后面，连同一辆映入视野的、布满灰尘的长途公共汽车。在车的正面，那个显示目的地的滚筒转错了位置，正好停在两个不可辨认的地名中间。车辆穿过去时，

---

[1] 古希腊椅（Klismos）是最精美的椅子之一，用细绳编织成的椅座有弯弯的、一头收细的马刀形腿支撑，椅背横栏呈曲线状，由三根垂直的柱子支撑。

一幅希伯来语字卷片段跃入我的眼帘——真的，"跃入眼帘"；因为展现在这文字图像周围的景象伴随着一种惊恐。

与之相应，一个盲窗的不可确定性也融入其中了。此刻，我的目光被吸引到那里，就像被吸引到这个世界王国的中心。盲窗出现在谷坡上相当高的地方，镶嵌在一座高大建筑物的阳面。一看见它，我就觉得，边境那边，那座与那个小门房成为一体的地主庄园便浮现在我眼前。它坐落在一片开阔的地带，前面仅有一棵孤零零的松树，那闪闪发光的皮棕色使得正面的黄色越发强劲有力。穿过一片草地，一道陡峭的岩石台阶向上通往入口大门，那儿站着一个小孩，背向我，一条腿踩在另一条腿上方的台阶上，像是犹犹豫豫的样子。对小孩子来说，那些台阶太高了。草坡仿佛被特有的横向条纹画上了一道道阴影线，变成一块块长满草的小梯田。梯田精美的阴影图案又重现在正面的横条纹上。这样，在那棵松树后面，这座房子让人想起了与其说是一座建筑物，倒不如说是一个天然的黄色岩石。它看上去没有人居住。小孩站在台阶上，不是在入口处，而是在一个游乐场上。

盲窗远近独一无二。而且它给人的印象来自那看不到的习以为常的东西，来自那应该存在而不存在的东西：那无法透过的东西。凭借那融通于自身之中的不确定性，它把我的目光反射回来了。而在我的心里，一切语言纷乱和七嘴八舌的讲话都终止了：我全部的内在都沉默了，并且阅读起来了。

我似乎从来都不会相信，又会失去这个盲窗。我感觉它的符号是不可动摇的。然而，一看侧面就够受了，从中弥散出的光亮熄灭了：旁边的窗子——可以说是观望窗——推开了，又关上了，虽然是被两只手，可是属于两个不同的人，先是一个年迈的女人，后是一个年轻些的。刹那间，我认识到了，那个老妪不仅仅年事已高，她是一个垂死的人，她正好最后从那个被拘禁的房间里猛然直起身来，想要逃脱死亡，穿过铁栅窗子，躲到外面去。一张被恐惧撕得扭曲的面孔上，下嘴唇收拢，眼睛睁得老大，再也不会自个儿重新合上了。

窗子空荡荡的，清晨的太阳映照在其中。可是刚才还发挥作用的光芒不仅被熄灭了，而且也被吞没了。那个小孩也消失了，仿佛他是一个幻觉。房子和草坡上的横条纹像投影一样击中了我。"菲利浦·柯巴尔醉心于假象！"这就是那个历史老师常常挂在嘴上的一句话，是表扬，又是批评——而这个假象又一次化为乌有了。就在一个号啕大哭的女人的怪脸迎面而来时，在这人群中再也不分什么女人、男人、小孩了。在人行道上，流动的就只有一群长得不够体面的、不苟言笑的、瘦骨嶙峋的、不起眼的粗野之人，相互碰来撞去，抄着近道走动，无论从哪个视角，都被那位国家首脑喷射光芒的眼睛监视着。他现在就是那个凌驾于我们大家之上的独裁者，无论是汽车生产车间里那个年轻的游击队首领，还是理发馆里那个身着白装的海军将军；无论是电影院前厅里那个魁伟的、被同样魁伟的夫人挽着手臂的黑礼服穿戴者，还是校园里那个水泥浇筑的帝王脑袋。当最后一道探寻的目光朝上投向盲窗时，仅仅强化了当局的权力，仿佛我这样看要让自己受到怀疑似的，因为我立刻就被一个警察挥起慢慢弯曲的食指叫到街道另一边，要我出示证件。后来我想起来，这个身着制服的人就是昨天到达时检查我护照的那个年轻人，和我一般年龄——可是在这乌云蔽日的时刻，好像谁都不再认识谁了。看样子，仿佛我们都失去记忆了。

　　我数着步子走进火车站。一道湿漉漉的楼梯通到下面的卫生间里，就像走进一个地堡里，前面站着一个相应的地堡女人，只不过她的腰带上少了钥匙串。我在没有插销的小隔间里徒劳地寻找着那些习以为常的格言和图画；它们现在或许会进一步帮助我。盥洗盆上方没有水龙头，墙上只有一个洞。上面的候车室里黑洞洞的，很难闻。首先在挤成一团坐在那儿的人身上，我只看到了一片白，引人注目的是，许多扎着绑带或者裹着石膏的肢体。亮光不是来自站台上，而是其间昏暗的走道里。后来，我还辨清了这个和那个罩在受伤拇指上的皮套子以及我身旁那个人头发上的血块。（我一点都不夸张，我的感官被这样的东西吸引住了。）连我自个儿身上，我也独自发现了那令人厌恶的东西：鞋上沾满了泥巴，裤子鼓起了包，指甲缝里黑乎乎的。肯定谁都看得出来，我是和衣过夜了，也没有洗漱，头皮发痒，同样，值盛夏时节，脚趾上长起了像在寄宿学校时一样的冻疮来。我也徒劳地试图在地图上看出我的下一个目的地，而投射到地图上的光线只够你看清灰白色的低地和蓝白相间的冰川。

我出门来到站台上，那儿有一个工人正在用冲击钻挖凿柏油地面。对面轨道上，停靠着那列奥地利早班车，向北方向，准备发车。车厢通亮，干干净净，几乎空空的（这列车还没有被许多南斯拉夫人用于前往菲拉赫购物郊游，在后来的年代里才这样）。那些身着蓝色制服的铁路人员又是在机车头前等待着某个尚未上车的乘客，和那些奥地利边防官员一起——认不出来他们都是这样的官员，因为他们身着便装，穿着长袖衫，外套就搭在肩上。虽然我原地一动未动，可我一下子着急了。下决心吧！返回的愿望几乎不可抗拒，不仅要越过边界，而且要回到村子里，回到家里，回到房间里，回到床上，在那儿美美地睡一觉。可首先想到的安慰，是在机车头侧面可以看见的那个语言，我那熟悉的、与生俱来的德语，无论是在"Heimatbahnhof"这个字眼里，还是——因为不是意义，而只是文字图像说了算——在带着"Arbeitsrichtung"图标的箭头里。[1]

我是多么犹豫不决啊！我想像着站错了地。在冲击钻头撞击的地方，沥青地面上的裂块四处飞溅，就像你走在一摊结了冰的水上时一样，有一块直飞到我的鞋后跟下。我被这砰砰的撞击声震动了，低头望着地面，在这灰色的沥青路上又发现了那样的盲窗，同样作为那个如此友好的、不用着急的符号。难道我不是对自己这个"世界王国"要求太多了吗？我到底是什么人呢？面对这沥青路，我永远认识到了我是谁：一个外来人，一个外国人，一个在这儿也许要寻找点什么，可什么都不能说的人。我没有权利要求所谓的人的尊严，像在家，在国内一样。而伴随着这个认识，我觉得不光是静下心来了，而更多是——处之泰然的状态。

那列奥地利火车发车了。那个列车员不是在疑惑地望

---

[1] Heimatbahnhof，德语，意为"家乡车站"；Arbeitsrichtung，德语，意为"行驶方向"。

着我吗？车站变得明亮和空旷。那些突然落在我脚前沥青路上的麻雀已经飞走了。它们片刻前还卧在一堆林肯山村的灌木丛里呢。轨道碎石上那片椭圆形车前草叶也是从那边飘过来的，一个所谓的花园逃兵。我迈着大步，走进售票厅，买了一张车票，仿佛我就是决断的化身。我又迈着大步，穿过地下通道，直奔最后一个站台而去，就像一个终于明白了他不再只是为自己一个做事的人。我匆匆地在井边洗把脸，一下子就跳上开往西北方向的火车。看样子，仿佛我以此结束了这越过边境的郊游，现在才开始真正旅行了。上了火车，刚一坐到靠窗的位子上，就立刻进入了梦乡。——而我今天一想到这位成长的年轻人，连同脚底下掘开的沥青，那么他也许之所以会获得一个图像，是因为他正好面临着跌倒的危险。就像有些事物，由于它们在最后的关头免遭了坠落的命运，因此在颤抖的双手中成为自由观察的对象，这时才会让你刻骨铭心。

后来几天，我是在波希斯卡这个地方（"沃凯因"）度过的，拜读了哥哥的那两本书。每当我乘车前往那儿时，总是睁着眼睛，怕耽搁了下车。我始终望着立在草地上那细长的、被人称为"干草晒架"的木支架：两根打入地里的木桩（今天也许是水泥做的），之间平行架着许多横杆，顶端盖着木板，每年第一茬收割的草就晾晒在架上。那些割下来的草里夹带着春天的鲜花，灰色的草堆上闪现着星星点点的色彩。横杆超出了木桩，有点像捆在一起的路牌，共同指着一个方向。看样子，仿佛火车就是跟着这一个紧接着一个、从峡谷到峡谷越来越厉害地向西转弯的箭头群行驶。在我的梦乡中，道轨两边的晒草架形成了一个巨大的承载装置，借助它，旅客们不用花时间就被送到目的地了。

我不再在露天里过夜了，而是住在这个地区中心一家旅店里，叫波希斯卡 - 毕斯特里卡或者沃凯因 - 菲斯特里兹。我看到房间价格实惠，数了数自己的钱，就决定住下了。靠着那位老师的接济，靠着给人家补习功课，再加上一篇"自己撰写"的文章上了报纸（"那是你自己撰写的吗？"一个旁座的同学摇着头这样问道）。事后我也想了想，跟他们一起去希腊，这也不是我没能力办得到的事。

然而，正好是这一篇发表的东西，妨碍了我一起去旅行，远远超过了缺钱。那是一个故事，其中描写了一个小伙子，他在一户人家院子里修自行车。这个过程写得很细腻，包括阳光、风、飒飒的树声，雨季开始，到结尾时，主人公听到一声喊叫，便冲进屋里，在空荡荡的房间地上，发现了父亲或母亲——我记不起来了——睁着挤得满满的、最后的瞬间还映现出外部世界的眼睛。当然，跟这样的内容根本不相干。惟独我"写作"了这个事实，使得同学们疏远我了。虽然他们之中有几个人在一个剧组里演戏，然而却有一个写作了，而且凭着这个东西"成了公众人物"，这至少让人很诧异。而且那个女朋友连故事看都没看，几乎连扉页上的题目和作者名也没瞥上一眼，就投来了一种奇怪的、拒绝的目光。看完以后，这目光转化为一种由不理解、同情、诧异，首先是畏惧错综交织的神色，这让我很伤心。后来，我一再不由自主地想起，当时，我想要把她拉到跟前，可她的脖梗子却挺得僵直。

难道不也是自个儿招致了这普遍的回避吗？难道我不是在报纸刊登的那天，把每一个打开报纸的人都看做是一个立刻会感受到我全部的罪过，并且会继续讲下去来羞辱我的人吗？这篇发表的东西受到了创作童话的历史老师的鼓励，得到了一位撰写地方评论的编辑的提携。尽管我事先也觉得这是无可非议的，（人家终于会知道我是谁了！）可后来我越发觉得这就是一个原罪。庆幸的是，惟一没有被这个穷追不舍的原罪波及的地方就是那个村子。在那里，和今天不一样——其间，村子入口处竖起了那个"林肯山村拜读……"的牌子——，甚至在牧师家里，一张日报都不会引起我的注意。当然，迄今无论怎么说，我毕竟在那里还是土生土长的，坐着汽车和火车来来去去。如今在我的眼里，我永远都不会使自己招人注意了。无论在哪儿，凡是我往日如愿以偿地不招惹人眼了，也包括面对自己，当个无名之辈，而现在，我却在那儿表现为"某个人"。一走出隐蔽，我便因此失去了自己喜爱的环境。在拥挤的人群里，首先是站在火车的过道里或者汽车中间走道里时，一时的惬意感觉为那不舒服的感觉让开道了，变得可以辨认了，我在遭受着一种使我变得孤单无靠的强光线，并且如此——让我最羞愧的——打扰了我那些同行者独自存在的状态。难道在最近几个星期里，我因此才常常骑着自行车去上学吗？这样，我来回几乎需要半天的时间。有许许多多的原因，现在打动了我去独自旅行，然而其中一个是确定无疑的，那就是让自己忘记成了公众人物，我暴露自己了，不管这是想像或者不是也罢。那么，伴随着每一个我又会在其中成为默默无闻的人的时刻，我现在不是感觉到这种忘记强有力地在我周围扩展开来吗？不是感觉到一种随着时间和距离越来越有疗效的恩赐吗？难道不是我刚到沃凯因时就被吸引到一个村落里来了吗？这村子在地图上叫做"Pozabljeno"，意思大概是"被遗忘的东西"或者"遗忘"。难道在后来的日子里，人家不是真的让我随心所欲吗？无论我在什么特殊的地方走也好，站也好，坐也好，躺也好或者跑也好，仿佛那都是不言而喻的。

惟独菲拉赫那位老师还神出鬼没地闪现过这个无名之辈的世界里，因为他一再重复着他当时第一眼看到我的印刷品时禁不住呼叫着说出的话。看神态，仿佛他要和一个音乐人合唱似的："菲利普·柯巴尔"——他直呼了我的大名，我当时第一次听到有人这样呼叫我，先呼大名后叫姓。的确，直到这个时候，人家只是呼我"柯巴尔·菲利普"，比如，刚刚在服兵役资格考试时还是这样。"别说了！"我这样暗暗地回答他：是的，我下定决心了，永远不再出现在报纸上了，永远不再让自己、家人和同村人蒙受耻辱了。那个沉醉于名望的梦想永远一去不复返了。难道我不是向来就知道自己这辈子永远都一事无成吗？恰恰当我和别人一起在汽车或者火车里时就这样扪心自问，即使我自己在兴奋地看着一本书，在听着一个新的发明，在欣赏着一首乐曲。难道我不是向来就知道自己迟早都会没用了吗？我注定最多不过是当个会计，当个小职员，干一个无非只能和数字打交道的工作吗？有一次，在一个教会节上，有位算命先生就这样告诉我母亲，肯定是想以此来恭维这个乡村妇女和她那个干什么事都不会有用的儿子。而现在，在这家斯洛文尼亚旅店房间里数起钱来，这不就是我的命运的一部分吗？

沃凯因是一片开阔的山谷高地，四面群山环抱。它是从前一个冰川的地表，在西部边缘留下了浩瀚而平静的、在我的记忆中几乎始终没有人烟的沃凯因湖。从它的北岸边，尤利安山脉陡峭耸立，主峰是依然被冰川覆盖的特里格拉夫峰，也叫做"三头峰"。三头峰的模型就坐落在山脚下的湖边上，是供前来度假的孩子们游乐的。南面的山峦是大海前的最后一道大屏障，往后向下通到伊松佐河（斯洛文尼亚的 Soca 河）。这条河接着继续流经其间的坡地再也看不到树木线了。由于交通十分不便，沃凯因盆地数百年来远离世界，惟有山间羊肠小道将它与伊松佐河谷地和弗留利平原相连，而我经过的东部通道，是随着铁路的建造才真正打开了。

奥地利可谓是一个阿尔卑斯山山国。这个国家有一个别名，叫做"阿尔卑斯山共和国"，它总让我感到诧异，因为我生长在广阔而平坦的雅恩费尔德平原上，离那些山峰还有一些距离（在这个村子里，几乎就没有人有滑雪板，而惟一的雪橇道就是从树林边通到下面的街道上，你几乎刚一滑起来，就又停住了）。然而，在沃凯因，我现在真的发现自己被阿尔卑斯山包围了，并且觉得处在一个阿尔卑斯山山国里。当然，这并不意味着沟壑、深谷、阳面和阴面，少见天日，尽管是锅状盆地，却更多是高原，因此视野很开阔。要是我现在闭上眼睛的话，展现在我面前的是一个远离世界的世外桃源。那荒无人烟和深蓝色的湖注定了它的命运，四周群山环抱，地面上连绵起伏的冰川堆石将它划分开来。对它来说，没有一个名称会像开头使用的"山谷高地"更贴切了。

再说，沃凯因是个忙忙碌碌的地方，无论如何从稍微隆起的火车站看去如此。当时我一下火车，首先看到和闻到的几乎只有木材。就在货运轨道后边，我看到堆成一摞摞的树干、方形的木梁、宽厚的木板和狭长的板条，听到房屋之间隆隆的电锯声。我在那儿停留的所有日子里，从早到晚，我没有碰到过一个无所事事的人。如果谁看上去是这样的话，那也无非是一个在等待着的人，要么在一个常常都不加标记的停车站（一道木条围栏，一个桥头）等候汽车，要么在守着一棵要锯伐的松树倒下的地点，要么就期待晾晒干草的好天气，或者只是像旅馆灶台前那个老厨娘一样，在等着牛奶烧开了，菜肴煮熟了。偶尔有士兵独自无声无息地坐在路边，可走近一看，耳朵上却戴着无线电报话机。连孩子们都一个样，尽管他们看上去慢慢腾腾的，不时从灌木丛里撕去一片纸，可此刻就有点像正在学习追寻前人足迹的童子军。甚至到了星期天，人们排着长队等候在教堂里的忏悔室前。教堂坐落在一片草地中央，和主教堂一般大小。谁摆脱了自己的罪孽后一走出来，正好可以借机走近自己的心灵深处去嘲笑自己，接着便继续走到座位前屈膝跪下，立刻在那里做起忏悔祈祷。从这个山谷高地的居民中，散发出的不是世代居住者的安逸，而是新拓荒者不可遏制的特性，忙忙碌碌的存在，持续而必要的机智果断精神。因此，同样考虑到它的自然位置，白天我常常把沃凯因看成一个特殊的欧洲国家。在这其中，我几乎就看不到白痴或者醉鬼。这种人的存在准会扰乱这忙忙碌碌的氛围，因为他们无聊透顶地四处摇摇晃晃，跌跌撞撞，不时地会分散了那些整日忙碌者的专注和勤奋。直到我突然发现，我扮演了一个几乎一模一样的双影人角色。在寻找去研究那两本书的地方时，我停滞了，掉头了，拐弯了，试探着这块和那块草地，看它们是否适合于坐下来，靠在一棵树上，立刻又从那儿的松脂上脱开身来，然后继续踉踉跄跄地走去。

我住的这家旅馆，译成德语叫"Schwarze Erde"（黑土地），取名于南部山脉的一个山峰。这是建于大战之前的一座大房子，我立刻在上面寻找着盲窗。除了我，只有偶尔来几个登山者入住。因此，我自个儿住了一间有四张床的房间，像是为一家人准备的。房间位于二层，就在入口上方。从窗户望出去，眼前是一排松树，像一片树林留下来的，从这个地方中间穿过。从另一面望去，是一条直接从房子旁边湍急流去的山涧，一片白茫茫的怒号淹没了载重汽车和电锯的轰鸣。穿透过来的声音最多不过是火车的汽笛或者一架军用飞机突然的呼啸。那些松树和流水不一样，你坐下时也可以看得到。于是，我把小木桌挪到相应的窗户前，并且试了试各种不同的椅子。由于我无法决定坐哪一把，于是我把它们都排放在桌旁，不时地变换着座位。

　　第一天，我只是从行李中拿出那两本书来，却没有打开它们。我让通往过道的门敞开着，因为听着溪流的咆哮，我觉得自己在这封闭的房间里就像远离了世界似的。这样一来，从楼下的餐厅和厨房里至少时而可以传来当啷声或者其他刺耳的响声。在正对着房门的过道墙上，挂着一个制成标本的深棕色雄松鸡，摆开一副发情期的架势——脖子伸得长长的，鸣叫时肿胀起来，眼睛紧闭——，真的也像是被射杀时的样子。旁边的钥匙盘上挂着各种形状的钥匙，放在一个玻璃窗里，有点像近乎完美无缺的蝴蝶收藏。我第一瞬间立刻就觉得，似曾看到过这一切，或者还要更多：仿佛我又回到这儿了，不是回到一个昔日的生存里，而是回到一个预感的生存里，让你觉得更真实，或者更明确，又不可思议。这一切是来自桌子、椅子和床架呢，还是来自窗前飞溅的雾气？前者让我想起身为木匠的父亲；后者又让我想起身为山洞工人的父亲。或者是来自哥哥那个写在信里的表达？他在信中用了"祖籍"这个专门的词汇来描述沃凯因。因为我真的觉得，不单是房间和屋舍如此实实在在地重新找到了，也包括毕斯特里卡这个地方，这个"一目了然的地方"，这个"一清二楚的地方"，这个"山洞村庄"，连同这整个山谷高地：一个孩子惊奇地注视着她；一个二十岁的年轻人观察着她；一个四十五岁的人俯瞰着她。在这个时刻，所有这三个人融为一体，也没有了年龄区别。再说，毕斯特里卡完全不像一个普通的村庄，更像一个将会从许许多多空旷的空间间隔中拔地而起的城市的前站。那几座位于边缘的高楼大厦，连同超市，还有那个坐落在草地中央的大教堂看上去已经是预兆了。

当时，对这个有房无地的村民儿子来说，坐在旅馆餐桌旁，吆喝着服务员要菜，这是多么不像话啊。开始的日子里，他仅仅靠着从超市买来的蛋奶烤饼和饼干，首先是姐姐给他塞进海员背包里的面包和苹果糊口。苹果是去年最后剩下的，已经放得太久了，只要一拿到手里，里面的果核就吱吱地响。我吃这两样东西，并不是因为饿极了，而是因为那是我最喜欢吃的，多少年以后依然如故。"美味可口"这个词对苹果与用和兰芹调味的、几乎就不加盐的黑麦和小麦面包组合起来的甜酸味再也恰当不过了。窗台上，面包、苹果和折叠刀摆成了一行。面对带着深深裂纹的圆面包，我想像着月亮的背面。当然，它一天缩小的速度都比这个天体一个星期的都要快，很快也就没有那些旁边的月亮了。最后一片是如此的薄，拿到阳光下一照，它不禁让人想起了一个透明的雪花结晶网，然后也就融化了。

然而，真正的童话才要开始。我打开那两本书时，发现它们分别夹着一张纸币，像衬页一样。这时，我才突然想起了姐姐的叮咛，在旅途中，我每天一定要吃上一顿"热饭"，"这样至少别让肠胃觉得到外国了"。就像我当年常常做梦都梦见捡到钱一样，我现在看到四处有更多的钱在闪烁，并且事后感到遗憾的是，姐姐怎么就没有给面包里也夹上钱，或者给苹果里塞进钱呢。我把这几张纸币折起来塞进后面的裤兜里——家里从来没有人有过钱包——，发现这个样子重复了父亲的举动。每次打完牌后，他都要向这一圈人久久地投去胜利和复仇的目光，收回自己赢得的战利品。于是，我也可以把这笔当女儿的从父亲那里弄来的钱当作赌注，兑换掉，而且就在同一天晚上，在楼下餐厅里要了第一顿热饭，语气坚定，并且自以为没有口音。那服务员脸上表现出的关注，我此刻觉得她是在微笑。

　　两本书的第一本原来是一个硬皮笔记本，是我哥哥在马堡上农业学校时的工作笔记。然而，因为这个本子挺厚的，再加上两张硬皮，便散发出相应的气味。所以，我总是拿它当本书看。它和另外一本，也就是那本出自19世纪的斯洛文尼亚语－德语大词典、一包信、一顶第二次世界大战时的军帽（儿子）以及一把第一次世界大战时的匕首和一个同一时期的防毒面罩（父亲）平时都放在木回廊上的箱子里。箱子就在父母房子的屋檐下。到我开始看书时，那儿也就只有这两本书，而且始终都放在这个半是露在外面的箱子里。我要阅读它们时，从不带进房间里，大多都坐在箱子上。看样子，仿佛同时也一起领略了各种天气，这理所当然地属于这样的阅读不可分割的部分：感受着从侧面吹来的风，眼看着光线在书上不断变换，有一次甚至被刮到房子挑檐下的雨水给淋湿了。哪儿放着这些书，那儿就是我读书的地方；因为父亲不愿意看到屋子里有书，尽管他星期天在窗台前仔细阅读报纸已经成了不可动摇的习惯；只要他在那儿碰到我手里拿本书看，就愤怒地嘟嘟哝哝，因此，浑身直冒的冷汗，立刻就粉碎了这位吓得发愣的读者的文字图像。

这些年里，我多么艰难地寻找着去解读这些书的地方啊！我在三岔路口旁边的奶站后面坐过，在离得远远的田野里的圣像柱旁的长凳上待过，也去过德拉瓦特罗格峡谷里一段与世隔绝的河岸边。我的脚前，那片被堵起来的河水如此平静，上下一个样，天地为一体……有一次，我登上了林肯山。快到山顶时，在一片覆盖着蕨类植物的空旷地上，孤零零地长着一棵松树，我看到面前这个地方，那肯定就是每个读书人的梦想之地：这棵树周围有一片软乎乎的草地，人们习惯叫它"女人发"，一个由天然软垫搭建起来的床铺；它不是罪恶之地，而是一个似乎立刻会从那名为"恐惧与战栗"[1]的书中吹向我的精神宝座。然而，我在那里卡在第一页了，甚至连第一句话都弄不明白。直到有一天下午，在学校走廊里，看着旁边别的走读生正在做自己的作业，我眼前才豁然一亮，便立刻明白了那些句子和结果从句。伴随着这些语句，我同时看清了周围一个个细节，凳子的纹理，前座那个人的发型和走廊尽头的电灯。这时，我才听到了那棵松树里的涛声。可在之前，在那片

---

[1] 丹麦哲学家克尔恺郭尔的著作。

旷地上，当你打开那本书时，涛声突然减弱了。那个地方，所有那些地方，尽管它们都那样可爱，那样诱人去读书，可是，每当我要坐到那儿时，它们却都一个个地消失了。于是，我就偷偷地走开了，就像被父亲那愤愤的嘟哝弄得不认识字了似的。直到今天，这个读者惟一固定的座位始终就是那个放在父亲房子回廊上的，如今早已被砍成劈柴的箱子。在寻找座位的过程中，我惟独感受到的是，难以隐退到一个荒无人烟的世界里，恰恰是因为带着一本书。

我也同样如此陪伴着哥哥那本工作笔记，经历了习以为常的辗转——在火车站那几乎始终空空如也的，掩映在栗子树中的候车室里，在公墓里一座上面刻着一架正在俯冲的飞机的墓碑前，在那座湖泊出口旁的石桥上，我都一一地尝试过——，最终又在这旅店房间里，一只眼角里隐隐约约地映现出那只雄松鸡，另一只里明明亮亮地映现出摆满碗盘和酒杯的灶台，眼前是一棵棵松树梢，目光再投向远处，就是一座邻居的房子，屋顶的一行行脊瓦从左向右排列着，类似于笔记本里的一行行字。

虽然我迄今一再把这本书读来读去，却不能真正读懂它，因为在农业学校里，授课语言是斯洛文尼亚语。我之所以观赏它，是因为那些图样，首先是因为字迹。它一目了然，十分工整；字母又细又长，微微向右倾斜，一页一页地翻阅时，让人会觉得像是在淅淅沥沥地、没完没了地、一成不变地下雨的样子。它既没有曲线，也没有弧线；既没有缩略，也没有疏忽，因此，它无疑永远也不会成为印刷字体。没有一个字母在词语中与其他字母分离，不存在联系，同时又区别于过去一百年里那美丽如画的文献，因为它的流畅与之所属的图样笔画融为一体了。在观赏时，我觉得好像它不仅要把什么东西记录下来，而是要和它的对象一起继续坚定不移地奔向一个目标，而行列中的每个字母都是这个对象的图像承载者。在沃凯因，在这片新开垦的土地上，我后来在哥哥的字迹里看到了一种很适合于这个地区的字迹：一个拓荒者的字迹，一个正在崛起的拓荒者的字迹！在这个拓荒者身上，书写也成为崛起的一部分；它不是对一种行为纯粹的见证，而是继续着同样的行为。

他在一封信里说，一个精通书写的人就会断定，"我们大家的写写画画（这个家庭的）都是同源同根的"，而我在其中始终读出了执着和自豪的韵味。他从来就没有过一个所谓的孩童的字迹。即使在最早的作业本里，他书写得就像一个以此要介入某个事件的人，像一个有责任的人，像一个领头人，像一个发现者。

实际上，正如那个护路人和写画人所说的，这整个家族恰恰是由于其"出类拔萃的"手写体远近闻名了（这个柯巴尔家族不光是用手在书写着！他一边说，一边表情夸张地伸开自己的手臂）。这给我们带来了自信而高贵的家族声誉，因为这个地区说到底也没有一家配得上"名家"这个称号。我们就是通过这样的书写——既不"像画的"，也不"像印的"，而是以不可混淆的"柯巴尔"神态——，提出了我们的要求。母亲是个非常忙碌的写信人，正如前面提到过的，被视为公家的人。无论我问起哪个邻居有关哥哥的情况，除了那几个轶闻趣事外，通常都要说起格里高尔和他的果园，"经营得那样精细，那样宏伟，那样富有创造性，就跟他的字迹一样"（护路人）。甚至连姐姐也从疯疯癫癫的状态里清醒过来了。当她以"乌尔苏拉·柯巴尔"这个名字提前领到了自己的养老金时，显示出了一副盛气凌人的样子。

在这些以其字迹出类拔萃的人中，惟一的例外就是这个家里最老的和最小的，那就是父亲和我。一个手太沉重，而另一个手则变幻无常。谁都看得出，父亲从来就没有当过一个真正的小学生；无论阅读还是书写，他看上去确实又慢又费力。在母亲给我写到寄宿学校的那些信里，他最多不过是加上惟一同时也代表他问候的字"父亲"。退休以后，他好久都不知道要干什么，我便觉得，给他一个本子，让他把自己的人生记下来，这倒是一个主意，因为他口头叙述这人生时——几乎让人吃惊，他沉默良久之后，常常开始拖着那声音深沉的"那么……"——，一再陷入结结巴巴的境地，并且说上一句就中止了："这无法让人说得出来，只有写下来才是!"。然而，几个月以后，当我在本子里查看时却发现，尽管他整个冬天有的是时间，可上面连一句话也没写，只有数字，哥哥的战地邮政编码、我的衣服号码、门牌号、大家的生日，像楔形文字一样。（惟独那些线条，他可以用自己那根木工铅笔画得不费吹灰之力，他本来就可以十分麻利地把图样画在要加工的木材上。）

　　我自己始终在变换着字迹，常常在词中间写着写着就变大了，迫使那些字母从其后面的模样里解脱出来，又回到前面去，迫不及待地——从字迹图像可以看得出来——追着快点结束，也顾不上每个开头是多么认真仔细。首先，我并没有把我的手写体感受为自己的。就是到了今天，虽说它变得规范了，可我依然觉得它是不自然的，是一种模仿。和哥哥不同，我从来就没有过自己的字体，而我现在的字体也是从他那里学来的。当我心不在焉的时候，我就脱离开那继承来的匀称了，就不再是什么"写写画画"了，而退变成一种不成形的、连我自己都觉得无法辨认的潦草之笔，一个忙忙乱乱和不知所云的图像，替代了那个强劲有力的家族风格。我心想着，靠着打字机，我才学会了真正的书写。坐在打字机前面，那个让我适应的字体无非就是虚幻的字体，没有什么工具，食指独个儿就当铅笔用了。恰恰是我眼前并没有看到我在写什么，动一动指头就足够了，从而使我感觉到有了一个自己的手写体和其中相应的笔锋。在虚幻地书写时，我也可以慢慢悠悠，可以停顿，也可以停止。不然的话，我用手握着那个让它感到陌生的工具局促不安，就它发出的响声也叫我心烦意乱。我非但不能直着身子坐在那儿，反而要伏在书写纸上，急急忙忙地一行接着一行写来写去，却不知道自己在干什么，身上散发着一种如此发馊又毫无结果的汗臭味，也难以抬起头来，哪怕眼睛扫视一下最近的周围也好。当我全身心专注自己的事情时，我在书写纸上才感受得到一种自然字体的要素。这样一来，仿佛字体图像就会与事物图像一同出现在我的心里。那么，我在哪儿能够在书写时专注一件事呢？比如说在昏暗中：这时，一笔一画，铅笔和手指打成一片，我获得了一只书写之手，某种美妙而沉重的东西，意味深长的东西。这不再是什么随笔写去，而是一种描绘。实际上，当我把那个如此产生的东西拿到光明处观看时，我的事情就以我的字迹形式展现在我面前。在这个字迹上，哥哥那美妙的创造者之手与父亲那断断续续的自学者之手似乎融为一体了。

哥哥的工作笔记首先叙述的是果树栽培。借助词典，我大概可以弄明白什么意思，它出自一个尚不满二十岁的年轻人，然而却不是什么学习笔记，而首先是一位年轻学者独立的研究报告。到了第二部分，它就转为对事物的思考，一种论文，最后是常用规则和建议目录。总地来看，学习手册和教本在这里合二为一了。

工作笔记的主题是苹果树的栽培和优化，就像哥哥在故乡果园里自己动手试验的一样。他叙述了关于合适的土壤（"松软和肥沃"，"平整且稍微隆起"）、地形（"东西走向，但要防风"）以及最佳栽培时节（往往取决于昼夜平分时节，或者某些星象出现的时节，或者乡村的节日时节）。

于是，我不由自主地把哥哥嫁接树枝和移栽小树苗的经验同时当作教育故事阅读了。他把那些小树苗从苗圃里"连带着土壤一起"移植到自己的果园里，并且把它们像在那里一样安置在同样的方向上，同时将间隔增大了好多倍：一棵树的枝条永远不应该触及另一棵的。树栽到坑里之前，他先把各个根系编织成一个具有保护作用的蓝网状。那些就地从果核里长出来的树似乎表现为生命力是最顽强的，不过也是最不能结果的。树冠上面，最好是枝叶繁茂，这样一来，树冠下面就能够结出更多的果实来。垂直地面的枝条要比端直朝上的结的果多。（然而，挂在高处的果实却不易腐烂。）要说嫁接吧，他只采用那些朝东生长的枝条。它们的形状像支铅笔，切面是斜的，好让雨水流去。切割不能直着切下去，而是顺势拉开（为了让皮面保持平滑）。为此，他一味选择已经结过一茬果实的幼枝，"因为不然的话，我们就会不是为了收成，而是为了乘凉辛勤劳作了"。况且他也绝对不会把幼枝嫁接到另外两条幼枝相连的岔口上，因为这样会和那两条幼枝争夺营养。他尤其就剪枝写道，枝剪得越早，你得到的"木材"就越多；枝剪得越晚，你得到的"果实"就越多；木材"向上冒"，而果实则"弯着身子"。

他在笔记本开头叙述道，在后来变成果园的那片地方，最初只孤零零地长着一棵果树，完全荒芜得不成样子了（他的用词是"长荒了"，这样说的意思是，那些树枝长得乱七八糟，挤成一团），也不结果：在这棵树皮表面枝条交错最少的地方，他用一根铁冲子，直扎进木质里，从那些形成溃疡的伤口里，很快就迸发出一种弯曲的本能，睁开一个接一个预兆果实的眼睛。更确切地说，这种铁冲子就是一个钻子——他的"发明"，因为在扎洞眼时，产生的不是堵塞洞眼的木末，而更多是轻轻就可以吹出来的碎片（旁边有一张"柯巴尔钻子"的图样）。

　　然而，在阅读时，我向来觉得那感官的东西，那些仅仅提说的，迄今让我看来一片纷乱的东西，比那些附带着教育意图的比喻式故事更深邃，也比那伴随着的弦外之音更深邃。哥哥用来把嫁接幼枝捆绑到树枝上的韧皮、相关的木夹板——不是圆形的，而是"四棱形的！"——，还有调节下面根部土壤温湿度和阻挡潜水的小石子，它们都获得了表象，我会特别关注这一切的。可是话说回来，果园里的空间如今越来越通亮起来了。这期间，由于再也没有人精管它了，整个果园荒芜不堪，就像当年最初那棵树的样子。从那手写体里，一道四周筑得清楚分明的篱笆在注视着我。面对"我的事业"（哥哥这样称呼自己的成果之地）的多样性和多种性的奇观，这位读者在其中把脑袋转来转去，仿佛他就站在中心，站在那个创造者的位置上似的。"我们不会为将来乘凉而辛苦劳作了！"此刻，在窗前的桌旁，这就是这位读者奋斗的呼唤，汇入山涧的咆哮里。与此同时，一只眼角里是雄松鸡的黑色，另一只眼角里是盥洗盆的白色，它们如同两个相互交错的钟摆摇荡在他的视野里。

　　那些词语之所以具有如此的力量，不也是因为它们不同于德语词汇，我不是马上弄懂了它们，而通常是先将它们转换过来了吗？当然，并不是从外语转换成自己的语言了，而是从一种想像——虽然我几乎就不懂斯洛文尼亚语，可它真的让我觉得又是那样地熟悉——直接转换成了图像：转换成了果园，一根树撑子，一段铁丝网？对哥哥叙述的一些工作，比如剪去不结果的嫩枝，他采用的是"瞎忙活"这个字眼：通过这样的转换，盲读，不就成了洞察吗？茫然的举动不就成了有效的行为吗？我在想像着，甚至连父亲，似乎他这时只要一走进房间里，一站在门槛前，就会忘记了自己的愤怒，并且面对这双闪耀着机智果断光芒的转换者眼睛，顿时就会对儿子表示一致的赞同："是的，这现在就是他的正事吧！"

在笔记的第二部分，哥哥离开了自己与众不同的果园话题，详细地叙述着通常各种苹果的品种。然而在这里，他那一棵棵实实在在的果树依然浮现在我眼前。凡是他一味描述方法的地方，我就继续当成纯粹的叙事作品来阅读，它叙述的是一个地方及其主人公。然后，我也把这个主人公和那些针对每个果农的结束语联系在一起。在这样一件仿佛与智慧血脉相通的事上既不会有师傅，也不会有徒弟，而对栽培最重要的就是"主人亲临现场"。

哥哥的果园与众不同的是，它远在村子外面，三面有耕田和牧场环绕，一面与一小片混合林地毗邻，而其他人家的果园都紧挨在房子后面。从公路上看去，一行行果树望不到边。在它们尽头，你只能想像那休耕的平川，连同坐落在边缘的林肯山村成为苹果和梨子的乐园。另一个区别是：哥哥的果树像种植园的一样低矮，除了果园入口那些仿佛要掩蔽果园本色的、和村里普遍一样的李子和果酒梨树群外，每棵树都结出味道不同的果子。真的，甚至有这样的果树，从一层树枝到另一层树枝结出的果子品种都不一样。甚至也有这样的树顶，在它结出的果子梨里，就有一根树枝上的果实是秘密的，只有自家人才知道，很迷惑人，而旁边树枝上结的是同样的果实，可是只要你咬上一口，不是——就像顺口溜说的——屁股眼儿抽紧了，而更多是让你的眼睛瞪得老大。

　　整个果园朝着那片小林地延伸去。只要你一身临其间，那它看上去就越来越像一片同时会带来无限好处的试验园地。它开始呈现为尖嘴形，仅有一棵杨树突现出来，面临果园显得好奇特。一走进去，果园变成了一条越来越宽的地带，而到了林地后面则变成了许多行。虽然没有篱笆，像村子里那些看上去连成一片无疆无界的果园一样，可杨树后面那片地是一块隐蔽的地带。因此，你只要穿过那空旷的田野，便突然身临其间，也没有任何房子当标志，眼前尽是挂满优质苹果的树枝，尤其是因为哥哥把果树栽培在低地里。从平坦的地方出人意料地下到果园里，而在它的尽头，也就是那片小林地边上，同样又延伸上去了。低地并不深，然而只有到了边上，才看得出是一片后来才形成的低地。对初来乍到的人来说，就是那些小果树的树冠，只有到了和你脚尖同样高度的地方，你才会发现它们。从远处看去，无论从村子里还是从公路上，惟有那棵奇特的杨树耸立在没有长树的田野上，有时候在下雷雨时充当了闪电的火炬。

这片低地是由远古时期一条溪流形成的——地理老师就是这样向我描述的。那是一股地下水，它没有停留在这片特殊的平地上，而是流过了它，直到德拉瓦河的特罗格峡谷。那是一条独一无二的、有规律的涌流，几乎就在"散步手杖一般深"的地表下面。在如今果园这块地方，那股水流喷涌出来了，变成了一条小溪，冲带着泥土流去，并且把泉眼这块地方舔成了碗状，像一个"终端火车站"，又从这里向下为自己冲出了一条狭长的沟道流入河里。后来这条小溪消失了——这个地区的沟道有个别名叫"暗溪"——，这片由泉水形成的碗状椭圆形土地干涸了，再也看不到水流了，沉降下去了，汇入那广阔的水平线上的地下暗流里了；或者作为"上天之水"，把从四壁上剥蚀的沃土变成了碗状的土地。哥哥在工作笔记中把雨水直呼为"上天之水"。（当然，在沟口开始的地方，这块碗状的土地有一个被灌木丛堵住的洞。）

在果树周围，长着果园草，比草地上的草稀疏，几乎就看不到什么花。那条穿过田间直通到低地边缘的沙石路，在杨树旁边岔开一条草路，然后到下坡时变窄了。小路上深深地压出了一道小推车的槽印，被制动的车轮磨得闪闪发光。在果树行之间，这道儿变成了一条地地道道的草路，一条"绿色通道"（在家里都这样称呼它），在这片微微隆起的碗状土地上，笔直地通到果园最后面一棵树前。它不光比自己周围的地要亮得多，简直就是太显眼了。

在这片低地里，果园可以说不受风的侵袭。惟独从南面刮来的温暖的下降风会掠过地面。一根根树干都长得笔直，树枝均匀地弯向四面八方，尤其是冬天的图景，格外清晰。此外，这片地方也免受了无论是来自村里还是公路上任何噪音的影响，除了教堂钟声和火车汽笛声之外，它让人几乎只能听到自己的动静，首先是嗡嗡声，更多不是来自飞蝇，而是果树花上面的蜜蜂，或者落果上的马蜂。这个地方也弥漫出自己特殊的味道，某种厚重的味道，果酒似的味道，更多是从草丛里发酵的落果散发出来的，而不是从树上。这儿的苹果只有采摘下来后放到果窖里，才会开始真正释放出香味来——在此之前，你只有把它捧到鼻子跟前才闻得到。（可是过后多香啊！）到了春天，果花白茫茫一片，美妙无比；果树从一棵到另一棵，颜色变幻各异，其中那些发白的早熟苹果最快又消失了，成为过路人无可厚非的口福了。

　　童年的一部分，就是期待着各种各样的水果品种成熟。尤其下过暴雨后，我就会被吸引到野外的果园里，而且也总会在树下的草丛里拾到美味可口的苹果（或者在专为果子酒嫁接的树枝下相应的梨）。在我和姐姐之间，常常甚至出现争前恐后的事，而姐姐早就不再是小孩了：谁都预先知道，这次在哪棵树下会落什么东西，谁都想第一个赶到那儿——这样争来争去，争的倒不是谁占有和吃掉，而是谁找到了，拿在手里炫耀。秋天采摘果子，可是我为数不多的得心应手的体力活之一（或者瞎抓来抓去）。果树如此低矮，采摘时几乎就用不上乡村果园里那司空见惯的梯子。采摘首先凭借一根长杆进行，长杆顶上固定着一个带有锯齿形硬边的袋子。此时此刻，我甚至感觉得到两个手臂猛地一动，一个苹果便随之从枝条上脱落下来，顺着袋子滚到苹果堆里。

　　童年的一部分，也包括那一箱箱装得满满的苹果。这一箱呈现出柠檬黄，那一箱又是与众不同的紫红，仔细看上去，它们的血管从外面的皮层透过果肉，直穿进果核里。惟有果酒梨允许从树上摇下来。你抱着树狠狠地一摇，整个果园里都回响着巨大的啪啦声。然后靠在树干上的不是堆成一摞摞的箱子，而是一圈鼓鼓的袋子。

后来就是那未能如愿以偿的青春时期，寄宿学校的岁月。在这些年里，我也错过了收获果实的季节。再也看不到那一摞摞苹果箱了，最多不过是去学校时给行李包里塞上几个苹果，一年里还有那么几次，一包比一包更蔫了。

接着就是母亲得病了，父亲的关节僵硬了，我几乎把所有的体力活都荒疏了（真的，这个词恰如其分）。而那些体力活与在露台上阅读没有什么两样，共同构建起了童年之梦，不管是劈柴和盖屋顶，还是赶牲畜放牧和堆摞禾把（无论如何对我来说，这从来都不会成为一个苦差事或者劳累，即便是，也不会超过几个钟头）。

接下来的数十年里，果园没有人照看，彻底荒芜了。惟有姐姐还有那么一段时间，提着自己的小篮子，前往那里，从那些用手可以够得着的树枝上给自己采摘果子吃。到了后来，她也不再去了。留下的只有哥哥那果品之乡的梦想：在冰天雪地里，那些淡黄色的早熟苹果挂在果园的树顶上。而与此同时，这一家人则坐在一条长凳上晒太阳。

然而，在我回到家乡后的那些年里，我又不时地去探究这果园。在它附近，始终还看不到一座房子。昔日那条通往果园的沙石路和低地下面那条绿色通道一样，变成了一条草路。树上长满了各种各样的菌类植物。

　　我最后一次到那儿时，雨水也把沟道洞口前剩下的几块水堤冲走了。水堤是哥哥当年用荆条、石头和土建造的。那是冬日的一天，这片地方被笼罩在一片灰蒙蒙的青苔里。一棵棵果树完全被青苔缠绕了，直到树枝顶尖，彻底没有面目了，一部分树皮也被剥蚀去了。那些树好像被青苔简直压得喘不上气来。事实上，断裂的树枝卧在下面的草丛里，像鹿角一样。草不是草，而是青苔。有几根佯装的草茎也像嫩芽一样苍白和沉重，它们交织在黑莓的卷须里，从林子和沟渠里挣扎着露出脸来。最引人注目的就是那棵从果园里冒出来的白腊树，实实在在地抢夺了一棵苹果树的生存空间：它的种子无疑是在那棵苹果树的脚前扎下根了。朝气蓬勃的白腊树在成长中把老苹果树半边都围起来了，犹如用自己的树身包住了它似的，如今透过那生机勃勃的树身长缝，显露出一棵被剥去皮的死树。那些嫁接的枝条过去从光滑而闪烁的树皮上一眼就看得出来，如今却埋没在四处可见、纵横交织的鳞皮中，早就再也分辨不出来了。惟有一个地方还留下了一个四棱木条，表明了当年的迹象。木条压在这棵树上，同一根嫁接的树枝相依为命：在时光流逝中，发生了奇怪的倒转，因为那根树枝起初是二者之中比较细的，后来就变粗了，并且把那个当年用生了锈的铁丝缠绕起来的木条当作毫无用处的附属物托在自己背上。

除了那条绿色通道，在这片整个笼罩在灰暗之中的低地里，独一无二的颜色，就是在开裂成形形色色的树冠上，一个个槲寄生团显现出如此异样和刺目的绿色。树枝上挂着几个干瘪的果子，都是前几年结的。而落在苔藓里的果子，我一踩上去，如同灰球菌一样破裂了。

惟有一棵叶子已经落光了的树上挂满了今年的苹果，也没有人去采摘。然而，这黄色的苹果也一再被那灰色和黑色的椋鸟和乌鸦遮蔽。它们分别抢占着一个个圆球啄个不停，吧嗒的响声弥漫果园。好在远处传来了火车的汽笛声、鸡叫声、犬吠声和摩托车的嗒嗒声。那沟道洞口早被野葡萄藤蔓遮得严严实实，我仿佛听到从深深的地下，传上来了河水流动的轰鸣声，透过沟槽显得格外强烈。

我心想着，逃离这个远离尘世的低地吧，可又决定留下来了。那个坐落在后面通往林地出口的木板棚屋已经不复存在了。它当年是用来避雨遮阳的。散落在那条绿色通道边上的残木断板同那些废弃的支撑杆一起形成了一个介于柴垛和晒草架之间的东西，对前者自然太稀疏了，而对后者又太不规则了。我站在这前面等待着，可等待的并不是什么确定的东西。

天开始下雪了，始终只是些零零星星的雪花，突然间从云层里飞出来，在空中飘来飘去，又消失了。我不禁回想起了父亲那个习惯，每当要作所谓的决定——无论是一项开支还是写遗嘱——前，就在那条绿色通道上踱来踱去，而我此刻在重复着这一切。我的脑海里突然闪现出他的一个家庭格言："我就是一个可怜巴巴的果园看守人！"他常常面对挂着那位失踪者照片的暗室这样说。

到了路的尽头，我转过身子，抬起头来，看见在那一堆木板和支撑杆中竖立起了一个耸立云端的哀诉架，我想像中就跪在它前面。走近一看，这架子图像突然变成了一尊雕像，而且那一排排果树也接着以同样的方式展现在我眼前。我实实在在地心想着，这就是"那些显贵的祖先的纪念碑"。

我待得越久，不管是上上下下、转来转去、走走站站还是这边看看，那边望望，作为正处在自然衰亡之中的果园，这个地方越来越清楚地彻底变成了一个杰作，一个使人的手得以流传和赞美的形式，具有由别的手可以转化成别的形式的裨益，比如说以文字形式可以转化到被孤寂的山间小径分成梯级的低地侧面那儿——雪天里，逐渐突显出一行行越来越白的道儿。这样一来，在由苔藓和槲寄生团形成的包围圈背后，那一根根果树枝上，它们的"眼睛"重新活跃起来；火石的光芒闪过树根旁那腐烂的光亮；从果园中心的框架上吹来一阵阵南风，后来也一再会吹拂在那密闭的房间里。

这时，我在思考着两件事：面对这些像鸭舌帽似的附着在枯树干上的腐木菌，我想起了哥哥的一封信。他在信中提到了名叫"格巴"的这样一个女孩。在复活节前的星期天黄昏，他和那个姑娘一起去观赏复活节焰火（这对他来说是"最神圣和最高兴的事"，之后，"节日也就告结束了，甚至连那些香肠都不会让我如此高兴的"）——而面对那些支撑杆，那根顶端叉开的榛条棍又浮现在我的眼前。对动物常常残忍的父亲，当年就把一条割草时被他一刀两断的蛇叉在上面：它不仅在当时一整天里，而且在这些年间就缠绕在那个叉子上。叉子固定在打入地里的木桩上。比起所有那些阳光果实来，它更加持久地成为这个地方的标志。它如今已经悄然地消失了。在果园最荒凉的角落里，我对着自己的祖先，同样在寻找着一个孩童的那双眼睛，离开了亡灵的声声哀诉，摆脱了那个"分离的永久王国"（哥哥如是说），我直言不讳地进一步说："真的，我将会给你们叙述的！"当然不是以胜利的声音，而更多是以失败的声音。

从哥哥在农业学校的三年里，同样留下了许多班级照片。在第一张照片上，小伙子们个个都敞开着衣领，挽起了袖子，并且穿着齐膝的深色围裙。他们站在一条宽阔而阳光灿烂的林荫道上，并且在那里安营扎寨。两边都是果树，鲜花盛开，连一片树叶都看不到。背景是一片枝蔓还很小的坡地葡萄园，一行行垂直的葡萄架通到坡顶上的小教堂前。繁花似锦的果树白茫茫一片，与春天的云彩相映生辉。阴影是短暂的，正值午间休息，哥哥甚至连梳一梳头的时间都没有了，一束头发挂在他的额头。一照完相，人人都立刻又开始干活了。这一班人紧紧地站在一起，有几个人把手臂搭在旁边人的肩上，不过哪儿也看不到有人对这种姿态作出回应。有一个，也就是那个最年轻的，将自己的身子撑在旁边两个人身上。由于阳光强烈，看不到一个同学的眼睛。哥哥站在最后，要比其他人略高一些，也许只是由于头发又密又厚，看上去才那样儿。惟独那张脸被前边的脑袋挡住了，看样子，仿佛他是到了最后一刻才站进去的。在后面的林荫道上，有一个衣着宽松的女人远离去。

在另一张照片上，很少认得出环境来，而更多是这个班的形象。地点是一排松树前的道上，不是树林，而同样是一个林荫道的部分，前面是一根电线杆，后面是一排瓦屋顶。他们个个都身着西服，有些甚至打着领带，领结像一个嗉囊大小，有的表链从马甲扣上吊到下面的衣兜里。前面有一个盘腿端坐着，怀里抱着一个小酒桶，手里拿着一只倒成水平位置的酒瓶。这张照片有点秋天的景象，也是因为路边的花已经凋谢。可首先看到是，有个小伙子在别人塞手绢和插钢笔的位置上捧着一根鸟尾一般长的谷穗。哥哥坐在第一排，属于敞开着衣衫族。他的西装翻领奇大，没有塞手绢的兜，也没有纽孔。他双手交错搁在膝上，从一边朝着照片以外望去。他挺得直直地坐着，同时看上去又无拘无束：他不摆什么架势，总是这个样儿。和去年不一样了，他们都不再是青年了，而是生龙活虎的男人了。那嘴唇不是首先为摄影师闭着的。有一个已经将双手叉在腰间了。

最后一张上，他们站在学校大楼正前方，人数变少了，只看得到学校的院墙和窗户的断面。在他们前面，老师们坐在圆椅上，除了那个面色苍白的神父，他们更多都有点像富裕的农民、年长些的亲戚或者坚信礼教父。每个毕业生都系着领带，再也没有一个人把手臂搭在别人的肩上了。

他们是成人了，哥哥也一样，二十岁了，他把两手交在背后。这样，作为年轻有学问的农民，他将会回到一个不是讲他的语言，而是讲另一种语言的国家里。他的目光投向了南方，而不是他家乡所在的北方。1938级所有那些斯洛文尼亚农民都在望着前方，连下巴也不用抬一下，仿佛他们虽然代表的不是一个国家，不过作为替代，是别的什么东西。经过了这么些年，我哥哥的脑袋变得沉重了，那只健康眼睛变小了，眼角犹如刻上去的。惟独那只瞎眼鼓得又圆又白，仿佛它向来都看见的更多。

我们这个家很奇怪，听到的几乎只是父亲的童年故事。说来说去（尽管没有人亲身经历过，一切无非都是道听途说来的），要么是那个如今已经变得老态龙钟的孩子当年夜游时如何出洋相——一天夜里，当其他人还坐在桌旁聊天时，他从床上爬起来，夹着被子走到桌前，把它放在那里，然后又回到床上，开始大声嚷嚷着好冷啊；要么他常常接连几天没有记性，四处跑来跑去，最后终于找回家了，然而却不敢进屋，而是黎明时在屋外打扫起院落，这既是周日之前的习惯，又成了他回来的信号；或者他还幼小时动不动就发起怒来。有一次，他被一个人激怒了，从房间里跑出来，抱起他几乎都拖不过门槛的半根树干，直冲那个人而去。当然，接着他把树干砸向人家两脚的架势，就更加让人可怕了！更奇怪的是，父亲喜欢让人给自己叙述关于自己童年时期的这样一些传说（往往是他的女儿扮演叙述者）：这时，他不是露出会心的一笑，就是眼泪汪汪的，或者又紧握起拳头来，仿佛当年的愤怒还一如既往地持续着。最后，他就像那个赢家一样，目光扫过这一圈人。

与之相反，关于哥哥的童年，我的脑海里仅仅留下了一个轶事的记忆：据说有一次，他和姐姐肩并肩跑过林肯山村长长的街道，从头到尾，没完没了地给她讲着屁话，一刻也不停息。再说吧，也就只有那桩伤心的事：他失去了一只眼睛。到了十七岁，他才作为行动者出场了，动身进了边境彼岸的农业学校。然后在第一个假期里，他就像个发现者一样，迎向这个家了。他不单单发现了种植庄稼和牧草的新方法，而且首先发现了一件事：斯洛文尼亚语。这种语言被德语潜移默化了，到那时为止，不过是他的方言而已——这整个地区的方言。然而，它现在成了他不仅仅在自己的工作笔记里，而且也在书信和便条上习作的书面语言。为此，除了小折刀和扎绳，他总是随身带着一本夹着纸条和铅笔的小词典，即便是后来从一个战场到另一个，这本词典也依旧与他形影不离。而且其他家庭成员要与他同心同德，不管在城里，还是面对当局，或者在火车上终归都要遵守自己的出身。父亲当然不愿意，母亲也不可能，姐姐当时一声不吭，因为失恋痛苦而心不在焉，而我自己还没有出世呢。尽管恰恰是亲生母亲对斯洛文尼亚语几乎一窍不通，然而，就在最初从马堡写来的那些信里，这种语言对他来说则意味着"母语"，而且他给这个词前也加上了"我们的"（"我们的母语"），并补充说道："我们该是什么，就是什么。谁也不能规定我们是德意志人。"几乎已经成人的他离家出走了，况且是自觉自愿，和我不一样。他在外国找到的根本不是异国他乡，而是"我们自己的土地"（信），他的语言。经过了十七年的沉默和屁话以后，他作为具有自觉意识的发言人登场了。真的，就像他在一些零散的便条上写的，作为一个随随便便的文字游戏者（有一张相片与之太相配了：他站在村子中间，礼帽歪戴在脑袋上，一条腿支撑着身子，另一条伸得好远）。就这样，他也是这个家第一个不思乡念家的人，无论如何，在南方上学期间如此，紧挨着"大城市马堡"的学校成了他的另一个家。而且也正是他，从一次游历斯洛文尼亚的旅行中带着那个后来被处死的造反农民格里高尔·柯巴尔的故事回来了："柯巴尔"，一个刻写在柯巴里德公墓里最常见的名字，立刻就被他在当地教父院落中那些古老的洗礼书里查找到了，追根溯源，直到 17 世纪末，上面记载着那个人的身世。他后来确定这个人就是我们的祖先。

　　当然，哥哥从来也没有变成叛逆者，而总是濒临叛逆的边缘，即便后来在战争年代里也是如此。他更多被视为我们当中的温顺者，甚至是一个笃信的人。从他那些信里所流露出来的某些东西，我只是在几个孩子身上亲身感受过。对他来说，如此经常使用的"神圣"这个词并不意味着教会、上天或者别的什么虚无缥缈的地方，而始终是那平平常常的东西，通常总是与闻鸡而起、下地劳作、一日三餐以及林林总总周而复始的日常事务息息相关。"说起家来，那里的一切被料理得如此生气勃勃，如此神圣"，从俄国写来的一封信这样说。家就和那次观看复活节焰火以后的散步一模一样，是"最神圣和最快乐的东西"——而圣灵降临节对他来说就是那样一个节日，"人们一大早拿着大镰刀，出门去果园里，在神圣的时刻割草，简直太美妙了"。一条白巾，战地祈祷时铺在一张桌子上，就是"献给那可怜心灵的礼物"；哈利路亚[1]，他在家里大声唱过，和别的人一起合唱过，又在前线"喃喃自唱"，"静静地让自己听"。他还在最后一封信里写道："我认识和经历了这个

―――――――――――――――――――

[1] 希伯来文礼拜仪式用语，意为"要赞美主"。

世界的肮脏，没有什么比我们的信仰更美好了。"（照他看来，信仰当然只有在母语里才变得富有生气。这是因为，在第一共和国结束后，在教堂里也只允许用德语来祷告和歌唱，而在他听起来，这再也"不是什么神圣的东西"了，而是一种"独一无二的、让我无法理解的呻吟"。）他的虔诚也与那真挚的讽刺相辅相成，借着这讽刺，他从远方呼唤着家园和田产：他称那几公顷地为"不动产"，或者："柯巴尔不动产"；家里的房子称为"贵室"，连厨房，牲口棚和谷仓都算其中；要"研读"他的信，大家只能够"围坐在桌旁"，作为那个"阁下之家"。

战争期间，这样的讽刺也阻挡住了他采取暴力反抗的行为。他只是在信中的言词里表达出了愤怒。当他得知邻居一家迁居到说德语的外国时，"惟一的愿望就是要把那个家伙……撕得粉碎，恨不得自己非动手不可。然而，对父母和姐姐的思念克制住了这样的愤怒"。这样一来，如果说母亲要自己的儿子在度过了所谓的"农忙假"以后参加游击队，成了一名战士，这便更多是一个传说了。在我的想像里，反正他就是这样失踪了，谁也不会知道去哪儿了。不可思议的是，说他曾经扯开嗓子一起吼着那些令人毛骨悚然的游击队歌——更不可思议的是，说他和别的几个人一起，突进一片隐蔽的空旷地里，来到一片掩蔽的田地前，十分轻蔑地向那帮战争先生发出了这样的喊话："我现在告诉你们那句话，那就是在家里玩保龄球时，当球击中的不是瓶柱，而是瓶洞时，它常常会吊在人们嘴上!"——在他从前线的一封来信里，用"该死"这个说法取而代之了。他的确是一个歌手，但不是一个执迷不悟彻头彻尾的歌手，而是一个歪着沉重的脑袋、和两三个志同道合的人围坐在桌前的歌手。他也是一个舞伴，但不是一个踩脚的舞伴，而更多是一条腿搭在舞池边上愉快活泼的人。

他失踪以后，村子里的人都以为他死了。像村子里所有死去的人（除了这个或者那个神父）一样，他很快就被人遗忘了。有几个或许能够念起他的同龄人差不多都没有从战场返回家乡来。那个曾被视为他未婚妻的姑娘嫁给了另外一个人，无声无息了。他也过早地离开了家，有谁还想得起一个五月树的攀登者或者教堂里的一个独唱者呢。回来后不久，那个穿着围裙的年轻农民就变成了那个"名叫格里高尔·柯巴尔的士兵"。按照他文字游戏的说法，"不是原野上一个天蓝色的使者，而是一个军灰色的影子"。

然而在家里，人人都尊重他。在我童年时，大家都如此不厌其烦地说起他，现在让我觉得他无时无刻不在我们身边，我甚至仿佛听到了每次谈话都附加了一个声音；仿佛那一个个脑袋都一再转向那空荡荡的暗室里，望着那个不在场的人的身影。母亲总是首先把话题引到他身上，而父亲则是他事业的守护人，不仅守护着那片果园，而且也守护着那些衣物和几本书。难道那仅仅是我后来的幻觉吗？父母亲在病房里额头贴着额头的情形与其说是夫妻恩爱，倒不如说是相聚一起为那个最心爱的儿子而哀叹，两个额头要为始终还期盼着他的归来架起一座桥梁。毫无疑问，丈夫和妻子以各自的方式，都在兴奋地爱着那个失踪的儿子，正像这个不信上帝的母亲说的，他是"为人之子的榜样"。妻子一听到他临近的消息，立刻就会给他准备好"居室"，洗一洗门槛，给大门装扮上花环，而丈夫则会套上从邻居借来的白马，坐上那擦得铮铮发亮的四轮单驾轻便马车，鼻子上挂着幸福的泪水迎着他赶向空旷的天边去。

惟独姐姐一再反对这样的神话（像父母亲认为的：因为她把自己爱情失败的责任怪罪于他了）。她反驳说，他肯定把自己那一只独眼投向一个个女人了，只是由于破相而没有在她们那里找到幸福罢了；他没完没了地咒骂干农活，尤其在炎热时，在陡一些的坡地上则更为甚之（讨厌的差事！）；他作为讲斯洛文尼亚语的政治家从农业学校回到家乡，在家里和村子里挑起了事端；他尤其是犯了亵渎圣灵罪，因为他早在战争爆发之前就对一切灰心丧气了，比如说那个姑娘简直不得不求着结婚却被他拒绝了，理由是他反正会早死的。

说实在的，从哥哥的信中和便条里，也流露了一种随着岁月的流逝越来越多地表现出的绝望。首先是那些机械，它们"看样子反正要不了多久就会替代了我们，因此我根本就不用再回家了"。然后他在战争刚开始时认为，当"一个永久的士兵"。他的书面诅咒越来越频繁了。恰恰"在这美好的季节里"，行军数日，他听不到"一声鸟叫"，看不到"路旁有鲜花"，并且害怕变得不会说话了："一年后，我就再也不会说话了。我们现在已经如此怕见人，犹如山上的动物一样，一看到有人来，立刻就溜不见了。我们的情感需要和谐，没有什么别的东西能够让我们开心的。"天天都一个样，感受不到周末或者节日的气氛。他没有能力回首往日了，"恨不得把一切都给颠倒过来"。到了最后，他不仅诅咒这场战争，而且也诅咒这个世界："这个该死的世界！"

当然，就我本人而言，不管是作为听众还是读者，我也从来没有可能怀疑过一个绝望的哥哥。难道始终不就是表象（"菲利普·柯巴尔就醉心于表象"）比每个依然那样确定无疑的事实更强烈地控制了我吗？那么这个表象到底是什么呢？姐姐那突然的沉默，那变得越来越从容的神态，那深思熟虑的样子，这一切不也属于表象吗？即使她对这个失踪的人持反对态度也罢。只要一说起她哥哥，她那做鬼脸的习惯立刻就停止了，平时总是剧烈地眨个没完没了的眼睛也眨得少多了。看样子，仿佛她这会儿苏醒过来了。她说话时的神气也一模一样，刚刚还笨口拙舌，又杂乱无章，像一个沉睡者在说梦话，可现在又是吸气，又是把脑袋从容地奔到一边，倾听着她说出的每一句话。

这样的表象尤其来自格里高尔所书写的东西。这东西给了我一个现时的图像，同时也伴随着抱怨，哪怕有些地方描述的是不可挽回地逝去的东西，比如他不直截了当地说："当我的情况还挺好的时候……"，而是采用了一种表达方式，直译叫做"当鸟儿为我歌唱的时候……"；他把家乡的春天换句话说成"当蜜蜂穿着（花粉）裤子的时候"；在他那里，"丑陋的母亲，可口的饭菜"替代了我们"不幸中的万幸"；他在词典里为自己的大名找到了附带的意义，那就是让他一看见就作呕的"奶皮"。说到底，首先是他那些对于颜色的表达，本身就生动而形象地描述了一个包罗万象的生灵或者事物的范围："那个带花斑的东西怎么样？"可以是问一只蜜蜂、一头奶牛、一只山羊、一只鸡、一种豌豆等。

然而，在阅读时，我觉得那些时态独特的句子要比这样的图像影响更加深远——指向也超越了我的现实——，那就是所谓的"第二将来式"。显而易见，哥哥经常运用它，因为斯洛文尼亚语中没有这种时态，所以，他不得不分别把它转换成德语："我们将走在这绿色之道上。界石将站立在那边缘上。一旦种上了荞麦，届时我将又是干活，又是歌唱，又是跳舞，又是睡在女人身边了。"

我此刻意识到，也是双重的缺失形成了这样的表象：我哥哥那些手稿是不完全的，我对他也没有亲身的回忆。由于他遗留下来的东西那样残缺不全，所以，我觉得阅读起来就像在阅读那些分别由古希腊寻找真理的人（无论如何我想像着他们就是这样的人——又是哀求，又是结结巴巴，最终发出他们幸福的叫喊）零零散散传承下来的残章断篇：比如"女舞伴，女葡萄农"这两个独立的、脱离了关联的词围绕着自身显示出一个晕圈，并且照亮了这个世界；它们的光芒也在于没有进入一个完整的句子里，或者一个"详细的论述"中。特别是由于一想到这个失踪的人时，没有对一个活着的人的想像，没有气味，没有声音大小，没有步伐声，一句话，没有什么特性参与其间。所以，在我的心里，哥哥会成为那个传说中的英雄，那个坚如磐石的虚幻形象。想必他曾经在休假时看到了我，因为他不在场却被指派为我的洗礼教父。可我当时还是一个不到两岁的孩子，再也记不得什么真切的事儿了。"我届时将弯下身子看看这个受洗者"，从前线来的信中这样说。

在这句比我的回忆都如此更加唾手可及的话语里，我感觉到哥哥始终在弯下身子看着我。这时，他常常是母亲的对立形象：如果说母亲预见我的未来时恨不得蒙上头去的话，那么哥哥那只健康眼睛则亲切而殷勤地打量着我，并且高兴和我一起沐浴在阳光下，而那只瞎眼也不再有什么感知了：反正是看不见了。一个压得让人透不过气，笼罩着我，另一个是虚幻和表象，二者势不两立——就是到了今天，这依然是斗争。也正因为如此，我把一个与我同父同母的人称为我的"祖先"。是的，我把格里高尔·柯巴尔，那个叛乱者最温和的后人，一个甚至连姐姐都承认"从来都没有带过响鞭走来"的人确立为我的祖先，尽管我自己，无论如何在想像中，却始终在身上带着一根鞭子，以对付这个或者那个敌手。说实在的，恰恰在有些充满冒险的生存时刻，一种宁静便弥漫在我的周围。在这宁静中，我不仅看到这个选择的祖先在亲切地弯下身子看我，而且就代表着他本人。当然，我不可能把他呼唤过来，以便在危险之中找到宁静——恰恰相反，我找到了宁静，而他作为我的坚强后盾到场了。也就是说，要想求助于那些祖先是不可能的（我心里明白，那个惟一起作用的祖先就是语句，它走在我正好要面对的一切前面了）。

然而，这或许也是表象：伴随我心中的一个祖先，我不再只是单枪匹马了，坐得更笔挺了，举止不一样了。在危险中该做的就做，不该做的就别做；该说的就说，不该说的就别说。要对付这种表象，什么是事实呢？"要是我能够成功地把敏锐的思想投向远方的话，"哥哥在他最后一封信里这样写道，"便会出现柯巴尔家族的图像，他们一起坐在桌前，阅读着我这些写写画画的东西。"表象，他活着，而且就是我的素材！

在我的记忆中，沃凯因当时经常下雨，不光是旅馆窗前持续不断的山涧咆哮会使我想起下雨。在一条林间道上，我的两脚就陷入淤泥里，果树上的塑料袋本来是挂在那儿吓唬鸟的，却都被雨水淋得鼓鼓的。我坐在一个凉草棚下，身旁还有度假的一家人，关注着乡间公路上一个农妇，牵着一匹马的缰绳，马儿拉着一辆小车：倾盆大雨那样猛烈地从柏油路面上弹起来，只见农妇就像没了两腿，马儿就像没了蹄子，小车就像没了轮子在移动着。大白天里，闪电照亮了房子的墙壁。然后，太阳又出来了，过了好久，已经平静的湖岸边，从灌木丛里落下来的水珠依然还在闪烁。

尽管如此，我每天下午都要出门去那个地方，始终有一个确定的目标，去一片平展的高地上，就像家乡雅恩费尔德那一大片松林。这地方叫"多布拉瓦"（意思是"橡树林区"），可是几乎光秃秃的，只能看到零零星星的松树和橡树，没有人烟，几乎荒芜了，看样子——离山谷高地近在咫尺，令人感到奇怪——像一片被遗弃的高山牧场。

在这片高地上，我完全醉心于自我之中，然而并没有脱离这个世界，因为在每个地方都会感受到文明就在眼前，甚至要比笼罩在山涧咆哮的旅馆里更加强烈：林子里的拖拉机、割草机、木材烘干机的鼓风；到处烟雾升腾，汽车玻璃的反光闪耀到山上来；下边湖面上，一条孤零零的船满载着人；连天上的鸟儿和身旁的蜜蜂也像电线杆一样给我指向了冰川堆石脚下一群看不清的人。犹如动都没有动一样，我不知不觉地顺着一条条道儿上走上来了，先是一条不再通车的老公路，已经连沥青路面的裂缝里都长满草了，然后沿着一条当年的、而今已经被那又矮又软的高原牧草覆盖的小河床走上来了。到了这儿，我也得首先找到自己的位子。像口头语常说的：高处的位子嫌太高，低处的又嫌太低，阳光下嫌太热，阴凉处又嫌太凉，避风的地方又嫌太平静，有风的地方又嫌太迎风向，岩石嫌太古怪，倒塌的小蜂房又嫌太美妙。最后，我坐到草丛里，背靠一个田间谷仓的厚板条。那是朝南的一面墙，不只是当太阳照耀的时候，我感觉到那被日晒雨淋成灰色的木头里正好散发出"真正的温暖"来。同样这整个地方也正好是适当的地方。棚屋的挑檐向外挑得够深，我可以伸开两条腿也不会淋着雨。那些也许会飞溅过来的水珠不禁使我想起了父母家里那个露台。在那里，像此刻在这里一样，我的座位就在里外分界上——不同的是，坐在那儿的木箱上，因为露台的尽头就是厕所，有一个竖坑向下通到粪堆前，所以，充斥着另一种气味，而且苍蝇要比这片平展的高地上多。

我随身又带着一本书，哥哥的大词典，它是这个被清空的海员背包里惟一的东西。这背包是不怕雨淋的。那本关于果园的工作笔记很适合于在房间里，在四堵墙之间阅读，而一个个单词则会在露天里充分展现出来，并且在这里派生出所有箭头似的意义符号来。一个二十来岁的年轻人，身在他乡异国，天天下午就躺在一个偏僻的野外小棚前，沉浸在一本词典里，一页纸里，甚至一个词里，然后从中抬头望去，摇摇脑袋，笑出声来，又是用脚跟叩击着地，又是鼓掌（蝗虫闻之嗡嗡飞开，蝴蝶闻之颤抖着离去），期间也跃起两脚，在雨底下跑上一圈，这样的表演可谓滑稽透顶。旅店里和地方上的人，他们看到我背着包，每天行走在这条道上，还当我是一个"未来的学者"或者一个"年轻的画家"（19世纪，沃凯因连同那个湖和那座孤零零的教堂曾经是一个常常谈论的风景话题）；然而，这个小伙子如今拿着那本书，待在自己的位子上，蜷蹲着，突然间扯开嗓子唱起一个词，这无非就是一个脑袋有问题的人，一个白痴吧。

与此同时，我在自己身上感受到了几乎从来都没有过的洞察力——洞察的目光与敏锐的听觉融为一体——，就像当时阅读那些毫无关联的单词表时一样。难道这就是一种阅读吗？难道这不再是一种发现，一种与之相应的惬意吗？我呼喊着那些陌生的词语，让它们融入这片天地里！可是这其中会发现什么呢？

童年时期，我恰恰对外语很着迷。家里有一个咖啡盒，上面贴着一个个披着黑鬈发的女舞伴，数年以后，它导致了我学习那个美人的语言，也就是西班牙语的尝试。从那本匈牙利语语法书里，我至少把前几课都抄下来了。那是从寄宿学校里带来的一个小礼物，就在接触那神秘的文字图像之前，它的气味已经吸引住我了。与之相反，每天在村子里听到的斯洛文尼亚语却更多是让我厌恶。这并非来自斯洛文尼亚语的音调，而是那许许多多的德语词汇，它们一再破坏了那个音调。因此，我听到村民的方言不是一种语言，而是一种惹人嘲笑的大杂烩。在牌桌上，父亲常常学着他们说话的样子，把一个个牌友都给吓住了——又是喃喃低语，又是发出汩汩的喉音，又是猛地冒出后腭音，就像出自天生的一族——，之后，他就只说出一个纯正的、富有韵味的斯洛文尼亚语句子（因此他又一次表现为这一圈人的主宰）。可话说回来，无论在哪儿听到有人"按照文字"来讲这种语言时，回响在我耳际的通常就是一种威胁；首先是讲这种语言的那些地方更多地让人想起官方公告，而不是信息传递。广播里插播每日外语新闻简要，像恐怖新闻一样；学校里那些意思空洞的句子纯粹是用来灌输语法的；教堂里布道的神父常常不由自主地换着讲起德语来，它好像远比前者更适合于这样的场合——他泰然自若地接着讲下去。可他开始却不得不用斯拉夫语吼叫着，一句接一句，拖着兴师问罪的讲话腔调。

只有在连祷时，我才洗耳恭听，比在唱颂歌时还要专注。在救世主和那些圣人的所有呼唤中，我完完全全融入其中了，因为救世主会可怜我们的，圣人们会为我们说情的。在昏暗的教堂大堂里，挤满了那些变得无法辨认的村民的影子，他们口口声声念叨着求助于前面的祭坛。从另一种语言的音节里，从领读祈祷文的神父那变换的音节和教徒们千篇一律的音节里弥漫出一种炽热，仿佛我们全体都躺在地上，恳求着大门关闭的上天，一声接一声地呼喊着。这些外语音节永远都不会使我觉得够长；它们应该始终继续下去；连祷做完了，我随之感受到的不是结束，而是中断。

可是后来，恰恰在教会寄宿学校里，我遗忘了这种感受。在那里，有几个讲斯洛文尼亚语的人激起了其他人的不满和怀疑。他们讲这种语言，和学校、广播和教堂这些机构不一样，总是轻声低语。他们聚集在大教堂一个偏僻的角落里，几乎是在窃窃私语，因此，对于那些不理解的耳朵来说，传过来的无非是嘶嘶声。他们也会背向大家，仿佛故意躲开似的站在讲台的四方形场地里。这样一来，他们就有点像一个阴谋策划者小集团，而那些从四面八方传来的干扰叫喊更是支持了他们的阴谋计划。而我呢？我妒忌他们相互交头接耳吗？我妒忌他们显而易见的共同目的吗？说来更深一层，是一种厌恶：讨厌看到在这个我——孤独，被挤出来了，又再挤回去，惟独被课桌那蓝色的洞穴和睡眠温暖着——不得不把自己也算做其中的大多数人群里，有这样一伙自高自大的人物从我们之中分离出去。这帮斯洛文尼亚小伙子应该立刻保持沉默，应该从他们那见不得人的阴谋角落里爬出来。他们个个都和我一样，就请乖乖地蹲到那些指定的座位上去吧，身旁有一个偶然的、身上散发着臭味的、喘息着的、抓耳挠腮的陌生躯体，然后同样一声不吭，别一个个像同谋者似的亲密无间，窃窃私语，一门心思地听着寄宿学校喷水池里那哗哗的水声就是了，该放风时就放风去，像这个菲利普·柯巴尔一样。比起那张口结舌、意见不一、没有方向、耷拉着脑袋和紧握着拳头无所事事四处乱跑的多数来，你们这个抱成一团的少数更加让我恶心！

好久以后，我才从其中一个讲另外那种语言的人那里得知，他们根本就没有搞什么小集团，结盟来对付我们其他人。他们相互围着站在角落里，更多是他们惟一的可能，那就是一整天不得不用外语舌头说话以后，终于能够从对方的嘴里听到母语的声音。这种语言不仅被那些讲德语的同学，而且也被那些监护人嗤之以鼻。他们之所以如此轻声低语地相互交谈，是因为不愿意刺激任何人。而且他们之间说来说去，无非都是些无关紧要的事，要么是天气，要么是学校的事，要不就是从家里寄来的香肠和熏肉面包。当然聊聊这些事，就可以深深地舒口气了：一个把熟悉的声音直截了当地传递给另一个，"就像在举行圣餐仪式时一样"。在一天的几个瞬间里，他们能够聚在一起，讲一讲他们那遭到禁止的方言，这对他们来说"简直太开心了"，即便他们有意识地把话题都局限在平平常常的事情上。"不管我会说 njiva，而不说 Acker，或者 jabolko，而不说 Apfel"，[1] 那位提供信息的人大声说，"这难道有什么区别吗？！"

然而，对这个成长中的年轻人来说，只有在昏暗的教堂里举行的连祷和失踪的哥哥，也就是他心目中的英雄的身影，阻挡着他没有把在这个王国里的第二语言——对不少人来说是第一语言——理解为针对他个人的敌意行为。然而这种情况对讲德语的大多数人来说，却一如既往，就是到了这个世纪末也没有两样，而且常常甚至也没有什么恶意。

后来，那本老词典才把我从自己的狭隘中解救出来了。它出自上世纪末，也就是 1895 年，父亲出生的那一年，是一部力求完美的词典，收集了来自各个斯洛文尼亚语地区的表达和常用语。此时此刻，一抹接一抹的阳光正好又漫游过写字台对面那夜色降临的风景图像。凭借着阳

---

[1]前一组为斯洛文尼亚语，后一组为德语，意思分别是"耕田"和"苹果"。

光，我随之感觉到那些最微小的事物和形象连同它们的空间间隙都显现出来了——那个坐在河边的姑娘，一只手弯曲着，地平线上那棵弯曲的树，三岔路口那个小伙子脑袋扭向姑娘。同样，当时在野外谷仓的屋檐下，借助文字图像，我认识到了那一个个独特的细节。如果要我想像出自己的童年来，那么我迄今几乎始终缺少的就是这样独特的词语。事情是这样开始的，词语一个接着一个——哥哥把某些词语画线标出来了，因此我可以跳过许多——，在我眼前聚合成一个民族，家乡的村民清清楚楚地出现在其中。然而，与此同时，他们就像四处流传的故事和轶事中所说的一样，并没有萎缩成类型、角色和角色承载者。我从那些人和事物身上，看到的只是他们喜形于色的轮廓。那些词语描述的是一个乡村农牧民族，其中连一个个比喻都出自农牧范围："他像奶牛摆尾一样鼓弄自己的舌头"；"你迟钝得就像无风的大雾"；"你们家里冷得就像在失火现场一样"。此外，城市也吓不住人，而是等着被人去占领：人们可以赶着马车"丁零当啷地闯进去"，或者乘着雪橇"滑进去"。骂起人来五花八门，死亡换句话说叫做："他骂人骂到头了。"如果说这个民族对弥留之际拥有不计其数的说法的话，那么要说起女人的生殖器来就多得数不胜数了。从一个山谷到另一个，苹果和梨子的名字也是千变万化，同样数不胜数（有按农具命名的，有叫"割草女人"和"收割者"的，或者干脆就像七女神一样，称作"天女散花"的），像天空中似锦的繁星一样。这个民族从来就没有建立过自己的政府，因此，一切政府的东西，一切官方的东西，也包括一切抽象的东西都不得不引用统治者的语言，即德语和拉丁语逐字逐句的译文，这看上去同样不自然和古怪，似乎就像这位读者在这里找到的不是像 Substanz（事物的实质）这样一个词，而是一个 Unterstand（风雨棚）。然而作为补偿，它干脆就赋予那唾手可得的东西——一个个事物，而且不只是有用的事物——以爱称。在这件事上，一切家中的东西都好像以女性命名，而一切家外的东西都好像以男性命名：比如一个在热灰里烘烤的面包翻译过来叫做"Unterascher"（灰鬼），与之相应，一种梨子则叫做"Fräulein"（小姐）。一个特有的标志是，那些表示广大区域的词语仅仅加上一个音节就够了，而不需要第二个词，这样就可以生成缩小词形式。这种形式是这个区域里的事物称呼，而这个区域又为它的事物形成了这样一种栖息场所：比方说，在"Wald"（森林）一词里就隐含着"Wälderin"（森林之花），这不仅意味着居住在森林之中的女性，而且也意味着森林草，一种确切的森林花，一棵野生樱桃树，一棵野生苹果树，一个传说形象和仿佛是森林心脏的"冷杉山雀"：通过一个与习以为常的名称截然不同的名称，这位词典读者才晓得了那些事物的意义所在。

这时，在我眼前出现了一个如此充满深情却又如此粗俗无礼的民族，在许许多多行为中嘲笑思想上的敏捷和行动上的迟钝。勤劳（"干活时我们远在前面"，哥哥一封信里这样说）；成人的语言中交织着儿童的表达；绝望时寡言少语，几乎一声不吭，高兴和渴望时，说个没完，简直就是欢欣鼓舞；没有贵族，没有一致的步伐，没有地产（地只是佃租来的）；惟一的国王就是那个传奇英雄，被美化了，四处漫游着，短暂地显现出来，又消失得无影无踪了。尽管如此，思来想去，这个民族压根儿也不是那个特有的斯洛文尼亚民族，或者那个我凭着词语感知的世纪转折时期的民族，而更多是一个不确定的、永恒的、超然于历史之外的民族——或者更确切地说，是一个存在于永恒不变的、惟独受到四季调节的当下的民族，存在于一个听凭于天气、收获和牲畜疾病规律的此岸之中的民族，而且同时存在于任何历史的彼岸，或者之前，或者之后，或者一旁——此时此刻，我意识到了，连哥哥那些画叉的标记也帮助形成了这样一个永恒的图像。你怎么会不愿意把自己算作那个不为人知的民族的一员呢？就战争、贵权和凯旋的队伍而言，可以说她只有借用来的词语，然而却为那些最不显眼的东西创造出一个个名称来，不管是为屋子里窗台下的空间，还是为野外田间道上的石头被刹车的轮子磨得闪闪发光的地方。她最有创造性的就是为那些只有孩子们才会梦寐以求的避难所、隐蔽所和活下去的场所取名：低矮丛林里的掩体、洞穴后面的洞穴、森林深处肥沃的空旷地——而她同样从来也没有必要去反对其他民族把自己当作那样一个上等民族而隔离开来（因为她真的居住和耕作在自己的土地上，在每个词语里都显而易见）。

如果说哥哥的工作笔记直截了当地通过另一种语言立刻就转化为他的事业，也就是那个果园的话，那么他这本词典则超越了果园，转化为全部的童年情景。童年？是我那特殊的童年吗？是我凭借着那些名称发现我个人经历的地方和事物吗？毫无疑问：情节就发生在父亲的庄园里。火炉后面的空间、地下室里果子酒桶的支架、炉灶里的灰洞、牛棚里用石头围起来的水槽、突现在花园里的葡萄叶、耕地时的最后一道犁沟，从这一个个表达的词语中，我在我们家里分别都看到了那个相应的事物。真的，那一个词才把光明投向了"我们的"大镰刀那壮实的末端，"我们"那与果核分不开的桃子，"我们的"李子那蓝蓝的色彩；自个儿把我们的底土——腐殖质层下的鹅卵石层，萝卜坑——抬升到一个虚幻和光明的空间里。

　　然而，不是也有许许多多的词语，我从中看出了我一辈子从来也没有碰到过的，而同样只可能属于家乡，属于我们的图像吗？我们的马从来就没有过那样的"鳗鲡条纹"。可是现在，就凭借着这样一个为之确立的表述，我在家乡的围牧场里看到了那匹马具有一模一样的条纹。之前我也从来没有听到过蜂王的声音，而它现在通过那个拟声动词从父亲那个被遗弃的蜂房里回响在这位读者心灵的深处，伴随着家乡一大群蜜蜂的嘈杂声，"像从沸腾的泥浆里发出来一样"。是的，那个"用桦木声管吹奏出乱哄哄的声音的人"就是我，这个拿一个个词语来表述这一切的读者。而同样也是这个读者，他沉浸在那根"上面长着一排排草莓的草茎上"，立刻又把它拿在手上，从七峰山后面，走出那片共有的森林里。

　　在这里，我想起了那位老师，那位童话诗人。在旅行过程中，他正是作为不在场的人成了对我的一种支持。他写的那些童话从来都没有一个故事，而是对事物的描述，并且分别涉及的也只是一个独立的东西，自成一体。当然这个东西作为情节背景或者发生地在民间童话中肯定是不陌生的。可在他那里，出现的无非是森林里的茅舍，没有女巫，没有迷途的孩子，也没有火光（至多不过是从烟囱里喷出烟雾来，在冷冰冰的空气中立刻又消散了）；在七峰山后面，不过是一条小溪，清澈见底，让人看上去分不清是河床还是路，可在那深暗而微长的路石上，只见鱼鳍动来动去，终于也可以听到水声了，流水在冲过一块突出的圆形岩石时发出了永不停息的响声。他的童话中，惟有一个可以说其中有故事发生了，它描述的是一个荆棘灌木丛（当然其中并没有那个会分身术的邪恶犹太人）：这个灌木丛位于一片不可穿越的荒漠之中，周围被一道宽阔的沙圈包围了。在这个沙圈里，随着结尾一句话，突然出现了一个我——叙述者，并且把一大把沙子扔进那稀疏的灌木丛里，"接着再来一把，再来一把，永不停息地如此扔下去"。按照作者的说法，他那"一个事物的童话"应该是个"阳光童话"，不用那习以为常的、阴森森的月光陪衬就足够了。"阳光和事物"，他认为这就够神奇了：这就是"事态"。哪怕只是朝上望一眼树冠，也会产生出童话的氛围来。

与之相应，这本老词典现在作为一个词语的童话集，借助世界图像的力量影响着我，即使这个读者并没有亲自经历过那些图像，犹如没有亲自经历过那根结着一串串草莓的草茎一样。真的，围绕着每一个我一看到就会陷入沉思的词语都形成了世界图像，无论是那"空李子壳"，还是"那留在烟斗里潮湿的烟丝"。就是那赤裸裸的"晴天雨"和那同样意味着"一个美丽而唐突无礼的姑娘"的白鼬也没有什么两样。如果说哥哥有些信的片断在自身周围营造出一个晕圈,可以与古希腊的真理寻求者那些残章断篇可以比美的话,那么,这一个个独立的词语现在就画上了一个个圈,它们不禁使我想起了一个史前的人物,一个尚在那些初期收集者之前而无法确定的世纪里的人物,想起了那个传奇式的俄耳甫斯[1]:人们也只是收集了他几个与众不同的表达而已,并没有把他的诗句或者歌唱看做值得流传的东西,而流传下来的是,他把耕田的垄沟称做"经纱",把犁称做"弯曲的织梭",把谷种称做"线",把播种时机称做"阿佛洛狄忒"[2],把下雨称做"宙斯眼泪"。

从这些词语圈里弥漫出童话的力量,也影响着我,因为在这其中虽然出现了相当多令人恐惧的东西,令人厌恶的东西,邪恶的东西,但不过是如此当一当陪衬,在整体中占上自己的位置而已,永远都不会占上风的,无论如何在这本词典里是如此。对我当年写的那些故事,老师常常指责说,我不但对阴森森的东西缺乏抵抗力,而且恰恰热

---

[1] 俄耳甫斯,又译奥尔普斯,古希腊传说中的英雄,有超人的音乐天赋。据说他的歌声和琴韵十分优美动听,各种鸟兽木石都围绕着他翩翩起舞。
[2] 古希腊性爱与美貌之女神。

衷于昏暗的东西，令人恐惧的东西。与之相反，写作的原则就是，要字字句句有板有眼地去创造光明中的光明；连临终的一息也一定要塑造成生命的气息。而现在，这位读者沉浸在那"血雨"、"鼠粪"、"恶心的唾液"、"蚯蚓的粪肠"、"角落里发霉的鞋"、名叫"石下虫"的动物（蝾螈）、名叫"田鼠之国"的地方（坟墓）等一个个名称里，觉得自己脱离了对恐惧以及不幸的东西的沉溺。他在观察这些名称时，认识到了这个世界里的一个模式，也就是一个意图。这个意图从一开始就把乡民和村舍变成了世界民众和世界城市。每个词语圈就是一个世界圈！在这里，具有决定性的是，这个圈分别都来自那独一无二的、陌生的词语。当一次经历不愿意倾诉衷情时，你不是一再会听到"哪怕为之只要有一个词语表述就好了！"的抱怨吗？而认识的瞬间不是更多地伴随着"是的，事情就是这样！"而不是"是的，这就是那个词！"吗？

可是，这个读者不就是在袒护另一种语言，而反对自己的语言吗？他不就只是赋予斯洛文尼亚语"那种一个词语的魔力"，而把他的德语排除在外了吗？——不，这两种语言的确在一起，左边是一个个词语，右边是一个个改写的形式。这些改写形式一个符号接一个符号，使得空间弯曲，形成角度，进行比较，突现轮廓，实现建构。照这么说来，有各种各样的语言，这多让人开眼界啊，那个传说如此具有破坏性的巴比伦语言混乱是多么有意义啊。那座塔不是秘密地建造了吗？它不就是虚幻地够上天了吗？

我天天抱着越来越有兴致探险的心态，打开这本智慧之书。是否存在着一个能够描述我所经历的那些探险的表达呢？怎样能够表述童年与环境融为一体的经历呢？就是有这样的表达，它是德语，叫"子女对父母的关系"！既令人恐惧，又让人拍手叫绝。

这位读者一个个下午待在那平坦的高地上，一再向一个个词语的史诗表示了新的赞许，而且也笑出声来：那不是借以开心的笑声，而是借以去认识和参与的笑声。是的，词语一个接一个地出现了：布满云层的天空上一块晴朗的地方、大热天被牛虻叮得来回奔跑的牛、突然从火炉里迸出的火星、烧煮的梨汤、公牛额头的花斑、伸着四肢从雪堆里爬出来的男人、穿上夏装的女人、半满的挑水桶里噼噼啪啪的泼溅声、果实从荚壳里纷纷落下的响声、扁平的石块滑过池塘水面时的蹦蹦跳跳、冬天树上的冰柱、煮好的土豆里的夹生块和黏土地上的一洼水。是的，这就是它，词语！

可这个意图到底还有效吗？那个表述打谷连枷交替打

击的词语不是已经失效了吗？因为那些相应的农具已经长久不用了，走进博物馆了。那经久流传的东西不就是描述着"一个坠落物体回响"的词语吗？那个在过去的世纪里还纯粹表示"移居国外"的表述，不就是因为上次世界大战的事件把它重新解释为被迫"移居异乡"而已经失去了"它的纯洁"吗？在这本老词典里，缺少的不就是那些抵抗战士，那些游击队员吗？对这些人来说，"矛"，这个退役的古老武器也不可能成为替代了。是的，就在当时收集词语的时候，不是有许多地方名称引人注目吗？那儿曾经存在过某些东西，而如今再也什么都看不到了吗？有"昔日生长大麦"的休耕地，有"昔日坐落着一个谷仓"的广场，还有"昔日长满灌木"的石头地。莫非人们当年就对一些特别发现的名称标明它们会变得无用了吗？而研究者们不是一再也把那些连它们的渊源，也就是山谷最深处的原始居民只不过当作一种音节字谜使用的词语收入到这个词典里了吗？难道我不更应该把一个调查表的作用，而不是童话力量赋予这些词语吗：我的情况怎么样呢？我们的情况怎么样呢？现在的情况怎么样呢？

　　然而，这同时也是童话；因为作为对每个询问我的词语的回答，即使我从来都没有看到过相应的事物，即使它早就从这个世界上消失了，但从这个事物中始终会产生一个图像，或者更确切地说，一个表象。

后来，有一天下午在这片高地上，我偶然发现了哥哥给我画上又标注的最后一个词语。像许多先前过目的词语一样，上面也注了一个日期，并且附加了一句："在战地上"。战争初期，他还始终把这本词典带在身边，只是到了战争快结束时，它才和那套西装一起"作为洗礼赠物"留在家里了。那些更加广泛的剩余部分就再也没有了铅笔标记，似乎永远封存起来了：书页之间再也没有了战前的草茎和战争的苍蝇。

我坐着，注视着这一个词语，又翻回到其他词语上：意图是要表述地球空间呢，还是仅仅将它们留作记忆，或者干脆就是它们的悼词呢？这期间，在我生存其中的时代，也就是在我的时代，人类的语言如此的无表现力，致使我们这些说话的人不得不一再强调某些东西。这难道仅仅是那些战争造成的吗？为什么这个二十岁的年轻人，哪怕只要一想到任何一个面对面的人会开口说话时就已经疲倦了呢？为什么讲话，也包括自己讲话如此经常地把他放逐到一个密不透声的市民房间里呢？（就那些习以为常的盲窗而言，作为另一种表现形式，"聋盲"适合于这里。）为什么词语什么再也表达不了呢？为什么他只是在那少有的、真正的词语上感受到寓于其中的灵魂呢？

　　在走过来的路上，我在村子里每次都要经过一座房子。它的一面墙壁无缝无隙地对接到一块漂砾岩石上。当我从那些古老的词语里抬头望去时，我现在也以同样的方式看到这本词典的上棱则直接与那空间毗邻。从这里开始，目光以这本词典作为舞台前沿，径直远远地被引向地平线，引向南部山脉脚下（它有个斯洛文尼亚语名字，直接翻译过来叫做"在翅膀下"）。那里显现出一面光秃秃的陡坡，已经隐隐地笼罩在远方的雾气中。然而透过这片小高地边上稀稀拉拉的松树，似乎仅有一步之遥。那面坡地被草覆盖着，当年山间小道在上面形成了一个密密麻麻的图案，印出了一道道阴影，直延伸到圆圆的山顶上。这道道阴影看上去有点像阶梯，占去了前山的整个横面，不过也一再相互交错，因此又形成了一个个网状。宽大的水平图案被一个由垂直的地面沟槽构成的小图案撕裂了。在这些沟槽上，下午的雨水此刻呈现出土黄色流向山谷里。从远方望去，如此缓缓地蠕动着，不禁让我想起了垂悬的钟乳石凝结的样子。说到底，想像着奶牛从前在这里上上下下，那整个不复存在的山间牲口小道斜坡便显现出一幅惬意的图像：一个个身躯慢慢悠悠，走走停停，一口一口地吃草，无论如何也跳不上一层层阶梯，也许不像羊和狗那样能干。

身躯下的乳房掠过草茎尖，蹄子常常陷在淤泥里。有些牛从一层滑到另一层，因此才害怕下雨后流水的沟槽。一头牛趴到走在自己前面的那头身上交配，在其背上被拖着走了一程；一头牛翘起尾巴撒尿了，如此猛烈，我确实觉得听到了响声，接着又是一摊牛粪的噼啪声。之后，我也看到小道上方尿汽升腾的情形。牛群如此慢慢悠悠，它不禁让人想起了要越过一座巍峨的山峦的情形，想起了从远古以来就发生的民族迁徙。恰恰这空空如也的形式——空空如也的网状构造，空空如也的道路交织，空空如也的盘山小路——连同其微小的不规则性增强了那迟钝和可悲的印象。与一座矿山或者鹅卵石开采场的梯地上不同，这里没有头戴钢盔、扛着枪支的人四处巡游在峰巅与谷底之间，而是一群无目的的生灵没精打采地慢慢移动，几乎原地不动，耷拉着脑袋，四肢爬行着，或者用臀部滑行着。一群由苦力和奴隶组成的生灵，不知从哪儿上的路，也不知去往何方。对这些生灵来说，这山坡甚至连个驿站都不是，除非腿骨折了，被迫屠宰了。

在这里，我又想起了那位老师。作为历史专家，他表现出了对那些从地球上已经消失的民族非同寻常的偏爱。他简直以十分隆重的方式，从自己对玛雅人的研究成果中拿出一个例证，开始讲起课来（他因此在同学们那里有了一个相应的绰号）。在大学期间，他就对尤卡坦[1]考察了数年之久，他为之的格言是："作为地理学者，我变黑了，而作为历史学者苍白了——今天依然如此苍白。"他认为，玛雅人从来就没有发展到形成一个国家的程度，因此他们生存的半岛上就"没有形成国家的河流"。"与之相反，人们关注的是幼发拉底河和底格里斯河和尼罗河！"轮子对他们来说始终是陌生的，同样也包括滑轮和卷扬机。惟一的轮子形状是在一个很小的儿童玩具上发现的。当然，之所以没有建立国家，是因为玛雅人没有建造拱顶的能力。他们只知道"想像的拱顶"，容不得任何大堂或者大厅。这个民族的惟一支柱就是宗教。没有轮子，没有路碾子。路碾子是用来专门为宗教仪式修建通往热带丛林深处圣地道路的。可是每座农舍本身也被视为庙堂。主宰的东西就是天体。天体被当作神圣的东西，因为从它们那里可以看出每天生活的行为准则。在人们为太阳建立的石碑上，太阳同时也指示着播种的季节：那些刻在石头上的象形文字似乎起着像时钟一样的作用。在这样古老的铭文上，也有崇拜祖先的。属于这个民族宗教的有，每一个家族都知道自己的根

---

[1] Yucatan（尤卡坦），墨西哥东南部尤卡坦半岛，玛雅文化古迹。

源，大家共同的祖先是从玉米中产生的。当每个人的祈祷排挤了大众的崇拜时，玛雅人的灭亡便开始了。就像老师说的，家庭本来"更确切地说就是不合群，相互保持距离"，仅仅通过约定俗成的礼拜维系着，各自为政，随意袖手旁观，逐渐过渡到建立自己的小教堂——忘记了家本身就是某种神圣的东西的理念——，联盟便解体了。这可以从石碑图像文字的突然中断再次感受得到："公元900年"，他说，"在离那片后来被西班牙人称为自由热带稀树草原不远的地方，有一根柱子上刻着最后的铭文。此时此刻，你们想像一下从用作石碑的主要材料，也就是火石里迸溅的火星吧，可接着就熄灭了!"尤其显而易见的是，这个民族的命运会发生在一个金字塔形的阶梯上：一级挨着一级，依然用神圣的浮雕和雕刻的石头装扮得很华丽，那是晨星的符号，使所有的村民能够乘凉的大树的符号，共同意味着"时间"的太阳和白天的符号——然而，在最上边一级，仅仅只留下了"几道模糊不清，十分粗糙的雕刻痕迹"!

我觉得，这个阶梯就出现在那空空如也的山间小道的斜坡上：与家乡果园里的斜坡相比，这斜坡大得无与伦比，它的的确确具有金字塔的形状，由于数以百计的阶梯往上变得越来越狭小，看上去像天一样高。这时，我看到那些被哥哥画着标记的词语攀级而上，然后就中断了。那斜坡上的每一道阶梯都是一个被推倒的铭文柱，面朝下趴在淤泥里。一条条夹带着泥土的小溪从地面的疤痕里涌出，彻底冲刷走了一个接一个的音节，直到整个地区都弥漫在雾气里，像一片废墟一样，没有了从前的样子，甚至连樱桃树都不生长了。一种哀伤的需求攫取了我，于是我拿着哥哥这本词典站起身来。在那空空如也的梯田上，再也没有什么动来动去了，连草茎也没有了，甚至连水都凝固了。能够与那潺潺流水，与那飘拂的牧草，与那繁茂的树枝同呼吸，这种完美无缺充满活力的生存不是曾经一直存在吗？然而，我要哀悼的不仅是一个孤零零的亡灵，而且是某种超越了这个亡灵的东西：一种毁灭。毁灭，这就是说，拿这个不同寻常的人也要把那赋予这个世界核心支柱的东西从这个世界里清除出去。要除掉像哥哥这样的人，就意味着灭绝语言本身——这普遍流传下来的东西，这传递和平的东西——，因为与那些不计其数的代言人和墨客迥然不同，哥哥具有唤起词语，并通过词语唤起事物生机的天赋，他在其中也坚持不懈地磨练自己，并且指出了一个个范例，犹如现在对我一样。灭绝语言本身，这就是不可饶恕的罪行，是所有世界大战中最野蛮的。

　　然而，这种所希望的哀伤并没有如愿以偿。取而代之的是，惟有那个表达始终萦绕在我的脑海里："古老的权利！”在那次最早的农民起义中，这曾经是他们的口号。是的，我们自古以来就有一个不该失效的权利。一旦我们放弃要求这个权利，它就失效了。可是究竟该向谁要求我们的权利呢？而我们为什么总是向一个第三者要求它呢？一个是向皇帝，另一个是向上帝。为什么我们不能掌握自己的权利呢？它本来注定就是要自我保护的，而且不允许任何人插手其间。终归是一场比赛，在这个过程中，我们似乎没有必要同任何人较量，一场孤独的比赛，一场野蛮的比赛——父亲，那伟大的比赛！

我从那空空如也的山间小道上又回到这本词典上，以便静心地想一想。我拿着它在野外茅舍前踱来踱去，光着脚板，像蹲着和站着时一样。那个被哥哥画叉标记的最后一个词语具有双层意思：翻译过来的意思是，既是自强不息，又是吟唱诗篇。（沉浸在这一个个独立的词语里，与我通常沉浸在那些所谓的"扣人心弦的故事"里形成了截然的对立：它始终让我抬头远望。）这位读者停住脚步，抬起头来，就像穿过了一道河里的浅滩，由那棵树做标记，又进入了斜面书桌那浅蓝色的洞穴里，洞穴的后墙就是那条条槽纹的山侧面。太阳斜照在上面，像是快要落山了，透过那棵未被映照的松树，山前更加明亮了。阳光十分精细地勾画出了斜坡上哪怕最细小的形状——一堆草、一个畸形的蹄印、一个田鼠土丘、小溪旁一群鸟儿，旁边有一只真正的野兔——并且通过相互之间的空间把各个形状连接起来。我继续阅读着，两眼同时停留在这本词典上和山边。从目不转睛的注视中产生了期待的守望，就像你在一个陌生的人群里，却认识这张或那张熟悉的面孔。在阳光里，当年在昏暗的教堂里信徒们鸣响的连祷，此刻在这些如此多义的词语无声无息的连祷中继续着。强烈的呼吸就是渴望，就是绷紧最强健的肌体。强烈的愤怒就是抽噎，那些萤火虫就是六月，就是一种樱桃。那收割者就是水蛭，就是猎户星座的衣袋星。蝗虫就是一个琴马，就是一个坚果的隔膜，就是一根鞭子的梢尖……通过交换一个字母，从那个表述微风的词语里就滋生出一阵强风来，再交换另一个字母，就成了同样也是飞沙走石名称的暴风……无声的呼唤终于形成了人物形象，我看到那些不在场的人出现在阶梯上，被词语的光芒勾画得清清楚楚：母亲是个"从姑娘走过来的人"了；父亲是个"永远当奴仆的人"；姐姐是个"神经错乱的人"，通过一个小小的辅音转移就变成了"有福的人"；那个女朋友是个"从容不迫的人"；那个老师是个"辛酸的业余爱好者"；那个村里的白痴是个"走起路来一阵风的人"；那个敌人的样子像"脚后跟上一块磨破的地方"；而走在大家最前面的是哥哥，他是一个"虔诚的人"，同样也是一个"镇静自若的人"的名称。那我呢？——认识到融读者与旁观者于一身的自己是个事情取决于他的第三者，没有他就没有游戏，而且他如此在自己身上一并经历了每个游戏者的主要轮廓：父亲一双白皙的奴仆脚和哥哥被撕裂的眼角。

当然，这个图像文字只是瞬间闪现在那山坡上，然后又是那没有地势起伏空空如也的形状；太阳落山了。可是，我知道，我可以决定返回了。返回与哀伤不同，只要你想就可以：那些空空如也的形状，无论是那些山间小道还是那些盲窗，它们都是我们权利的印记。"哥哥，你将会行走在那儿的蓝灰色之中！"

我闭上眼睛。我现在才觉得它们湿漉漉的。然而，这并不是为我自己或者我的家人而痛哭，这泪水来自那些事物和它们的词语。

在这紧闭的两眼后面，出现了那些山间小道的余象。一个岩灰色的图案。在四分之一世纪的时间距离中，我在那儿桌面似的高地上看见了一个年龄无法确定的人。这人光着脚，披着一件深色的、过于宽大的长袍，开始在空中挥舞着手臂。这挥舞成了有规律的动作，它似乎并没有发生在整个手上，拳头上，而是好像在写写画画什么。这是"他"呢，还是我？这就是我，一如既往。不像孩童时期了，我也不再在空中写来画去了。而是在一张平放在岩灰色阶梯上的纸上画着阴影线，既像一个研究者，又像做手工活的人。那是我确定为自己叙述的动作。一个字母接一个，一个词语接一个，在这张纸上，应该出现那自古以来就雕刻在石头上的铭文，然而只有通过我轻轻画上的阴影线才可以辨认出来，传承下去。是的，我那柔和的铅笔印记应该与那强硬的东西、那精炼的东西连在一起，以我祖先的语言为榜样，在那里，那个用来描述"无聊而轻浮的燕雀鸣叫"的表达就是由仅有一个"字母"的词语派生而来的。因为，没有这词语的隐含，这个地球，不管是黑色的，还是红色的，或者是绿色的，便是一个无与伦比的荒漠。除了关于这个可爱的世界的事物和词汇——关于生存的——戏剧以外，我不愿意再承认任何戏剧，任何历史戏剧。那威胁着山间小道金字塔的炸弹应该在那里以那个表述"长形梨"的词语形式软着地！我将会给白色的李子花深色的内在、湿漉漉的积雪之下黏土的黄色、苹果上花的残余、河里鱼儿跃起的声音找到表达。

我又睁开眼睛，又在野外茅舍前踱来踱去，越来越快，看样子，仿佛我要助跑似的。我又停住了。我觉得胸腔变成了乐器，于是我呐喊起来。这个菲利普·柯巴尔，他向来就是由于自己声音太小而被人听而不闻，而且在教会学校里受到了监管者的训斥，因为他的祷告"没有穿透力"。他呐喊着，所有认识他的人从现在开始似乎都会对他刮目相看了。

可以与之相提并论的事迄今只发生过一次，正是在寄宿学校里。他向来深信自己不会唱歌。可有一天，老师要求他唱歌，于是他惴惴不安地站起来，深深地吸了一口气，并且当着一班面面相觑的同学，开始从自己内心深处唱起一支奇特而轻柔的歌。这歌先是让这帮听众哄堂大笑，然后奇怪的是，他们受惊似的把目光移开了。从此以后，这唱歌的人就心想着，他的歌唱肯定是与生俱来的，深深地埋藏着。此刻在这高地上，他独自一人，却唱不出来，也吼不起来，或者哪怕是一声呼唤。那是一种清清楚楚的呐喊，一种简直是盛气凌人地寻求自己权利的呐喊。他从心灵深处喊出了哥哥词典里那些言简意赅或者回肠荡气的、单音节的或者多音节的词语。这些词语回荡在大地上，并且在那山间小道上产生了另一个名字，叫"世界之音"的回声。每呐喊一声，我就发觉那些祖先在洗耳恭听，喜上眉梢，心旷神怡。

我把这本词典举得高高的，用嘴唇吻它，面对这个地方鞠躬致意。然后，我从茅舍角上的榛子树上割下一根主干，在上面刻上了这个地方的名字和年份——"多布拉瓦，斯洛文尼亚，南斯拉夫，1960 年"——，宣告它为我们家族的墓碑，依次向前推算。——此时此刻，这位二十岁的年轻人对未来多么不抱希望（他的国王似乎永远也不会出现了）；他对现在的期望多么不可动摇；那个回应他的声音是多么微弱，或者多么小心翼翼啊。它不是早就被那些来自四面八方——所有的山谷，从一个个兵营里回响在这平展的高地上的命令呼喊，练习射击的岩灰色士兵和地区公墓里掘墓铁锹刨挖——的声音淹没了吗？不，一如既往，不管我在哪里，那盲窗和那空空如也的山间小道就像一个王国重现的透明水印花纹。面对这一切，火车的汽笛同样会变成和平鸽的鸣叫，像印第安人的呐喊一样。我始终感受到里面装着那本词典的海员背包带系在我肩上。母亲，你的儿子依然行走在天底下！

　　我一下子扑倒在地上，永远感受到了什么是精神。

第三部分 自由热带

稀树草原与第九王国

当时，我就待在那高地上，直到太阳余象从我的视网膜中消失。仿佛觉得在我的心里有一个轴心在旋转，越来越慢。凭着它，我也观察到了自己背后的事物。在北面群山之后，天空浮现出一片火云，想像中正好在我们家的上方。谷仓西墙上，有一个锯成红桃、方块、黑桃和梅花的图案用来通风，而透过那黑乎乎的洞口，飘散着我父亲那百年之久的孤独。

我背对着离开这地方，后来也是边走边转过身朝那儿望去。一只小鸟从高地边上直飞云天，就像刚从下面那个侏儒手里溜脱似的，它要这样来赢得与巨人的投石角斗。随之，它又从空中俯冲下来，就像被击落了。在白日的余晖里，后面谷地深处旁的湖面上显现出透明的胶体色彩。这时，我心想着那全然是一片被淹没的蜜蜂在旋转着透明的翅膀。

每次去的时候，我都耷拉着脑袋，回来时总是挺胸昂首。在村口一座房子的墙上，有一块纪念碑，上面说的是，1941年的某一天，人们第一次聚集在这里的地下室里，抵抗法西斯主义。（在斯洛文尼亚每个我后来还要去的地方，我都碰到了墙上镶着相应铭文的房子。）我也想进行抵抗，而且下定决心抵抗，不是在哪一个地下室里，而是在大庭广众之下，在和平中，没有集会，就我自己。"用战斗造一个句子吧！"我对自己说，然后我才发现，这可就是那样一个句子，像甲骨文一样多义。有一次，我乘兴拐进一个木棚里，随手抓起斧子狠狠地劈在砧板上。一个妇人走过来，要我把一堆锯成一截一截的木块劈开来。我使劲地劈起来，木块四处乱飞——我现在还觉得额头上就有一块——，过了一个钟头，我就赚到了一顿晚饭和几个新词，比如用"分裂光明"来表述"制造麻烦"。另有一次，一个皮球滚到我脚前，我一脚踢得那样精准，人家就邀请我一起玩了（就是到了今天，我有时还梦想着在国家队里当个前锋）。一双鞋合力抱着脚腕，而父亲的皮腕带使手臂强壮有力，也不再仅仅是个腕套了。

　　一到晚上，菲利普·柯巴尔就坐在"黑土地"旅店拐角的位子上。谁也不问他的名字，甚至连那些不断巡视的警察也不闻不问。在所有人那里，他只是被称作"客人"。连这里照片上的铁托都转过身离他而去了，朝着天空望向一个轰炸机中队。

餐桌上，没有放满各种各样的、时而令人想起万人坑里那一具具头朝前栽倒的尸体的奥地利烤点心，又是简简单单的一摞白面包片，放在桌布上，那桌布自古以来就叫做"面包布"。

时值盛夏，有时候坐在房子外边热得要命。返回时，我通常甚至会很热，感觉山涧的空气吹拂在脸上，犹如扇起令人惬意的扇子。在通往餐厅敞开的窗户前，放着一个有几级台阶的踏板，服务员每次都要踏上去，以便从里面的厨师手里接过盛菜的盘子。在托架旁边，是一片水泥地，上面布满深深的条纹，看上去有点像一排钢琴键：自行车存放场，大多数时候空空的。避雷针从上面引到这里：也真是的，这地方几乎没有一天不下雷雨的。夜晚一到外面，到处都是闪电，这个中学毕业生索性用上了"宇宙眼"这个古希腊词语。因此到了七月里，那些萤火虫刚刚还在灌木丛里飞来飞去，转眼间就钻到草地里消失了。

那个服务员比我还要小一些，或许是刚刚从学校毕业来到这里。他个头儿不高，瘦小，长着一副狭窄的、近乎三角形的棕色面孔。在我的眼里，他只会出身于人烟稀少的深山里，是一户平常人家许多孩子中的一个，生在四周都围着石墙的独门独户里，小的时候不是牧童就是森林野果的采集者，知道每一个哪怕再隐蔽的角落。那个女朋友，向来只有别人说她长得漂亮——他可是我自个儿用这个词语描述的第一个人。和他说话，从来都没有超出问候、订餐和道谢之类。他不和客人交谈，一句多余的话都不说。这人身上的美更多则来自一种坚持不懈的专注，一种友善的警觉，而不是他的形象。你从来都不用去呼叫他，或者哪怕只是挥一挥手：他站在餐厅或者花园里最后边的角落里，那儿就是他闲时歇口气的位子。看样子，他像沉醉在对哪个远方的梦幻里，然而却眼疾手快，哪怕是最细微的神色都逃不过他专注的目光，甚至抢在每个神色之先，以特有的方式显现出一个"彬彬有礼者"的图像，是行为模式的典范。一到上午，即便已经雷声阵阵，他也要摆好李子树下的餐桌，然后还要在第一滴雨点掉下来之前就又把它们收拾好。他就是与众不同，有时候碰到他独自一人在餐厅里，给每把椅子都寻找着各自的位置，好像这关系到给一群喜庆的人排座位似的，一场洗礼仪式或者婚礼，因为所有的客人毕竟在这样的场合都特别挑剔。他对那些一点都不值钱的、已经磨损不堪的物品（在这家旅店里，几乎只有这样的物品）所表示出的小心仔细，同样也与众不同：他把金属餐具摆放得工工整整的，把调料瓶上的塑料盖子擦洗得干干净净的。有一次，傍晚时分，他站在那寒碜空荡的空间里，一动不动地直看着前面，然后走到远处的一个壁龛前，给放在那儿的大肚子玻璃瓶上加了一个小小而温馨的变化，顿时让这整个房间充满了宾至如归的气氛。又有一次，餐厅里坐满了人，吃晚饭时常常就这样，他把就要送到客人桌前的一壶咖啡放到柜台上，小心翼翼地将把手弄直了，然后以一种夸张的架势抓起那微小的容器径直递给了要咖啡的客人。尤其引人注目的是，他自己给那些醉酒的人点烟时十分一本正经，他也始终只需要做一个动作。此时此刻，我看到他那半闭的眼睛闪闪发亮。

　　白天里，独自待在房间里或者去野外时，我更多思念的是那个服务员，而不是父母或者女朋友。我现在才明白，这就是一种爱。我并不是想去他那里，而是有意要在他近旁。一到休息日，他不在了，我便觉得若有所失。一旦他出现，他那一身黑白装扮顿时让满屋的各个角落里充满了生气，我也获得了色彩感觉。或许这样的爱慕也来自他始终保持的距离中，而且不仅在上班时如此。有一天，我碰见他身着便装，站在汽车站的快餐铺前，自个儿成了客人，而且旅店里那个服务员和面前这位身着灰色便装的年轻人之间并没有什么区别。他把雨衣搭在胳膊上，一只脚撑在下面的横杆上，慢条斯理地吃着香肠，目光落在来来往往的车辆上。或许就是这种距离感汇同那专注和平静的神气一起形成了那既震撼着这位观察者，又获得了典范力量的美。直到今天，我依然处在一种不得已的境况中，还在回想着那个沃凯因服务员的一举一动，一言一行。这在通常情况下虽说无济于事，然而，他的图像毕竟又回来了，至少在这一瞬间，我可以心平气静了。

在"黑土地"旅馆停留的最后一天里，快到午夜时分——所有的客人，也包括那个女厨师都已经走开了——，我回房间时经过敞开着的厨房，看见那服务员坐在满满一大木盆碗盘前，用一条桌布一个接一个地擦着碗盘。后来我从上面的窗户望出去，只见他站在下面的山涧桥上，穿着裤衩和衬衣。他那弯曲的右臂上托着一摞盘子，他一个接一个地拿下来，又一个接一个地让它们漂到水上去，像一堆飞盘一样，整齐，优雅。

这个年轻的菲利普·柯巴尔在"黑土地"旅馆四人间里度过的夜晚几乎完全是没有梦的。几年前，被关挤在寄宿学校宿舍里，让持续的头痛牢牢地钉在枕头上。我常常想像着，独自在自由的天空下躺在自己的床上，躺在一片广衮的平原中间，暴风和雪片席卷扫过，我暖暖和和地裹在被子里，直到耳根，惟独我的脑袋冻得都要炸裂了：由于这咆哮的山涧，这样的想像现在成了现实；山涧推移了这位睡眠者房间的墙壁，替代了他的梦。

仅有一次，他梦见父亲了（他当之无愧地享受着山涧工人的养老金），或者其实只是梦见了那个父亲可能要把家史写上去的本子。它变成了一本书，和实际不一样了，不是一行行写得歪歪斜斜的，记着哥哥的战地邮政编码和菲利普的衣服的数字，满本子都是文章，不是手写的，而是印刷的。这位山涧工人成了农民作家，世纪转折时期斯洛文尼亚农民一个合乎时代的继承人。他们的作品被收集起来了，按照他们习以为常的叙述时间，他们被翻译过来的意思叫做"夜晚之人"，这在他们登场之前也可能就是晚风或者晚间飞蛾，而在他们离去之后无非就是那"晚报"了。这本梦中之书专心致志的读者就是那个年轻的服务员。

我背着那蓝色的海员背包，拿着那根榛子树杖，站在波希斯卡-毕斯特里卡火车站的高台上。这时，刮起一阵徐徐的晨风。我打算继续南行。从发车轨道处望去，穿越群山的隧道在背面那儿依稀可见。像边境那边的米特尔一样，这里也是楼房第二层用作住宅。像那里一样，天竺葵的花也从小木盒里飘落到鹅卵石上。这期间，我觉得气味都变得让人惬意了。这两个国家的小火车站，连搪瓷牌上的文字都是共有的，上面都标的是"超越亚得里亚海的高度"，显示的是同样一个基本图案：昔日帝国的图案。一道石门通往旁边的厕所里，门上涂的是蓝色，就像家乡圣像柱上的苍穹一样（里面仅仅只有一个坑是用来大小便的）。一间木屋上，钉着一个个牛角，巨大无比，像是水牛角。那个归属车站的菜园子顶头呈现出一个三角地，被豆蔓围起来了，其中一个调料作物菜畦里覆盖着郁郁葱葱的莳萝菜。三角地尖上长着一棵樱桃树，地面上留下了黑乎乎的果实痕迹。在站前广场的栗子树上，燕子叽叽喳喳叫个不停，一个也看不见，只听到它们在树叶丛里持续不断地扑棱来扑棱去。候车室里铺的是木地板，镶着黑色的缝条，连同高高的铁火炉一起，看上去和家乡汽车站的木板棚一模一样。候车室两面开着窗户，像几乎始终空着的样子，笼罩在一种住家的光亮中。在水泥地面上已经半是沉陷的入口旁边，有一个脚踏垫，是由皇家铸钢做成的，像一把朝上翻起的刀刃，左右镶嵌着有装饰图案的小画像柱。整个建筑显得如此宽敞，同时每个细节又那样精雕细刻。在这里，我感觉到一种宽厚的精神在呼吸着，那些当年在帝国时期曾经构想并使之充满生气的人，他们的精神在呼吸着，而且连这个现在正在思考着这一切的人也不是什么恶人了。

在我旁边，一队士兵等待着，鸦雀无声，胡子拉碴的面颊上，留着汗水干结的痕迹。靴筒上满是泥点。我的目光从他们身上移向南面的群山，山顶已经映照在阳光下。沃凯因的上空终于露出了笑脸。在这一瞬间，我下定了决心，徒步翻过这座山脉，说着就上路了。（"再也不过隧洞了！"再说："我有的是时间！"）随着这个决心，大地猛地一动，看样子，仿佛伴随着它，白天才来到了。而在那个另外的语言里，这"猛地一动"不也同时意味着"战斗"吗？

直到这时候，我知道的惟一山峰就是拜岑山峰，比这里的山还要略高一些。在背阴的围谷里，就是到了夏天，有时候也会看到雪景。不过，你慢慢悠悠地攀登上去，更确切地说，那是一种漫游，而且我常常和父亲一起登山漫游。到了半山腰上，我们就在一个谷仓里满是尘灰的干草上过夜，过后我的眼睛因此而肿胀得无法眺望四周。只要我们一走到一户人家附近，通常都有一条狗扑过来，主人紧随其后，一边跑着，一边又是吆喝，又是挥舞棍杖：山民从骨子里就怀疑这些来自平川的小民，因为这些人踩踏了他们的牧草，使他们的牲畜受到了惊吓，采走了他们树林里的蘑菇。等你走到近前时，他们才会和缓下来；一看见这些陌生人中有那个远近有名的木匠，自家的屋架也是出自他手，又是叫你吃熏肉和面包，又是让你喝果子酒。有一次，到了再往后就是南斯拉夫的山脊边境线上时，父亲叉开两腿站立，一只脚站在这边，另一只踩在那边，然后给我来了一次简短的演讲："你来看看吧，我们的名字意味着什么：不是**两腿叉开站立的人**，而是**边缘人**。你哥哥是个中间人——而我们俩就是边缘人。一个柯巴尔人，既是那个用四肢爬行的人，又是那个步伐轻盈的攀登者。一个边缘人，这是一种边缘生存，却不是一个边缘形象！"

上山时，我不时地回头望那片他国之地，像出于感激之情一样。在那个与家乡如此不同的地方，没有人用怀疑的目光看着我，人家对我提出的几个问题，无论如何不是什么狡诈的问题。通常情况下，我总是低着头，面对夏日的草地从我的下方无声无息掠过，思念着开往战争前线的哥哥，他再也听不到鸟叫了，再也看不到"路边盛开的鲜花"了。我浑身都感到，这坚持不懈的攀登使得身子骨作好了应对秋天的事情的准备，不管是服兵役还是上大学，作好了应对下一个敌手的准备。那些蜥蜴要么变换成滚动到一旁的路石，要么像鸟儿一样在灌木丛里刷刷响动。我久久感受着最后一丝人气：山村尽头一户人家门前一堆湿漉漉黑乎乎的衣服（这时，我心想着，斯洛文尼亚语中有一个独特的词语表达这样一户"尽头人家"）。然后，我就一个劲地顺着草丛里那一道道证实就是把人常常引到无路可走的野兽足迹行进。我所听到的一切是一种和谐的昆虫嗡嗡声，像一群离得越来越远的人的声音。在我背后，那片谷地沉没了，取而代之的是，在尤利安山天际线上，浮现出了那三头峰，也就是南斯拉夫的群山之巅特里格拉夫峰。我身前身后无非都是荒野而已。

我又一次抄近路走去，打算走一条直道，可是由于有水阻挡的缘故，也根本不可能有什么直道。我如此深思熟虑地开始了，又如此不假思索地赶忙奔个不停。我觉得有必要勇往直上，穿过矮木丛林，越过卵石沟槽。到了树木线上，光秃秃的山岗临近了，本来齐膝高的草丛也变得低矮和稀疏了，我看到面前是一片纹丝不动的阴云。就在同一时刻，阴云里开始电闪雷鸣了。我并非不在意，甚至害怕起来了——正好在昨天晚上，人们在旅馆里还说起一个在雷雨中丧生的人——，同时毫不犹豫地继续往上走去。我倒常常像被那危险吸住了一样，径直奔它而去，绝对不是轻率，甚或开心，而是惊慌失措，要么结结巴巴地哼着一首流行歌曲，要么就数着数。真的，这个翻山越岭的人是如此害怕，他把自己裤子发出的哗哩哗啦的响声都听成了雷声。被他在远处当成山顶石屋的建筑，一到山岗上，原来是一个战争要塞的遗迹；一个可能的栖身之地的窗户原来是要塞的射击孔。不管怎样，这个废墟给了他一块遮风避雨的地方。猛地一下，他完全平静了：他心平气和地注视着远方一片草地，四周都在下雨，惟独那块地方被大冰雹覆盖，白茫茫一片。这时，他已经精疲力竭了，目光连那远景都忘记了，在那片白茫茫的地方，看到的是一条床单放到场地上曝晒漂白。他坐在那儿就倒下了，像昏过去一样。哥哥在一次急行军后写的一封信里称这样的昏昏沉沉为"无意识睡眠"。

当我苏醒过来时，天色已经变暗了。在那些射击孔首先瞄准的南边山谷低处，星星点点地亮起灯了。我在外面雨里走上走下，然后决定留下来。在白天就要消失的时刻，要塞那些蜂房简直显得太诱人了，如同酒店的小房间一样。雾蒙蒙的东西笼罩在山岗上，就是云彩：我第一次觉得自己投身于这样一个景象里，下面的草地格外清晰，一朵朵小山花被笼罩在雾霭中，闪闪烁烁。一只老鹰飘浮在移动的云层里，翅膀一动也不动，像受伤了一样。我在碉堡里安下营，躺在一层旧报纸上，品尝着我随身带来的干粮。无论如何我今天不会再出什么事了——此时此刻，我想起了那个关于地灵[1]的传说，他从自己栖身的石窟里把舌头吐出来给那些神灵鬼怪看。结果他抵不住一个居心叵测的人的诱惑，最终还是被雷劈死了。

夜晚还远未降临，黄昏的轮廓只是融化成了一种越来越无形的光亮，其中惟一的轮廓就是那个蓝色的背包："山岗上的海员背包"，这个昏昏欲睡的人感到奇怪。然后，他在冰冻的海里游了几个时辰，他四周的海都结冰了。突然间，一把指尖浮现在他的脸上，一种不会比这会儿再温暖和真实的触摸，而且伴随着一个熟悉的声音说："我亲爱的！"然而，当他在黑暗里睁开眼时，周围连一个人影也没有，只听见越来越响的沙沙声，而且越来越近了，啪地一声，不是野兽来了，而是那个海员背包倒在地上了。

当第一缕晨曦到来之前，我就上路了，顺着山岗，一步一步地走去。我就是要这样走一走。终于又要像当年那个光着脚的孩子与父亲并肩走在田野上一样，在这夜晚的尽头，来辨别那个既意味着白天的开始，同时又意味着一切的细节，终于又要经历"生存"这个冒险了。然而事与愿违：当初，清晨淅淅沥沥的雨点，滴在路上的尘土里，

[1] Kobold（地灵），日耳曼民间传说中的淘气精灵。有些地灵被称为洞穴精灵或矿井精灵。

溅起一个个微小的火山口，恰恰伴随着这雨点，那远古世界才让人刻骨铭心了。然而在这里，一切立刻就是那远古世界——雨水就像自古以来从黑压压的天空里倾泻，从黑黝黝的大地里直上云霄，雾霭就像从火山口里喷发出来一样，湿冷的岩石灰上加灰，匍匐的灌木给脚下设起一个个圈套，平静得连一丝风也没有——，因此，没有什么东西会形成尘土里那样的图案。再说，或许也缺少与另一个人牵手的感觉，而大地的亲近，惟有这位叙述者现在才会回味过来。然而对于那个孩子的继任者来说，当时处在那儿的山岗上是无法企及的。照这么说来，有些东西是可以重现和恢复的，更多是靠着描粗和勾画，而不是仿效和学样？这个独来独往的人，无论他怎样企盼也好，可他感受到的不是从那些尘土火山口里升起的闪光，仿佛太阳就是从这个星球里升起来似的，而是一种赤裸裸的、麻木的曙光，一切形状，甚至夜晚的形状都在其中融化了，并且压根儿就没有感觉到一个还那样遥远的太阳的存在。黎明时刻，他跌跌撞撞地跨过一块块岩石和一条条根蔓，又是发冷又是出汗，浑身上下都湿透了，背上湿成一团的海员背包成了越来越沉重的行军背囊。这时，他重复的不是同父亲一起走过的童年之路，而是当兵的哥哥拖着艰难的步子穿过不毛之地，去参加一场预先注定要失败的战斗；重复的不是田野之路，而是行军之道。虽然我确信向西走去，可我愤愤不平地想着，像哥哥当年一样，我似乎被遣送去东边了；虽然我明明白白地朝着自己向往的目的地走去，可我的思想抱怨我，随着每一个步子，我越来越远地离开了那个对我意味着全部的地方。这第一声旱獭警叫，与其说是冲着自己的同类，倒不如说是冲着我来的？那只雪白的山兔从草丛里尖叫着擦我身边闪过去，它不就是勾画出了一幅不可挽救的逃亡的图像吗？

我心想着这一切，既愤愤不平，又惴惴不安，同时又坚定不移地继续走下去。天亮时，雨变小了。我顺着山坡向下，朝着依然看不见的伊松佐河谷地走去。这里没有可以看得见的路，可是，我会给自己开辟一条路的。我在自己身上真的发现了父亲在山顶演讲中所说的灵巧敏捷，均匀快捷地从一块岩石跳到另一块上，不停止或者不歇息。此时此刻，我甚至感到了惬意。当我在一个地方不得不成为会爬山的人时，这惬意就越发强烈了：这时，我四肢趴在岩壁上，父亲，然而身子挺得直直的，并且感觉到指头尖和脚趾球之间在共同行动，绝对不像在干那些你命令我要干的体力活儿时的感觉！我十分活跃地踩到了小岩壁脚下，就像沐浴在阳光里一样。不大一会儿，太阳也真的出来了。

于是，我来到阳面的树木线上。我依然面临着一段虽说漫长，却不用着急的旅程。在继续行进中，当然是某种异样的东西，侵袭着这位漫游者，不是害怕暴雨、野兽或者悬崖。那位老师叙述他作为年轻的地理学者独自探险的经历时说，每当他过了"那些最后的猎人标志"时，才会觉得自己自由了：我则与之相反，远离开任何一户人家，置身于一个地方，几乎不用置疑，除了我，好久都没有人闯到这里来了（谁也真的不知道我在这儿），现在害怕起来了，害怕一个庞然大物——这个庞然大物就是我自己。世界的任何线索都消失了，取而代之的是一片苍白。这个名为"孤独"的庞然大物被从心灵深处突然扑出来的猎狗追赶着，盲目地在这苍白中瞎跑。又是猛地一下，它同时也是知觉。是我不得不给自己猛地一下呢，还是它发生了？它发生了，他，给了这个瞎跑的人猛地一下，这个他就是我。有时候，这个年轻人就是这样来对待自己的，通常是在清醒情况下，然后总是在他自己认为遭到某种东西威胁时才这样。这害怕先是突转为恐惧，仿佛已经到了如此地步，而恐惧又突转为毛骨悚然。他抱着这样的心境一动不动地等待着它被驱除，因为它不过是一个畸形物而已。然而，这样的驱除却没有发生。相反存在的是一个不能再陌生的陌生人，这人就是我。这就是**我**，而这个**我**是大写的我，因为它不是任何一个人，而是凌驾于他之上，巨大无比，并且控制着空间，使他有话说了，四肢灵便了，是他的书写名字。于是毛骨悚然变成了惊叹（对此，修饰词"无限的"再也合适不过了），邪恶的精灵变成了善良的精灵，畸形物变成了创造物。在我的想像中，不是一根预示不祥的指头，而是整个一只祝福的手指向这创造物——当这个**我**出现时，情形的确是这样的，仿佛你刚刚获得新生似的：眼睛变得又圆又亮了，耳朵变得又聪又灵了。（今天，这些东西当然不愿意再显现给我了；对于那个难以置信的"整体**我!**"的惊奇好像离我一去不复返了。这也许与那个责任难解难分，它成为这个四十五岁的人的一部分，使之孤独地陪伴着他那常常哀伤的理性，而我则看到这个二十岁的年轻人尚沉浸在天真烂漫的疯狂慈悲状态里，疯狂？当时在那个荒无人烟的地方，它治愈了害怕。）

我镇静地继续走着自己的路，背负着我自己，不是当成负担，而是护身。一到树林里，我的身后就响起了爆裂声，一块岩石随之从树木之间滚下山谷。苔藓里响起一阵嗡嗡声，像是来自一群受到惊扰从粪堆上飞起的苍蝇。这嗡嗡声来自一条直挺着脑袋、苔藓般的绿蛇，它向我发出咝咝声。这时，我如愿以偿地欣赏着它。干树枝堆下那个骷髅是一只雄狍的，犄角还连在脑壳上，我连同脑袋拿着走了一程，然后又扔掉了。到了一片林中旷地上，没有路可走了。旷地上密密麻麻长满齐胸高的蕨类植物。穿越时，我从容不迫地倾听着那些平常无声无息的、看不见的鸟儿在蕨类植物下面飞过发出的嗖嗖声。与这样的无忧无虑相映相衬，我接着高兴地看到了一条长满青苔的山间小道，通往山下时变宽了，成了一条老路。而更高兴于路上出现了刚刚驶过的小车的印子，绿色的草带上留下了刹车的痕迹——下山的坡是那样地陡——这时，我甚至觉得，仿佛伴随着这印记、被刹车榫头拔起的草团、深深切入的、油光闪亮的、积满了油乎乎的水的车轮沟、马蹄印和在一旁同行的人的靴子留下的印记，伴随着足底下这清清楚楚的文字映像，开始了一场完美的交响乐，而且这种最柔和的方式就是我迄今对音乐的理想所在。然后响在耳际的就是麻雀鸣叫和狗叫。虽然天又开始下起雨了，可我坐到树林边上，享用起黑莓来。这里和阴面的山谷不同，已经有了成熟的黑莓。我脱去鞋，让"天水"冲洗那疼痛的双脚。我累得身上直往外冒气。在手电筒的镜子柄上，我看到了一张脸上沾满松针。由于黑莓不解渴，继续行进时，我便享用着温暖的雨水。村口那棵接骨木也已经泛起黑色的斑点，旁边是第一棵不寻常的无花果树，果实好像直接长在树枝上。村子梯田脚下是一片白茫茫的石头荒漠，一条呈绿色的彩带蜿蜒穿过，那就是索卡河或者伊松佐河。

我四处乱走了两天，一到安全地方，于是就心想着，我走错的路还是太少了。后来也一样，只要一遇到这样的情况，总是同样的想法。安全地方？在我一生中，我还没有一次觉得在哪儿是安全的。

当时，这个二十岁的年轻人在伊松佐河上游山谷里只停留了一天一夜。他是在这个山谷的中心地托尔敏镇上过的夜。在这个地方的徽章上，那条河蜿蜒流过，上面交叉着象征那次伟大的农民起义的长柄叉和斧子。他在一户人家里找到了住处，租了间半地下室。天花板上布满了蜘蛛网。过了午夜，地下室的空气里充斥了一股强烈的呕吐物臭味：隔壁同住的一个人扯开嗓子一言不发地吐个没完没了，直到黎明时分。我起来时，只见上面的厨房里坐着一个一声不吭的孩子，怀里抱着一只猫，父母亲已经出门上班了。我往桌子上放了些钱，在客店里用起了早餐，望着面包，深深地吸了一口气。

梯田上有一条老公路穿过，那里坐落着一个个村庄。我沿着梯田逆流而上，朝着柯巴里德或者卡尔弗莱特走去。伊松佐河先是在山谷深处，然后越来越近了。在对面放牧的草地上，有一个个用来堆放干草的石房子，没有窗户和烟囱。在公路外切道和河流弯道结合的地方，我下去走到河岸边，在雨里脱去衣服，从一块突出的石头上下到河水里。水流从表面看上去那样湍急，而此刻并非那样激烈地在我面前分成两股了。河水直没到我肩上，十分冰冷，因为刚刚才从山里流出来。我下水的一瞬间，冰冷直钻到五脏六腑里了。我立刻鼓起全身的力量，逆流游去，可划动了数百次之后，却发现那块上面放着我衣服的石头依然在同一个地方。于是，这位游泳者停在原地，脑袋正好露在水面上，观察着这个地方。从这个视角望去，它属于一个陌生的大陆，独一无二，闪烁流动，从四面八方汇聚而来，惟独被那些舌头状的卵石滩划分开来。河面上笼罩着一团团雾霭，水平线后与一片覆盖着黑油油的针叶林山脉相连。山脉雨蒙蒙的，是这一条条无名的河流永不停息的源头和后盾。索卡河？伊松佐河？荒无人烟，从我的下巴尖直延伸到一座船首似的、被遥远的太阳照亮的山峰，只有那冰冷的波浪和那温暖的雨水，这更可能使人想起一个太古时代，它也不需要去描述，而自成一体存在着。可后来，在河中间，我先后碰到了三个游泳同伴，显然——从那栗色的胳膊上留下的内衣印记看得出来——是几个工人在午休：匆匆忙忙地赶着趟儿，同时又欢呼雀跃的样子，一个比一个声音洪大，很快又从那图像里消失了（然后我看见他们站在河岸公路上一个载运碎石的车队里）。索卡河或者伊松佐河？是用这种阴性的斯洛文尼亚语表达还是那个阳性的意大利语表达更适合这条河呢？我心想着，在我看来，更确切地说，它应该是阳性的。而对那三个工人来说，它应该是阴性的。——在河岸公路上继续行走时，我感到一只让人温暖的手搭在肩胛骨上，一双鞋子变成了慢慢划去的独木舟。

后来，当我第一次听到一个当地人说出"柯巴里德"这个名字时，它听起来就像出自一个孩子之口。真的，名字会一再使这个世界焕发出青春来！接着，和在家乡不一样了，我面前没有了村庄，而是站在一座大都市的残垣断壁里，森林突伸到有书店和花店的市中心，紧靠外围圈上的工厂旁边是一样被淋湿的奶牛。虽说在阿尔卑斯山余脉前，可在这位年轻人看来，柯巴里德或者卡尔弗莱特就是南方完美的代表；门口两旁长着夹竹桃，教堂前有月桂树，到处是石头建筑，路面铺着色彩斑斓的圆头石（当然走不了几步，它们就通到中欧那茂密的松林里去了）。

人们既讲斯洛文尼亚语又说意大利语，混乱一起，同房子的风格一模一样，杂乱无章，密密麻麻，有木头的，有石头的，也有大理石的。这一切闪烁出一种粗犷的情形。在那个同样按照山脉来命名的客店里，坐着一个玩牌的人。牌局结束时，他面带短暂的微笑，向自己的对手出示了赢来胜局的一张牌。在一个呈弧形的平台上，一个女人从那排与墙壁一般长的天竺葵花里，用手指弹去凋谢的花朵，最后又把一个红光闪亮的花盆摆上去。"这里就是我的祖籍地！"我就这样确定了。

从北方来的公共汽车开到拐弯的地方了，我坐在一张长木椅上等待着它的到来。然而却不是这辆车。与南斯拉夫的汽车不同，这辆车的车身漆面锃亮。车停下来时，里面映现出月桂树的影子。而当我此刻抬头望去时，只见车里端坐着我们村子的全体村民，一个接一个窗口显现出一副副熟悉的侧影。我不由自主地给自己寻找一个离得远远的地方，一个让人看不到的地方。难道端端正正坐在里面的真的是那些村民吗？他们更多不就是蹲伏着吗？当他们现在挺起身来时——那更多不就是吃力地站起来吗？他们伛偻着身子，非常艰难地从车里缓缓地移动出来，许多人还得要司机扶着从踏板上走下来。下了车，他们聚集在一起，站在公路拐弯的地方，目光相互寻找着，仿佛生怕丢掉自己似的。虽然是工作日，可他们都身着节日盛装，甚至是一身乡村的传统服装。惟独那位带队的神父穿着黑色旅行制服，领子是白色的。男人都头戴礼帽，在棕色的西装里面，全都是带金属扣的丝绒马甲；女人都披着带着缨子的五颜六色的披肩，每个人都在手腕上挂着一个超大的、可掀开的手包，而且全部一个样式。就连那些年龄最大的女人也梳起了一条辫子，并且将辫子在脑袋上盘成花环状。我拉开距离，躲在一个室外楼梯下，坐在一个砧板上，半掩着身子。肯定有几个人朝我望过来了，却没有人认出我来。惟有神父愣住了，而我想像着，一看见这个陌生的小伙子，他或许一下子想起了那个逃课的学生和宗教叛逆者柯巴尔·菲利普。他现在究竟会在哪儿呢？

他们始终是一个跟着一个走进客店里，久久停在那里。我打算等他们都进去。晚些时候还有一辆公共汽车开往喀斯特方向，那儿应该是我寻根问祖的目的地。我身旁有个柴堆，底部有个锥形洞口，像是一个狗洞。洞口上有句拉丁语壁文的残迹："时机是不会让人知道的。"我想像着从这些村民的一举一动里看出了我母亲的情况挺好的。仅仅看着那些熟悉的手包就让你放下心了。

我坐在自己的位子上，也没有人来打扰。我如此显然地不用着急，看来证件足够了。当那些林肯山村的人走出来时，连老人的面颊都发红了。他们并没有醉酒，却全都被一种奇异的、迟钝的兴奋劲攫取了。我听到他们在讲国语，第一次讲得如此纯正，声音清晰，也没有村子里那习以为常的大杂烩和含含糊糊的发音了。这时，他们像是听到一声命令，在上车之前一起转过身去，面朝客栈墙壁。墙壁在这个地方没有窗户，只是一块上面开着一条条横道的黄色大平面。这墙壁把村民们那深暗的背影衬托得清清楚楚。我看见几个女人也不分年龄大小，相互手拉着手，男人们把两臂交叉着抱在胸前。没有一个人不屈着膝，于是我恍然大悟，不仅我们柯巴尔家的人是被逐出家园的，而且所有这些有房无地的村民都一个样；整个林肯山村从太古以来就是一个流亡村；人人都一样奴颜婢膝，一样不幸，一样不合时宜；在我看来，连那个神父也不是什么教士了，在这儿的编队里更像是一个被剪短头发的、瘦骨嶙峋的囚徒。即使他们因为在这里受到了友好而廉价的招待而对着客栈抬起头来，可在我眼里，他们如此站在那里，的确就像站在一面哭诉墙的横道前一样，这些远足者同时也是朝圣者，那严肃的发型与打扮也与之般配。在这里，我第一次看出了民族服装里的名堂（就像后来又一次在那个老妪的照片上看到的一样：她几乎紧闭两眼，站在自家喀斯特茅舍前，胳膊上搭着黑白两色的寿袍，也就是当年的婚礼服）。这队伍里也有一个小孩。这时，他敏捷地攀爬上外墙台，从那里用指尖和脚尖继续交替着向前移动，并

224

且从墙壁一半的地方，在观望者的喝彩声中，轻盈地跳到地上：旅行的结束和返回的信号。

那辆远足汽车拐了一个之字形弯后向北离去，驶往那个所谓的阿尔卑斯山共和国。这时，在我的眼里，它越来越小了，和在疲惫不堪的目光里非常相像，发出嗡嗡的响声而去，变成了一个玩具小汽车。随之，一群乡巴佬奴仆永远消失在从祖国被遣送到流亡地的途中。我觉得，那群无望的人是多么灵巧和高贵啊（就连手上的血管都显现出一种高贵的图案），而这些自古本乡本土的南斯拉夫居民现在看上去多么粗笨和世俗啊，不是一个劲地抽烟，就是四处吐痰，或者给自己的生殖器挠痒。

我穿过空空如也的广场，走到那面墙跟前，事后才加入到那个行列里。从外面看去，我是帝国时代一个建筑物的观察者，一边描摹着那条条横道，一边仰头来仔细观看着屋檐。可在内心里，我把两臂举向天空，同时觉得它们就像是残余部分。在想像中，是诅咒和唾弃：没有什么东西是通向上天的。哭诉墙是幻想，这里只存在着水平线上的平行构造，没有什么准线，而且凹槽里粘满了街道的粉尘和蜘蛛网。房子两边的墙棱角，无论是朝南还是向北，都没有与任何东西相邻。我的祖籍地吗？——一旦这面近看闪烁出一片黄色的墙壁碎裂和崩塌了，肯定就是冲我来的！——可是一边有棵南方的柏树，火焰的余象，被果球照得亮闪闪，充斥在无所不在的麻雀的鸣叫声中——往树木隐藏深处瞪着眼睛偷偷看去——，难道那些闻上去像香子兰的夹竹桃花什么都不是吗？——"夹竹桃"、"柏树"、"月桂树"——这些都不是我的词语——我不是伴随着它们成长的——从来也没有在它们所指代的环境中生活过——我们这样的人所认识的月桂树，最多不过是烹饪在汤里的干叶而已。——由于这样的描述，这个问题也就更加复杂了：如果我要叙述一棵棕榈树，当我站在跟前时，它就成了我的经历，那么此间浮现在我脑海里的就是（棕榈树）这个外来词。伴随着它，这棵树本身，连同鳞状树干和合抱的扇叶一起都从我的脑海里消失了。比如说，我可以一再把正好又从南北窗户前飞过的雪花重新命名为风、草、"云杉"、"赤松"（父亲的可用木材）、"天竺葵"、"莳萝"。然而，又比如说，当这个在内陆国家长大的人物要唤起他后来如此丰富多样地感受过的"海洋"情景时，海洋立刻就随着这个与自己不相干的"海洋"一词从你的视野里消失了。我始终就没有把握提起对那个孩子来说不过是名称或者压根儿就一无所知的事物。真的，连一切城市的东西，无论是"大广场"还是"有轨电车"，"公园"还是"高楼大厦"，这些对那个童年在乡下度过的孩子来说，是实在难以说出口的，比画得出手的。即使为了一个叙述那棵变得让人喜爱的树，也就是"悬铃木"的句子，近距离也是必不可少的，以便克服那自以为是的感觉，因为它那带有浅色斑点的树干和来回摆动的果球如此经常地把他从那乡巴佬的沉思中拖出来，使他喜笑颜开。对他来说，这种树就代表着融为一体的南方和城市——也像我面对柏树时一样，本来它对我来说"什么都不是"，同时却又让我那样感兴趣，犹如从远方看去苍天之下那片虚幻的哭诉墙，并且告诫自己说："事情肯定就是这样！国外的这些事物与家乡的圣像柱和黄杨树一模一样，都是我不可分割的部分。"此时此刻，我又这样告诫自己了。

能够从容不迫地思考这一切，这就是满足：仿佛在这准要随着诅咒而来的平静中才感受到了自己的存在。——无论怎么说，为每一个所经历的事物重新找到为之命名的规则，这是一次什么样的考察旅行呢！愿你们这些信徒幸福吧！该死的边缘人？！难道说在另一个语言里就没有那样一个词语来表述这个被"无止境地在这个世界上被推来推去"的人，以及相应的格言："异乡的门将会猛地撞上你的脚后跟"吗？

然后，晚班公共汽车行驶在维帕瓦平原上，穿过最后的山谷隘口，来到喀斯特海滨高地前，早就变成了夜间车。

透过车顶窗，月亮映照到车里，几乎原地一动不动。汽车终于直行了。在之前许多盘旋和转弯行进中，我失去了方向感，直到在一个停车站的客店招牌前，才又回过神来。招牌上画着葡萄和鱼，给人一种静谧的生活景象。接着映入眼帘的是第一棵葡萄，犹如黑暗中闪现出的一个标志，随之而来的就是大片斜坡葡萄园边上一行行闪烁的葡萄。在挤得满满的汽车里，人们七嘴八舌说个不停，连司机也和坐在自己旁边折叠座椅上的乘务员（长途公共汽车里特有的人物）说个没完没了。与此同时，喇叭里也播放着广播节目，民间音乐与旅行速度齐头前进，一再被穿插的信息打断了。在这样的场景里，那些士兵扮演了主要角色，他们不是拥在中间走道里，就是挤在后排座位上，一个不时地坐在另一个的腿上，这一站成群结队地上了车，下一站又一窝蜂似的冲下去，随即消失在石墙后面。在长途行驶中，每个钟头都少不了休息。司机时而把车停在客栈前的小酒店旁，并告知停歇时间："5 分钟"或"10 分钟"。我每次都跟着一起下车去，尝尝当地人一口就干光的葡萄酒。没过多久，我就觉得，仿佛自己从现在起将永远是这辆夜间长途公共汽车的一员了，是那群喋喋不休的、麻木不仁的、无法确定的乘客的一员了，而且仿佛我在这里找到了自己的生命里程。车里的座位被撕破了，无盖的烟灰盒里粘满了口香糖，一路咯咯吱吱响个不停。在这里，一切既是速度，同时又是惬意。我不是有时候真的就觉得自己到了安全地了吗？

当我们最后一次歇息后上车时，我们之中多了一个陌生的士兵。他身着制服，却没戴帽子。他手上提着一把包扎得严严实实的枪。车一开动，他就把枪竖着夹在两腿之间。他和自己的同伴分开坐着，就在我的前排。我望着他的侧影，而不是那武器，断定会发生什么事。是我们吗？是这个士兵吗？是我吗？注意力本身就是答案了。我注视着他的头顶，头顶旋多处断开了，我从后面在其中看到我自己了。剪得短短的头发，直立在头顶上，呈现出一幅双影图像，一个年轻士兵和一个同龄的无名小卒的双影图像。这个人或许毕竟会感受到他是谁（如果被一个第三者描述，他每次都知道自己不是被低估了就是被高看了。那个自己的图像——如果他如愿以偿地获得一个图像的话——他从来都不会相信的，然而，"我是谁？"这个问题常常变得如此紧迫，就像突发的祈祷一样）。他终于在自己面前看到了来自童年的主角，自己的双影人。这时，他完全确信，在这个世界什么地方，这人与他同样一起长大了，并且完全确定，这人总有一天干脆就会在这里出现，作为好朋友，不声不响地理解他，为他开脱，甚至不像自己的父母那样，只是一味地看透他。反过来，他对他也一样，怀着认知的喜色或者只是轻松地叹口气。他终于看到这个可靠的镜像了！

这个镜像首先向他显现出一个肯定人人都喜欢的形象。一个年轻人坐在那里，一点也不引人注意，从外表上看几乎与他的同龄人没有任何区别。然而由于他独自待着，并没有刻意离群，却显得鹤立鸡群。他周围发生的一切，没有他察觉不到的，可是他只关心与自己相关的事。在整个行驶过程中，他目不斜视，脑袋始终直直地向着正前方，身子从座位上挪都不挪一下；一对眼睛半睁半闭，睫毛几乎一动不动，给人一种沉思同时又警觉的形象。他可能正好在想像着一个非常遥远的地方，似乎同时既不中断自己的想像，又会用一只手镇定自若地接住那个谁都想不到从行李网掉落到旁边人头上的包裹，转眼间又把它放得整整齐齐的。看样子，仿佛什么都没有发生过。他只是眨了眨眼睛，这也许是冲着南极圈里一座山而去的。尤其是那一对耳朵，它们表现出了同时感受在场的和不在场的东西的敏锐，对这个年轻人来说如此与众不同：它们觉察到了行驶中的汽车里的每个响动，同样又可能觉察到了一条在同一瞬间崩裂的冰川，那些在地球各个角落的城市里正拖着步子摸着走去的盲人，或者那条在家乡的村旁此刻一如既往地流去的小溪。与此同时，它们除了薄、透明、纤细和微微翘起外，也没有什么与众不同的特征，同样也一动不动。这时，你会心想着，它们在不受任何影响地行动着。真的，是周围独一无二的行动者，是外部世界与内心世界的集合点，这个人简直整个都成了耳朵。这想法无疑更可能来自那活似雕像般的姿态，一个严阵以待和作好最坏准备的人的姿态，整个行程中保持不变的姿态。无论发生什么事，他时刻都准备好去应对，虽然会因此受到触动，却不会为之吃惊。

　　这就是行程。到达兵营地时，这个立式雕像自然就失去力量了，只剩下零零星星变换不定的图像，伴随着每一瞥目光，就是另外一个图像。在后来几年里，我经常来到维帕瓦这个地方，并且把斯洛文尼亚"神圣的"纳诺山（白色的、孤零零的石灰石，行人的旅伴，旋转着，变换着形象，同样滋养着心灵，像许多普通国货上的图案和商标一样）山脚下的村庄、城市、"庄园"与同名的水流（许许多多的泉水，一眼挨着一眼，它们完全无声无息地直接从岩缝里汩汩流出来，汇聚成一条条水沟，像小池沼似的，同样无声无息。然后一下子统统聚集成一条独一无二的河流，汹涌澎湃，回响在石屋之间和一座座石桥之下，在水流的风浪里冲卷走岸边树木，也就是野无花果树悬垂的枝条，浪涛滚滚地冲进宽阔的山谷里，随即又在那里平静下来了）连同以其命名的葡萄（白色，像野草，而且有点苦涩味道）一起感受为一个我一再想要看见的地方，越久越好，为了不忘记我会成为这个世界，而且这也正是我对自己本身和这个世界期盼已久的。然而，第一次到那儿时，我只是把目光投向那个士兵了，现在不得不使他蒙上阴影，直到发生不寻常的事件。我很兴奋，同时也很冷静，小心翼翼，像密探一样：这期间，我经历了一些事情——可没有任何事情像我的双影人这样闻所未闻。此时此刻，压根儿就没有必要小心翼翼。我或许都可以把鞋踩到另外那个人的脚后跟上，而他或许连头都不回一下，继续径直走去。他始终用左手紧握着那杆包起来的枪，可在我看来，那空着的右手显得更加重要，拇指和食指形成了一个圆圈。我先是跟着他进了电影院。一到人群里，他一下子成了个喜笑颜开的人。接着来到一家名叫"游击队员"的酒店里，那里只有服务员和我是平民。我假装成什么人呢？惟一提出这个问题的人就是我。士兵们都对我视而不见。

那个士兵加入到其他人桌旁，只是当个听众。在这里，一幅幅图像开始跳跃不定了。我时而在半睡半醒的状态中觉得看到一张脸孔，上面的表情以十分之一秒的频率在变化着：我眼睛一刻也不离开的这个双影人也在这样变换着他的表情。严肃变成了愉悦；愉悦变成了嘲讽；嘲讽变成了蔑视；蔑视变成了同情；同情变成了心不在焉；心不在焉变成了孤独；孤独变成了绝望；绝望变成了黑暗；黑暗变成了幸福；幸福变成了无忧无虑；无忧无虑变成了满不在乎。期间，他压根儿就没有在听，时而让一只苍蝇弄得没有心思，时而被外面楼道里打乒乓球的人搞得晕头转向，时而又被那闹哄哄地响彻大厅的自动投币点唱机牵走神了。当他真的洗耳恭听时，便表现为这个空间的中心人物。引人注目的是，有人从他身边走开了，总是又有新人凑上前来，向他叙述他们的事情。即使他独自一人坐着，周围的人却都注视着他。看样子，仿佛他的同伴们不是等待着他的一个信号，就是更多地等待着他出洋相。真的，在他身上，我看到了一个遭受折磨的人，一个受到别人窥视的人，因为他融一切于一身，然而久而久之却什么都不是。他们的目的就是要这样或那样来和他较量。而他也意识到了这一切，与旅途中截然不同，逐渐失去了那绝对让他出类拔萃的东西，失去了自制力。他觉得再也没有什么东西是自然的。这时，他自己变成了最不自然的东西。他不仅不断地变换着神色，而且也变换着姿态。他跷起两条腿，又伸开它们，再把它们收拢到椅子下，最后又徒劳地试着把蜷起的右腿随随便便地搭在左膝上。从这整个形象中，那曾经把从容、警觉、温厚和首先是纯洁感染给这位观察者的远近并存，美好的远近并存消失了。取而代之的是一种扭曲的形象和令人反感的乱作一团；两眼呆滞，两耳发红，两肩倾斜，一只手握成了拳头，伸向酒杯，并撞翻了它。那么我是这样吗？是旅程的结束，梦幻的结局吗？这个问题变成了吃惊；吃惊变成了厌恶；厌恶变成了对厌恶的认识（对自己，对别人，对生存的）；厌恶是我们这个家族的病态；对这个病态的认识变成了惊奇；惊奇变成了中断。那么我所遇到的这个双影人到底是什么呢？是朋友？就像那个孩子曾经希望得到的朋友吗？是对手？就像不会再比他更可怕的、从现在起一辈子都陪伴着我的对手吗？——连答案都成了一个变换不定的图像：朋友—对手—朋友对手—对手朋友……

快到午夜时分，客人们都离开了酒店。古朴的沃利策牌自动点唱机靠着后墙，上面盖着一个穹形玻璃罩，里面有一个黑色的圆盘在旋转，弥漫在闪烁的灯光里，被一个抓臂托举起来，直立着像一个轮子。看这景象，如此具有决定性的影响，音乐不管怎么说只是弦外之音而已。那位士兵和我，我们俩都望着同样的方向，目光穿过这又大又昏暗的空间，同时伴随空间尽头轮子的旋转——在灯光下闪闪烁烁的条纹——我又看到了另外那个人的分头线，怪模怪样，像一片三角洲。

我们俩走出酒店，我又跟在他后面，两人站在空空如也的广场上。广场另一边围着一排帝国时期的石质地灵雕像。两人看着沥青地面，我们的祖国，又仰望着月亮，我们的家畜，再望向什么都没有的一旁。噢，斯洛文尼亚语，还有什么更活生生的语言呢？对二人的所作所为来说，它拥有一个特别的表达形式，就是双数形式；其间也在这里濒临消失了；惟独在文字里常用！

我们沿着河绕道去兵营里。这时，我们的距离越来越远了。在一片沙滩前，我看到的不是那个士兵，而只是他系着鞋带的鞋子留下的印记，在这地上纵横交错，一个印记多次盖着另一个，所有的印记都模糊不清了，边上满是泥团。看样子，仿佛在这个圈里刚刚发生过一场生死角斗。

在兵营一扇窗前，我才又看见他了。他站在黑暗里，可是我认得出他的身影。他手里拿着一个圆东西，可能是个苹果，或者也可能是一块准备投掷的石头。当他抽起烟时，瞬间显现出了那张如此熟悉而又可怕的面孔。像在旅途中一样，我又一次感受着那双审视的眼睛。然而，我同时又想起了一个什么都不愿意发现的探询者的眼睛，取而代之的是，让熟悉的东西变得陌生；巡视着那陌生的东西的范围，并且使之扩展蔓延。

那是一个温暖静谧的夜晚，我发现那儿停着一辆车，车门敞开着，顺便就钻进去了。我伸展四肢躺在最后一排长座上，拿海员背包当枕头。起初并不舒服，过了一阵子，这就是我容身的地方了。

尽管如此，我还是无法入睡。汽车发出噼噼啪啪的响声，仿佛立刻就要开动似的。月亮映照在我紧闭的眼睛上，刺眼得就像探照灯一样。我想到了秋天和服兵役的日子，一下子觉得和现在不一样了，可以想像了。一生中的所有努力，我都是独自付出的。而且我向来就是这样，过后又缓过气来，仿佛什么都没有发生过。人是不可能满意地回顾自己的。可对那些士兵来说，我这样想像着，在共同翻越过一座山脉或者架设起一座桥梁以后，才会使另一个确信这些事实，就是因为他们作为团体，躺在路边什么地方，个个都同样筋疲力尽。我想使自己筋疲力尽，一再如此。我已经不再是乡民了，也没有成为工人，所以，精疲力竭是我惟一的自我辩护。

然后，我在思考着服兵役资格考试之后的那个讲话，是一个从边防城市专门赶过来的训练军官讲给这些乡村小伙子听的。这个军官晃动着脚跟，拳头敲击着讲桌，目光凝视着远方，并且在那里觉察到了英雄墓地之间那冰冷的冻原风。他深深地吸口风，接着以独一无二没完没了的吼叫声把它又灌进站在自己脚跟前一伙懦夫和胆小鬼的耳朵里。随之，伴随着破锣似的吼叫，他发出了最后一声令人毛骨悚然的挑战——"任何美好的死亡都比不上战死在沙场上！"——在共同唱了一再为歌词而冷场的国歌以后，他收起脚后跟，用手背轻轻地拍了拍额头，穿过一个活门，急急忙忙地回到自己的地狱里。对这个年轻的菲利普·柯巴尔来说，这是第一次遇上了一个疯子和对公众有危险的人。相反，在他的同龄人眼里，却是一个自然而然的事件。也许直到今日，他们依然惟命是从地臣服于他，就像当年在那个专为一次讲话遮得昏暗的区首府"多功能厅"里时一样。不过，这次对孤独的经历，不也同时放射出了解放的光芒吗？

这个躺在汽车里的人，最后看见自己面前有一个海峡，并且已经进入战时状态了。除了两个岗哨外，这个世界上连一个人也没有，一个在海峡这边，一个在海峡那边，两个都远在外水域里，人人都站在一个狭小的、在海浪里晃来晃去的圆盘上，而且有一个声音说，你立刻就会感受到，为什么战争会是惟一实际的东西。

等我醒来时，不知道自己到了什么地方。没有恐惧，只是陶醉。汽车停下了，然而是一个陌生的、色彩异样的地方。刚才还发着红光的月亮变成了一个淡色的白日月亮，是天空上惟一的云朵，圆圆的，小小的，与又圆又小的太阳正好相对。我不知道自己怎样从一个地方到了另一个地方，至多不过想起了离合器频繁转换和灌木条掠过车窗玻璃的响声。折合门敞开着，一下车，我碰到了司机，他从容地——现在说起这一切来，只会像童话一样——向我说了一声早晨好，并且让这个似曾相识的小伙子来共享他的早点。

汽车停在空旷的路段上，不过有一条田间小道通往一个我从来都没有看到过的村子里。然后，乘车的人们也从那里走过来，大家都一下子出现了，像从同一个家出来似的。这里想必就是始发点。他们编队移动着，穿得像是外出什么地方去上班。其中有一个警察，他身着制服，走在其他人一旁，充当着元帅角色。他们刚一上车，离开视线，那村子看上去就没有人烟了，犹如打眼看上去时一样，一座脱离了历史的浅灰色的石头纪念碑，一座周边地区空荡和多风的纪念碑。我一走进里面时，当然听到了收音机声，闻到了汽油味，碰到了一个丑陋得令人失望的年长女人，她把一封信投进了常见的黄色邮筒里。与此同时，她为什么非要把我当作"终于又一次回家来的那个过世的铁匠的儿子"来欢迎呢？请我坐到院里的长条椅上，四面高墙挡着风，给我端来一盆水让我洗洗，给我缝好上衣缺失的扣子，为我织补破损的短袜——与哥哥不同，我压根儿就不会爱惜自己的东西。一件衬衣，他穿上十年还像新的，而我刚穿上一天就扯破了——，给我看她女儿的照片，让我住在她家里呢？仿佛童话规则就这样，我一个问题也没提，既不问这个地方的名字，也不问这个虚幻而自由的王国的名字。我在梦里越过了这王国的边界，之前有过渡，而之后就没有了。到了这里，与在路上截然不同，我觉得没有什么东西是不熟悉的，所以我也明白自己已经到了喀斯特。

伴随着铺着漆布的餐桌，沉湎在神话里的惊奇和不安很快就让位于一张报纸的头版头条（通过另外一种语言，再也没有了掩饰），一个地下蓄水池，上面有一块牌子提醒你，在那次世界大战中，这个井状空间曾经是抵抗战士的秘密电台所在地。尽管如此，喀斯特连同失踪的哥哥一起，就是这个叙述的动机。可话说回来，难道一个地方是可以叙述的吗？

早在孩童时，喀斯特虹吸管流一开始就被弄错了。我从小就把哥哥的果园所在的那片碗状凹地当成了一个灰岩坑，因为它是再也明显不过的喀斯特地貌。就是因为有了它，才使得我们这片不起眼的雅恩费尔德平原引人注意了；多布拉瓦森林里的几个弹坑正好够垃圾坑的大小，德拉瓦河如此深深地隐藏着，流动在特罗格峡谷里，既不能行船，也不能载舟（最多不过是游击队员当年划着双把大木盆夜间渡过）。而在林肯山村里，肯定没有一个人曾经意识到生活在一条真正的、十分重要的河边上。这片平地上的凹地是我们这里惟一值得一看的东西，不是因为其形状，而是其独一无二性：这位学生自豪地心想着，这儿如此远在喀斯特北面，像那儿不计其数的地方一样，也有一个地下岩洞塌陷了，土壤从上面垮下去了，从而形成了这片肥沃的碗状土地。在我孩童的心灵里，凡是曾经发生过事情的地方，将来还会发生事情，完全另外的事情。而我望着这片被信以为真的灰岩坑的目光，既是期待的，同时又是畏惧的。

后来，当我受到那位（地理和历史）老师的启发时，这表象，这多年的表象早就根深蒂固了。如果说我有一个想往异地的目标的话，那就是喀斯特。与此同时，除了光秃秃的岩石镶嵌在其中，密密麻麻，除了一个个灰岩坑，坑底尽是红土，我对它压根儿就没有什么概念。在我的回忆中，有一次，那个半大不小的家伙坐在家里的窗台上，神往那群山之后不为人所知的海滨高原时号啕大哭起来，那样猛烈，这哭声和孩子有时候的哭叫不一样，拥有一种惊叫的力量：我现在认识到，那是他未被问及，自觉自愿地从自身发出的最初的东西——他第一句自己的话。

又是那个老师，我现在从他那里继承来这个方法，为我叙述喀斯特的努力开个头（虽然与当年在窗台上的恸哭相应，在我的心里，有一个单纯的"噢，被加上翅膀的岩石！"的声音）。他虽然用一声惊呼开始了他心爱的历史，即玛雅人的历史，但不是从历史事件，而是从地下的演变而来的。他认为，一个民族的历史是由于土地特性预先确定的，只有当土地一同参与到每个阶段时，才可能有规律地叙述；惟一真实的历史撰写必须始终和地理研究同时来进行。他甚至敢于单从一个国家的各种地貌中来判定一个民族的循环，能不能在那儿居住的人群中形成循环以及民族。玛雅人的国家尤卡坦半岛也是喀斯特，一片塌陷的灰岩平地。然而与这个喀斯特，也就是"喀斯特鼻祖"的里雅斯特海湾的高原不同，世界上所有可以相比的地貌或许都从这里获得了自己的名称，是它的"翻转形式"：在地中海之上的地区，到处都是岩灰坑。而在热带地区都会翻转向上形成塔形和锥形地貌。在欧洲这样的地方，少得可怜的雨水以及从大陆腹地流过来的河水被多缝的灰岩就地吞没了。而中美洲地区充沛的雨水则又从岩石孔里冒出来了，甚至成了海滨之前的淡水井，含盐的大西洋中的淡水井，而玛雅人当年就是划着小船出去汲水的。

所以，按照这位老师的学说，生活在原始喀斯特的人无疑就是玛雅人"翻转的民族"。他们不是去田间劳作要下到灰岩坑里，而不是攀上梯田吗？他们的圣地不就清清楚楚地展现在那光秃秃的山包上，而不是掩藏在原始森林里吗？对他们来说，岩洞不就是他们的庇护所，而玛雅人则把人当作祭品呈献在其中吗？他们所有的建筑物——不仅是庙宇，也包括偏远的田间小屋——不就是用坚硬的石头，而不是用木头和玉米叶子建造的吗？无论是主建筑还是鸡舍，是门槛还是屋顶，是这儿还是那儿，甚至连排水管也不例外。

尽管如此，在我的记忆里，那些从田间小道上走向汽车的人和那个招待我的、非常肥胖的女人以及所有跟随她的人变成了一群印第安人。这些人是一个民族吗？是斯洛文尼亚人还是意大利人，这在我看来，无论如何不是他们的主要特征。可要成为一个独立的民族，这些喀斯特人就太少了，尽管他们拥有广阔的疆土和数以百计的村庄。或者也许他们是许许多多的人：无论怎么说，我向来只是看到他们要么单枪匹马，要么三三两两。如果说有许多人在一起，最多不过在教堂里，在汽车里和火车上，以及某个喀斯特影院里。要么一个人站在公墓里；要么一个或者两个（通常是夫妇二人）在自己的灰岩坑下面耙地；要么三个一堆（通常是老兵）坐在石头酒店里玩牌。我从来没有看到过他们同桌吃饭，或者形成一个圈子，为了一个共同的目标举行集会。虽然这里也不缺少铁托像，可我觉得，仿佛在这片高原上，无论是国家权力还是政治制度，仅仅是形式上的东西而已。在这片不毛之地上，可利用的面积真的是那样稀少和碎小，集体压根儿就行不通的：在灰岩坑底，田块就一棵苹果树的影子大小，远离村庄，只能被单个人占用。那么自然要问，为什么托尔敏的那次农民起义也蔓延到了喀斯特呢？他们在这里不再仅仅为了那"古老的权利"，而是喊着"我们不要什么权利，我们要的是战争，而且整个国家都会加入到我们的行列里"这个口号，为"最终的解放"而战斗。为什么在后来几个世纪里，这里建立的学校比别的地方都要多呢？为什么我在想像着，那个沃凯因的服务员和那个维帕瓦的士兵走在一群无特征的人堆里，相互立刻就会认得出来，哪怕只是瞥上一眼都会作为从家乡高原上溃逃到这里的人相互致以问候呢？在那里，地球依然是个圆盘，而不是新时期的球体。尽管如此：在喀斯特，我没有遇到一个独立的民族（连同循环），相反只是一群对他们来说四面八方不是"下面"就是"外面"的居民，共同概念和地方意识相当于一个世界城市的意识，从村庄到村庄的区别与那儿各个城区之间的一模一样（在哥哥的词典里，整个斯洛文尼亚的喀斯特拥有最多的语言发源地），只是每个城区独立存在，离下一个步行个把钟头远，坐落在真空地带里，而且没有一个城区叫做贫民区、市民区或者富人区：个个城区都通公路，几乎没有一条有名字，同样都是上坡，城南边，也许在高处教堂前长着一棵雪松，替代了城北边那棵栗子树，而城西边，也许在阵亡烈士纪念碑上多了一个意大利名字。无论是临时住处还是别墅都是不可想像的。那惟一的城堡坐落在圆圆的山顶上，孤寂，衰落，像一座荒漠城堡。它是由威尼斯人建造的。他们像之前的罗马人一样，把喀斯特的树都砍光了，用来给他们造船，这样才造就了这吞没流水的灰岩地区。在这从前单调和一望无边的氛围中，那些被锯成弧形的首领帝国的山巅成了与之格格不入的多余的修饰。

这个民族，在家乡一再被一些人引证，又一再被一些人召唤：在喀斯特，我并不因缺少它而感到不幸；也没有找到一个被驱逐的国王来悼念；也不再需要像在家乡时一样，去寻找那山间小道和盲窗，当成那个沉没的帝国的印记。这里的房屋不用基石和装饰条纹就可以存在下去——远望北方，纳诺山山脊上方聚集着我那中欧的云带，我说：他们**别无选择**！

这样的自由自在是从哪儿来的呢？当时首次四面环顾时我就如此自问。一个地方怎么会意味着像"自由自在"一样的东西呢？在过去二十五年里，我真的又多次踏上了喀斯特，背着背包（那儿惟一有这样一个东西的人），提着提包和箱子——为什么我觉得，仿佛手臂总是空着没事似的，仿佛从第一天开始，那个到处与我形影不离的海员背包从我的肩头消失了呢？

我首先想到的答案只有喀斯特风（也许还要加上太阳）。那是一种通常从西南方向刮来的风。它从亚得里亚海边升到高原上来，作为持续不断的、坐着或者站着几乎都感受不到的气流又掠过高原。一进入这样的风里，那个只会在喀斯特几个简直隐蔽的地方才看得到的大海就是一个永不平息的强大想像，远比你真的站在大海边上，或者甚至驾着帆船远远地向外自由自在地划去更加可信，更具感染力。要说脸上能够感觉到盐分的存在，这无疑只是一种幻觉而已。可路边像百里香、鼠尾草、迷迭香等野生草药（全都比我们菜园里的更要坚韧、精细和天然——每片叶子和每个精细部分同样早就成了调料的精华），几乎已经如同非洲的多节薄荷的香包，花白蜡树的花蕊，从树木里浸滴出来的树脂，让人想起一种浓烈饮料的刺柏球（没有陶醉于其中的危险），这些就不是什么幻觉了。这种风不只是因为是从低处的海上刮来的而成为上升气流：它极其柔和地吹拂到你的腋窝下，从而使走道的人觉得是被架着行走的，哪怕他是迎着风走动也罢。不就有古老的海滨民族吗？首先在南方，她们最盛大的节日，就是在一定的时候，再回到被遗忘的高原上，在那里隐秘地为风举行庆典，可谓让风来透露给她们世界规则的秘密。

我也一再把喀斯特风感受为这样一种秘密透露——可是透露什么样的规则呢？到底有没有规则呢？有一次，母亲向我叙述了我降生人世的时刻：虽然我是她继另外两个之后最后一个孩子，可在娘胎里却待过了头，后来再也一动不动了。我终于来到世上了，开始哇哇叫了一声以后，便发出了一声大叫，接生婆为之用了"像一声胜利的号角"来表达。母亲这样叙述，也许是要让我高兴。然而与此同时，我感觉到的是恐惧，仿佛这是在叙述着我的死亡，而不是降生。这里描述的不是我初来到人世的时刻，而是我的末日，令我窒息，感觉就像我在那个号角声中正在被拖到刑场上去似的。实际上，我一再责备母亲生了我。这种责备根本不是我想出来的，而是我随意顺口说出来的，这更多是一种无奈，而不是什么诅咒。有时是因为对手跟踪我，有时是因为冻疮，或者哪怕只是一个倒刺火辣辣地作痛，有时候只要一望出窗外不由自主就这样。母亲把我的哀诉放在心里了，一到这时候，她每次都泪流满面，可是我从来都没有把它完全当回事。在这个正在成长的年轻人身上，有某种坚忍不拔的东西要与厌恶和不满的情绪争个高低，这就是期待的快乐，它自然无声无息，因为它没有对象。感受着喀斯特地貌，他现在领悟到这个对象了，而且他可以告诉自己的母亲了，尽管已经来得太晚了：我喜欢来到这世上。那么喀斯特风呢？我胆敢用这个词：它当年为我举行了洗礼（而今又给我举行洗礼了），直到头发梢上。然而，这样的洗礼风却并没有赋予自己的受洗者一个名称——"不可名状"不也属于"快乐"吗？——而是把名称赋予了小车道上的绿草带、各种树木的响声（声声都不一样）、漂在一洼水面上的鸟羽毛、布满窟窿的岩石、长着玉米的灰岩坑、长着苜蓿的灰岩坑、长着三棵向日葵的灰岩坑：那些圆坑里的事物。从这吹拂中，我所学到的比从最优秀的老师那里还要多：我所有的感知器官同时都变得敏锐了，在表面上彻底杂乱无序中，在远离人烟的荒漠里，它为我展现出了一个接一个的形态，一个清清楚楚地与另一个不同，一个是另一个的补充，我发现连最无用的事物都拥有了价值，并且能够给这些事物一起来命名。要是没有喀斯特风，那么要说起那个无风的克恩滕村庄来，我可能什么都叙述不出来了；我的墓碑上或许就没有连续的碑文了。这不就得出一个规则了吗？

可是那个反向风，也就是那个从北方吹过来的臭名昭著的布拉风[1]是怎么回事呢？它寒冷刺骨无与伦比，呼啸着横扫过这片高地，过后你就再也闻不到芳香了，你的眼睛和耳朵都没用了。一刮起这样的风来，当你在野外什么地方时，就有路向下通到灰岩坑里。灰岩坑坐落在风的下方，喀斯特的野生动物随之也聚集在灰岩坑里，不用相互惧怕了，一只敦实的小鹿旁边就是一只野兔和一群黑野猪。在碗状坑地的圆形地平线上，一棵棵树均匀地向一边倾斜着，而在树下面，高高矮矮的野草几乎一动不动，豆蔓或者马铃薯秧苗几乎毫不晃动。即使当你遭到高原上这种暴风袭击而没有灰岩坑当屏障时，你只需要躲到一道石堤后面，那儿垒着许多这样的石堤，一瞬间便从呼啸的冰冷里沐浴在平静的温泉里。在这屏障里，你要么有的是时间去回想古代那场战役，在两方军队的对峙中，布拉风不是把

---

[1] Burja 或者 Bora（布拉风），亚得里亚海域寒冷强劲的东北风，常见于冬季。

他们的箭和矛分别越过敌方的脑袋带走，就是分别又投射到他们的脚跟前；要么就像在吹拂的西风中欣赏着自然事物的价值一样，有机会去观赏那些人造物，那一道道石堤，以及其中的一个个小木栅门。栅门是由从近旁的灌木丛里剪下来的枝条组成的平行图案，那样细长，那样弯曲，间隔又那样大，从而在这其中，一个栅门、一扇门、一扇大门、一扇小门的原始图像变得可认识了：像大自然为形成水晶需要间隔一样，审视的目光为领悟那一个个原始图像同样如此。即使一条后来消失在草原草丛里和荒漠岩石中的路（整个喀斯特交织着这样迷惑人的目标希望），也并不是任意一条踏出来的小径，而是**那条路**，犹如一座建筑物，因为至少直到绿洲或者灰岩坑使用面积的高度上，它呈现为由边墙、路基坚实的车行道和隆起的中间带清晰地组合而成的三位一体。

这些现象，在外面无人居住的地方独立存在着——在这片高原上，没有哪儿会存在一个偏僻的独门独户——，而在村庄里就连在一起了。恰恰是布拉风把独立的个体聚拢在一起了，并且让你认识到连为一体的自卫能力和美妙。房屋朝北一面石块犬牙交错，墙壁上几乎连个小窗都不留，同时常常像教堂侧墙一般长，弯曲成一条柔和的大弧线来抵御狂风。它如此绝妙地避开了狂风的侵袭。院墙比院内有些无花果树还要高，向上砌成圆形，大理石大门足够一辆王公贵族的马车出入（包括与门第相配的白色路缘石和门弧顶上的 IHS 花押字[1]）。院墙围成一个四方形。你刚刚还被那暴风的呼啸弄得晕头转向，可你一走进去，就像进入一个陈列室，一个汇聚了各种珍品的市场，锯木架与葡萄棚、干树枝束与玉米棒子墙和南瓜堆、藤条车与木栏杆、支撑的敞棚子与劈柴垛子（把你的榛子棒和包着蘑菇的手巾放到院子的长条凳上，它们与这个图像太相配了）相映成趣，相得益彰。喀斯特的房子从外面看是防御堡垒，一个与另一个相互重叠，上面一个个烟囱标志着一户户独立的人家。房子里面显得越发秀美了。喀斯特的房子不需要什么圆筒形穹顶，只是外面随心所欲地隆起来就行了，以防御气候的侵袭。

在那里，我没有在一座房子里看到人们称为艺术品的东西：可是后来为什么几乎每看到一家院落——哪怕只是顺便路过也罢——，我就心花怒放，心旷神怡，犹如在观赏图片展览，而且是最壮观的，是各个神圣时代绝无仅有的珍品呢？为什么一个坐面仅仅容得下小孩子屁股的小板凳却吸引着我郑重其事地坐上去呢？这其中引人注目的是，

---

[1] IHS（希腊语）意思是"耶稣"。

喀斯特人如此众多的器物都再现了这片地貌的主要形式，也就是灰岩坑碗一般的圆形；所有那些可爱的篮子、用过的马车、呈现凹面的坐凳、顶上做成弧形的草靶子似乎无一不崇拜着这片土地上那惟一肥沃的东西，即母亲灰岩坑。教堂里那尊中世纪时期的木制圣母像同样也挺着相应向前隆起的大腹。

　　要是没有喀斯特地区这些托架和工具，我也永远不会去欣赏我的祖先留下的那些东西，既不会去欣赏哥哥留下的果园，也不会去赞叹父亲的屋架和家具。直到这个时候，我总是希望我们这个家能够加上些点缀，不光留一个盲窗，而且还要在里面放上一尊雕像，旁边也许还残留着百年之久的壁画碎片，屋子里挂着装饰壁毯，或者一张罗马拼贴画残迹；哥哥的手风琴放在一个角落里，上面是珠母色按键，在那里闪闪烁烁，成了一件装饰品，而且每隔几年，用油漆滚子给墙壁涂抹出新的图案来，这就是一件不寻常的事情了。总而言之，一提起我们这片平原来，都说她的居民有一个明显的特征，就是实实在在。在他们的意识里，除了有用的东西和最简便朴实的东西外，就什么也没有了。可是现在，我正好在这样的东西里看到了我多么盼望能够找到并且指望从这些添加物和附带物中获得的表现力：父亲的桌子和椅子、窗樘中的十字架和门框一起不仅使这个空间适宜居住，它也弥漫出某种精美和可爱的东西；不仅证明了一双精巧能干的手，而且流传给了后世某种这个在行为举止上常常变化无常，性情暴躁，显得严酷的男子汉惟独能够以这样的方式表达和继续传递的东西，而且这个无非就是全部的他：站在他本人身旁，你会感到拘束和胆怯，而面对他的物品，你就可以舒口气了，并且会从中学到洞察力。所以，我觉得喀斯特大门上的字母 IHS 与年代紧紧地连在一起，由父亲锯好后安在木谷仓的山墙上，当作干草的通风孔。从此以后，我仰望着这个犹如烙刻到那饱经风吹雨淋、在阳光里变得灰暗的厚木板三角形上的图案，就像看到了那个绝无仅有的东西，无论如何只能是艺术品的东西，而且不需要在这座房子上再添加任何装饰了。哥哥果园里那条绿色小道，虽说短得不能再短，可在喀斯特，它汇入一条接纳了北国条条道路的、通向海洋水平线的、端直的喀斯特—中心带，如同水沟入口那儿的石堤一样，哥哥当年修建它是来保护腐殖质层的，此间不过是成了一堆废墟，现在却延伸到那些完整的、匀称的、弧形的喀斯特—原野墙里——仿佛它在自己的阿尔卑斯山王国里仅仅这样沉于地下了，而在海洋附近这儿又露出来了，像第一天一样完好无损，被南方的太阳装扮起来了，就像去参加封顶庆典似的，比之前任何时候都显高贵，仿佛以此要来显露。和中国长城并驾齐驱，也有一条欧洲长城横贯我们这个大陆。

可是，难道可以经久不变地信赖一个地区的事物及其居民的创造物吗？喀斯特那些风平浪静的日子怎么样呢？每个季节都有这样的日子，没有阳光，也没有在无世界空间中的云层形式，而在那光秃秃的地球圆盘上——既没有轮廓，也没有声音，更没有颜色闪烁——，一夜之间，那种生机肯定就灭绝了，你自己就是最后那个恰恰还有一丝气的东西。压抑，与任何别的地方都不一样，它没有局限于苏醒的瞬间，也无法被打鸣的公鸡和后来正午的钟声从数百个城区驱赶出去，因为这些同样都软弱无力（从孤寂的屋子里发出电视机的回响，公共汽车空空地疾驶而去，黑乎乎的扶杆，方向盘前的司机，像早就烧焦了似的，只是还被他们的制服支撑着）。在这样的日子里，没有一个死亡的星球会比这像用骨灰覆盖起来的喀斯特更惨淡。一到这时候，无数的骨架，也就是那些所谓的喀斯特沟田凸显出来了，像刀一样锋利，无法进入。然而，恰恰就是这个情景教给了正好只有一个城市才会教给一个乡民的东西：一种步态。

在家乡土地上走，就是简简单单地把路程置于自己身后，尽可能走直线，考虑到每条捷径，走弯路总是个错误，径直朝着一个目标走去！惟独那些不幸的人，陷入绝望的人才会感受到一种无目的的走：他们就像失去控制一样，突然会疾速越过田野，盲目地冲进树林里，穿过藤蔓丛生的壕沟，不知所措地走到下面的河沟里。一旦什么时候有谁这样无所顾忌地径直奔去时，那你肯定就会担心，他再也不会活着回来了。母亲知道了自己的病情后，就要立刻跑到村外去，实在没有法子，才把她锁在屋里了。她接下来几乎都要把门把手给弄断了。对乡里人来说，散步者的悠闲自得和漫游者的大步奔走都是陌生的，各种专业登山以及潜随捕猎也一样。猎人始终是外乡人。这里只有去干活，进教堂。也许还有顺道上酒馆，再就是回家。两条腿平常不过是运送东西的高跷而已，而身子就僵直地架在它们上面，通常只有在跳舞时，它们才会协调一致。一种引人注目的走并不是一个残疾人或者傻子的走，而是被林肯山村人视为妄自尊大的走。在斯洛文尼亚语里，他们有一个专门词，可以译为"走起路来一阵风"。

　　同样，在喀斯特，一旦风停息了，走也会招来一阵风，并且随着它，那些苦思冥想便悄然走开了。而那个伟大的想法又把我转向外部世界了，没有任何别的东西会让人如此解脱："朋友，你有的是时间。"也正是这有时间，它帮助这个乡里人获得了特别的步态，自然是一种步态，它随着一次次耸肩，挥臂和扭头，进一步指向了周围的人，而目光捕捉不应该针对某个确定的人（就像有时候一个生灵，一个人或者一只动物的特别观望会让你转过身去，寻找那闻所未闻的东西，想必别人这会儿在看着，而且按照他那轻松愉快的神情来推测，这只会是什么令人高兴的东西）。这样一种步态也包括，这个行走的人本身时而不由自主地，却越发自觉地四面环顾，不是出于害怕有跟踪者，而是出于对不停走动的纯粹兴趣，越无目的越好，并且确信同时在自己背后发现了一种形式，哪怕只是柏油路面上的小裂缝也罢。真的，确信找到一种步态，确信是地地道道的步态，并且确信因此成为发现者，这使我觉得喀斯特与另外几个我走过来的自由世界地区形成了鲜明的对比。虽然这"起来，走吧！"也在别的地方经受过考验，无论是在干涸的小溪沟里，还是在大城市通往郊外的公路干线边上，无论在阳光明媚的白天，还是在更有感受漆黑一团的夜晚——可是，没有一次前往喀斯特似乎不是取决于我深信不疑会超越对新鲜空气的深呼吸，感受到新的收获。我对这样一个地区的力量抱以深切的期待，那样坚定不移，因为它每次都重新赋予这个有的是时间的人一个原始图像，一个原始形式，一个事物完美的化身，因此也没有什么缺憾，我或许会把它称作信仰。洗礼风像第一天一样起着作用，而这位行走的人被它拥抱着，始终还感受着自己是个享受现实生活的人。为此，他当然不会无所顾忌地径直奔去，像个过路人一样，而是会放慢速度，转着圈子，走走停停，弯下身子：那一个个发现地往往就在你眼皮底下。他不需要强迫自己那样做。转眼之间，地貌和风就给他分配好了尺度。我意识到有的是时间，在喀斯特从来都没有着急过。只有疲倦时，我才会跑起来，那也是慢慢吞吞地跑。

然而，那些发现物不就是属于一个过去的时代吗？那不就是某种东西最后的遗迹、残余和碎片吗？它不可挽回地失去了，通过这个世界上的任何艺术再也无法拼合在一起了，而惟独这个幼稚的发现者还要为之想像出一种辉煌来。那些想像的原始微粒不就跟钟乳石的情况一模一样吗？它们生长在自己的岩洞里，在闪闪烁烁的烛光里预示为一种宝贝，而后被砸下来，弄到外面光天化日之下，落在强盗手里不过是成了灰色的石土豆，连任何一个塑料杯都不如。不，这是因为，凡是可以找到的东西，都是无法带走的。这里涉及的不是你塞满提包可以带走的东西，而更多是它们的原型。这些原型自我展现。发现者铭刻到他的内心深处，与钟乳石相反，在那里会变得活跃，变得有益，可以传播到任何一个国家里，经久不衰地传播到叙述的王国里。真的，如果说喀斯特的自然和造物是远古存在的话，那么这并不是在"从前"，而是在"开始吧！"这样的意义来说，就像我看到一个石檐槽时，想到的从来都不是"中世纪"，而是"当今！"（天堂般的想法），像在任何地方看到新建筑时一样，那么面对一个灰岩坑时，我也永远不会去感受那史前时期地面突然沉降下去的瞬间，而是从那空荡荡的碗状地形里一再可靠地看到了某种未来的东西升起来了，一团接一团，一种预先形式：你只需将这些东西留住就是了！我迄今没有在任何地方碰到一个像喀斯特这样的地方，它以其所有独立的部分（连同那几辆拖拉机，几家工作和超市一起）使我觉得就是一个可能的未来的雏形。

有一天，我在那里迷路了——常常是有意的，出于好奇，出于好学——，迷入了一片无路可走的荒原上，荒原上茂密的灌木丛和林立的石柱纵横交错。没过多久，我就再也不知道自己到什么地方了。有关这个边境地区，除了保密的军事地图，就没有任何别的详细地图可言了。从那数以百计的村庄里，通常越过田野走几步就是一个，风吹过来的不再是生存信号，既听不到犬吠，也听不到孩子们哭叫（这些都是传得最远的）。我故意而艰难地走了数小时之后，拐来拐去，从许多荒废的灰岩坑旁穿过，红土坑里凸显出巨大的灰白色岩石，原始森林的树从其间冒出来，树梢伸到与这位行者齐脚跟的高度。我现在可以谈论荒芜之地了。我在这片地带里经历了缺水，也包括整体上是什么样儿：无边无际的荒漠，只是由于它的植被看上去是可以开发的。在徐徐的和风里，肯定已经有不熟悉这地方的人给活活地渴死了，耳旁也许到临终都回响着花白蜡树轻柔的飒飒声，而他觉得是一条清澈的山泉在潺潺地流淌，简直是天大的嘲弄。早就再也听不到鸣叫了（本来嘛，仅靠那些村庄边上，只剩下时而一阵声嘶力竭的鸡叫），甚至连蜥蜴或者蛇都不露面了。这时，快到黄昏时分，这个迷路的人站在那里，寻找一条穿过灌木丛的路，十分突然地来到一个和体育场一般大小的巨大碗状灰岩坑前，坑上面周围都被一圈又高又密的原始森林树栅封得严严实实的，只有当你挤过去的时刻，才会发现它。这灰岩坑看上去异常深，也是阶梯的缘故。阶梯镶嵌在石墙上，形成了均匀而缓缓的斜坡。每级梯田上栽的都是不同的果树品种，分别显现出别样的绿色，而最浓郁的绿色闪耀在下面那荒芜的，空荡荡的坑底圆圈里，比一个奥林匹克的泛光灯草坪还要神奇。如果说我迄今在所有那些灰岩坑里至多不过看到一两个人在劳作的话，那么此刻我惊奇地注视着面前这坑里的一大群人：在所有的梯田上，直到坑底下，小块耕地上和果园里同样都有不少人在干活。他们干得慢条斯理，尽善尽美，甚至从他们弯着身子和叉开双腿蹲在那儿的姿态中都散发出优雅的气质来。从那宽阔的圆坑里发出的回响，停留在我的耳旁。那是喀斯特原始的响声，既和谐又轻柔：耙地声。我只看到站立的人，他们要么半遮在树叶里，要么站在梯田葡萄园里，不是把那些显然弯弯曲曲的葡萄藤绑到桩子上，就是在喷洒什么，要么就在那小小的橄榄林里，仅仅可以看见一双双手。从阶梯到阶梯，至少都有一棵树总是另一个品种。在它们下面，甚至长着像桤树和柳树一类河谷低地树木，（我曾经听到一个阿尔卑斯山居民这样说，"这些玩意儿压根儿就不是什么树，而尽是些不成材的东西。云杉或者橡树，那才真的算得上是树啊！"）如此远离流动的水，简直不可思议。我在这里分辨着如此丰富多彩的绿色，从而或许能够给每一种独特的绿色起上一个特殊的名字，它们要是全部连接起来，亲爱的品达罗斯[1]，就会汇聚成另一首"奥林匹克颂歌"！最后的阳光好像要聚集在这灰岩坑里，像在透视镜里一样，线条分明

---

[1] 品达罗斯（约公元前518—前438），古希腊最伟大的抒情诗人，所写颂歌是公元前5世纪希腊合唱抒情诗的高峰。

地勾画和放大出了一个个细节。因此，值得注意的是，没有一道墙和另一道相同：这一道是由两排石头砌成的，而下一道又在这两排之间加上一层土，而那个坐落在坑底圆圈边上真假难辨的岩石堆原来是一处住房，一座田间棚舍，圆锥形，石块向上越来越小，上面是一块地地道道的拱顶石，形状像一个动物脑袋，还有一个檐槽，从中有一条长管子引到下边的雨水桶里。地面上那个洞口并不是什么随随便便的缺口，而是这个"小饭馆"的入口，入口上楣宽如山雕展翅，上面真的刻着一个太阳钟。

这时，有人弯着身子从里面走出来，一个半大小子，手里拿着一本书，挺起身子走到一个男人跟前。而这个观察者又进入了父亲的田间风雨棚里，被包围在那木材气息和夏日炎热中。他从学校直接就去田里找父母，坐在那儿，趴在桌前做自己功课，光着脚，一个角落里放着上面盖有白布的篮子，里面装有熏肉和面包，旁边是果子酒杯，而在另一个角落是荨麻灌木丛，空间里没有穿堂风，可从灌木丛里一再飞起一团团花粉，描绘着那由木头节孔和木板缝线在地面上形成的阳光网，听到外面父母说话的声音，像是从田间两端彼此干着活要相遇了（先是三言两语告知的呼叫，接着就是斗嘴——父亲的诅咒，母亲的嘲笑——最后在地中间一起"吃点心！"）。一个人玩玩牌，听着隆隆的雷声，伸展四肢躺在长条凳上，进入梦乡，被一只黄蜂不断的嗡嗡声吵醒了。随之立刻从天空的云雾里急速地冒出整整一个轰炸机联队来。他吃起一个苹果，上面显现出鲜明的余象，是在树上被树叶遮盖时留下的，苹果把上粘着干瘪的花瓣。他走出棚子，自个儿挺起身子，走到一个成年人，也就是一个男人跟前，深深吸口气，发现这个田间棚舍就是这个世界的中心。这个叙述者向来就坐在这圣像柱大小的洞穴里叙述着。

　　我向下瞧着那空间，它显得那样亲切，于是那样一股力量从深处涌上来了，从而我可以想像出来，即便是巨大的原子弹光也不会伤及这个灰岩坑一根毫毛，爆炸冲击波会越过它而去，辐射也同样如此。在这种预先认识中，我接着看到那些就在我脚跟前，在这片肥沃的碗状土地上劳作的人是人类的残存，经历了灾难之后，他们在这里重新又开始劳作了。真的，在我看来，这块隐藏在死寂的荒漠之中的地方存在着一种经济，一种况且自给自足的经济。而大地在这里始终还滋养着它的居民。这个世界上没有任何东西是彻底失去了；虽然再也没有什么东西大量存在了，然而从每个原始物质和每个原始形式里起码还存在着一种有生命力的样本。由于一切必然的东西既存在于手边，同时又很稀有，因此显现出了起源的美妙。而宝贵的不只是存在于手头的东西，而且也包括一切出现在眼前的东西，无论是谷物还是石头上的蕨类植物——在这里，喀斯特人支持了我这样的幻想，尽管他们向来生活在贫困之中，遭受着一无所有的威胁，可除了玉米棒子、麦穗和葡萄束有数百个名称外，所有那些少得可怜的鸟儿和花儿也同样有许许多多的名称，全都听起来像昵称（无论怎么说既不是"伯劳鸟"，也不是"模仿鸟"，既不是"大戟鸟"，也不是"白头翁"），仿佛要用这许许多多的名称将这个物自身围起来，保护起来。这片沉降于喀斯特地表之下的种植园免受任何敌人侵袭，防原子弹，坐落在自由的天空之下。作为目的地，它的图像至今也没有离开过我，连同从田间石屋里咿咿呀呀那唱颂歌似的半导体收音机声一起。图像？幻想？海市蜃楼？——图像；因为它产生力量了。

虽然我在喀斯特的时间几乎只是走走停停，再继续走，可我从来就没有过通常会感受到是个废物和无所事事的人的内疚。每到一个新地方，那自由的欢欣鼓舞并不是来自什么超脱，我终于明白了，自己是超脱不了的，更多是心心相印。跨上这片高原门槛之后，太阳穴里就搏动起来了，我不是一再默默地说："现在我们来到这儿了！"不是看到单枪匹马的我处在多数之中吗？应该像父亲的日常工作一样，堵住一个洞，缠上一条绳，劈劈松木柴火，有时候为母亲恢复健康做做仪式。那么我也想像着，用我对喀斯特的研究来服务一件事情，也就是说不仅是一件好事情，而且是一件伟大而辉煌的事情。许多动因共同汇聚到一起了：表明自己无愧于祖先，要以我的方式来拯救他们所代表的东西；成为那位老师名副其实的被如此寄予厚望的学生——反正是他惟一的。在与我想像中的对手决斗——奇怪的强迫症——中，令人折服地虚晃一枪；正好通过来到这遥远的荒无人烟之地，忍受着各种各样的困苦，来为自己赢得女人中饱含深情者的爱情——然而，有某种东西超越了这一切，我不妨称之为庆祝狂欢的冲动或兴致。

什么样的狂欢呢？向来信仰梦幻的我，对此的回答就是叙述一个梦。那些同样的旅客一再聚集在一个融班车和悬空缆车为一体的玻璃驾驶舱里，相互之间一句话也不说，共同前往喀斯特这个世界王国。过往的标志是一块闪光的、高高耸立的、蔚蓝色的天空覆盖之下的印第安纳石，每个孩子都可以攀登上去，那儿也是最后一个停车站。这时，我们都到齐了。可是在继续旅行中，看不到这个王国什么东西，惟有这辆车在行驶，路途上如此宁静，仿佛车停着似的。这个旅行团里，人人都保持距离，自成一体，没有成双成对的。虽然我在大街上认识这个或者那个人，有窗口工作人员，有"我的鞋匠"，也有小店铺的女售货员，而且我们平日至少相互都打打招呼，可是上了车，谁都不再认识谁了。我们一动不动地面对面坐在那里，没有目光交流，共同在期待之中。我们总是从一个热闹非凡的、向所有人都开放的车站踏上旅程。这样的启程重复的次数越多，车厢里的灯光就越显得庄重。我们期盼着在旅行的终点，在这个王国的中心感受到一种不会再比之更大的陶醉：共同被接纳到空虚里的幸福。当然，这种情况是永远都不会发生的，我们连接近的可能都没有的。相反，在最后的梦境旅途中，中途上车时我迎来了其中一个旅伴的微笑，他这样向我自我介绍，这同时也表示认识我。相互认识的狂欢：不是陶醉和联合，而是震惊和一致，"狂欢"的动词可以翻译成"坚定不移的渴望"，而狂欢这个地方则可以翻译成"德墨忒尔[1]的国度"或者"河谷低地"，或者"富庶之国"。

实际上，喀斯特是个贫困地区，过往道上也没有奇异的印第安纳石。过了边界好久以后，你才会感受到惊奇，上山时则是另一番情形，不只是风：没有潺潺流动的溪水，甚至连涓涓细流也不再有了；黑油油的松树梢替代了稀疏

---

[1] Demeter（德墨忒尔），希腊宗教崇拜的女神，她是宙斯的配偶，司掌农耕。

的阔叶树冠。相反，褐色的黏土和形状似砖的深灰色页岩
久久地陪伴着你的行程，时而让位于一片险峻而巨大的白
石灰岩，上面的草皮几乎没有巴掌大，再也看不到茂盛的
草地了，一片稀稀拉拉的高山牧场，尽管下方平原离得还
不太远，城市和河流历历在目，甚至连一个机场和一架升
起的喷气式飞机以及士兵们正在蹦蹦跳跳的训练场都看得
清清楚楚。高原上笼罩着一片寂静，仿佛你已经远远地漂
流在无边无际的大海上。起初是麻雀先你飞去，现在又轮
上蝴蝶了。如此寂静，就连一只蝴蝶展开双翅去追逐一片
飘落的花瓣时，你都能听得到它掠过地面的簌簌声。在一
棵松树旁，往年干枯的松球在阳光里沙沙作响，一粒高高
在上，下一粒就在眼前，如此连续不断，一拨接一拨，沙
沙声没完没了，直到太阳落山。而从今年的新松球里同样
持续不断地滴着松脂——路边尘土里深暗的、变得越来越
大的斑点。

　　留在这路途上吧，反正你久久也不会碰到什么人，左
右两边那些神秘的男人就是刺柏丛，它们护送着你，一再
成群结队地簇拥向远方那无生机的热带稀树草原里。几小
时、几天、几年以后，你站在一棵白花绽放的野樱桃树前，
第一朵花上是只蜜蜂，第二朵上是只丸花蜂，第三朵上是
只苍蝇，第四朵上是几只蚂蚁，第五朵上是只甲虫，第六

朵上是只蝴蝶。远处的路上有像水洼一样的东西闪闪发光，原来是一条银色的蛇皮。经过一排排大柴垛，走近仔细一看，全都是伪装起来的武器仓库；经过一个个圆形石堆，它们实际上是通往地下物质储藏库的入口；你用脚一踢，岩石是油毛毡。每走一步，蝗虫就在你面前从中间草丛里飞起。一只死去的、黄黑色的蝾螈在脚前的推车印上微动，几乎让人觉察不到：当你弯下身子时，却发现是一群食尸甲虫拖着尸体移动。第一只大些的动物是只白狐狸，在见过所有那些小生灵以后，一只缠绕在树枝上的睡鼠会使你觉得像一个兄弟。紧接着，你的脸上都会感觉到各个树丛里发出的沙沙声。你的歇息地是一个洞穴，进去时也不需要手电筒，因为从洞穴另一端以及洞顶上方几个孔里透进日光来。在这里，水珠滴在你发热的额头上，一个洞龛里堆着鹌鹑蛋，不是枪弹，而是石球，比在任何一条山涧里都圆滑和明亮。出了洞继续走去时，你把它们拿在手里晃来晃去，它们的气味不同于蝙蝠那臭乎乎的粪堆，你会永远把这气味，把这一排排广泛分支的，黏土似的喀斯特洞穴带进你的房间里。

这时，你可以光着走了。那头野猪，惟一凶悍的黑褐色家伙，它一边咕咕叫着，一边喘息着从右边的矮树丛里钻出来，后面跟着两个兔子大小的崽子，又继续咕咕隆隆地钻进你左边的矮树丛里。它看都不看你一眼。你的两脚踩踏在地上，你的双肩振作起来了，你的眼皮触摸着天空。

到了下一个休息地，寂静中，你听到了一声拖得很长的、预言着不祥的蛙叫：荒漠里一个柔弱而孤独的声音。你会走到近前，来到一片占去了大段路面的水洼旁。水洼清澈见底，上面漂着一根羽毛。在被撕裂成六角形图案的深红色底上，留下了一个个狍子的蹄印和许多鸟儿的足迹，呈箭形，辐射向四面八方，一种需要去破解的楔形文字。你在头顶的天空上看到了类似的东西，在一片小腿肚似的云端里——为我们的卷毛云，有"天空开花了"这样的喀斯特表达，同样像用"大海流动了"来表达我们那不平静的湖一样——，出现了蔚蓝色的一块，形状像你的脚一样。那羽毛会漂动的，那狭长的水洼会在风里缓缓地向前波动，犹如在一片水波粼粼的海浪里一样。伸开四肢躺在水边吧，把你的衣服叠起来当枕头用。你会进入梦乡的。这个沉睡的人一只手塞在蜷在地上的两膝之间，另一只放在耳旁（我们这种被撕裂的眼角，哥哥，就是由倾听所造成的）。在梦里，你听到水洼犹如湖一样，看到那儿的芦苇荡里有一条小舟，拿你的榛条棍当桨划。随之，凭空冒出一条海豚来，背着果实的脊背凹陷成一个灰岩坑。这会是一个恢复精神的短暂睡眠，你会被开始下雨时滴在耳轮上的雨点给唤醒的——再没有更温柔的闹钟了。你立起身来，穿上衣服。你不会脱离这个世界的，而是完全入乡随俗了。真的，这时有一只鸭子从那片热带稀树草原上低飞来到水洼前，轻轻地落下来，在你面前游来游去；一头迷途的奶牛把这水当饮料用。——你一动不动地让雨淋着。你因此显得如此平静，连各种各样的蝴蝶都落在你身上了，一只在膝盖上，另一只在手背上，还有一只遮盖住了你的眉毛。

当你继续穿越喀斯特时，天空又变蓝了（感受"天气"，无非就是依据北方，也就是纳诺山上通常密布的乌云）。这时，树木会顺时针沙沙作响，各有各的特点，而你就会领悟到，为什么听上去尤其清楚和紧迫的橡树呼呼声能够在古代圣贤那里被看做神谕的声音。你会一边听一边记，你写字时的沙沙声会是阳光下最和谐的响声之一。它会把你带回到那数以百计的村庄和城区（喀斯特电影院，喀斯特舞厅，喀斯特的沃利策音乐厅）去。当夜晚到来和天空又阴云密布时，这些村庄和城市在此刻鸦雀无声的荒漠中，从云层这儿和那儿的圆圈形光泽里是可以认出来的。你会在那里受到款待，白面包和喀斯特葡萄酒，还有特别的火腿。你一路上在品尝着它所有的味道，从中间草带的迷迭香越过田边围墙旁的百里香，再到外面热带稀树草原上的刺柏球：你现在不需要更多了。以后，在你的岁月进程中，有一天，你会来到这个地方，在水平线深深的下方，那条沐浴在阳光中的雾带就会是亚得里亚海。你这个熟悉地方情况的人，会在这里分辨出的里雅斯特海湾里的货船和帆船与蒙法尔科内造船厂的吊车、杜伊诺和米拉马尔城堡以及蒂马沃河畔的圣乔瓦尼大教堂的穹顶来。然后，你会在自己脚跟前的灰岩坑底里，在两块岩石之间发现那条实实在在的、多座位的、半是腐烂的小舟连同划桨，并且会不由主地馈赠给它约柜[1]这个名称，因为它是整体不可分割的部分。此时此刻，你是如此地自由自在。

当然，终归有一天，即便是在中心地带走，也会不再可能存在了，或者不会再起作用了。不过到了那个时候，叙述会存在的，并且会重复着走下去！

第一次旅行时，我在喀斯特的路上差不多逗留了两个星期，几乎天天判若两人。我不仅是个寻根问祖的人，而且也是个打短工的、新郎、酒鬼、乡村录事、守尸人。在加布洛维卡，看到了从教堂塔上掉落下来的大钟，斜插在地上，孩子们在上面嬉戏；在思科波，一走出荒漠，吓坏

---

[1] 约柜（BUNDESLADE），犹太教和基督教用语，指在《圣经》时代存放刻有上帝授予摩西十诫的镀金木柜，装饰华丽，里面放着刻有十诫的两块石板。以色列人占领迦南后，约柜安放在示罗。大卫王把它迁到耶路撒冷，最后所罗门王把它安置在圣殿内。约柜最后下落不明。

了那个独自在灰岩坑里耙地的老妪；在普利斯科维卡，在那个惟一工作日不关门的教堂里，描绘了一只爬过祭坛遮帘的黑黄色的黄蜂；在赫路谢维卡一个像喀斯特所有的村庄一样的、没有溪流的村庄里，惊奇地看到了平常只是在桥头上可以看得到的守护圣徒的石雕像；从克门的电影院走出来进入月夜里——比理查·韦德马克[1]刚刚才艰苦穿过的莫哈韦荒漠还明亮和寂静；迷失在康斯坦耶维卡的栗子树林里，那儿生长着喀斯特仅有的高大树木，行走时，过去所有年月里齐踝深的落叶发出刷刷的响声，果壳也嚓嚓作响，这个世界上没有任何响声是可以与之比拟的；穿过特穆尼卡那敞开的大门，从田间小道旁朝外，通往草原和荒漠；在托马耶的斯洛文尼亚诗人斯莱克·柯索维尔[2]逝世的故居前鞠躬致意，几乎还是个孩子时，他就使得自己家乡的松树、石头和宁静的道路唤起了神奇的力量。后来从那里出发——战争结束时，外来帝国王朝的统治结束时，南斯拉夫的时代开启时——进入（"丁零当啷地走进去"）他的首府卢布尔雅那。在那里，他是那个服务员和那个士兵的弟兄，俨然以新时代的示威旅游者自居，并且为了这样的事情，久而久之，也许太温文尔雅了，也过分地取决

---

[1] 理查·韦德马克（Richard Widmark），美国西部片和侦探片电影演员。
[2] 斯莱克·柯索维尔（Srecko Kosovel，1904—1926），斯洛文尼亚著名诗人。

于喀斯特的"宁静"（"tisina"[1]，他的心爱之词），——你就看看他那招风耳吧！——没有过多久，他就离开人世了。

那个印第安女人，她当时接纳了我，而且把我当成邻村过世的铁匠的儿子：我从来没有向她挑明她弄错了。听她打招呼的口气，她也是那样确信不疑，从而让我很高兴被当成另外一个人了。况且我在她面前鼓足勇气，扮演了一个长久在外而返回故里的人的角色。我叙述了自己童年在喀斯特的故事，这位老妪为之又是摇头，又是点头。这样的效果，只有对那闻所未闻却又确实可信的东西的惊讶才会产生。我领会到了编造故事的乐趣。这些故事当然总是从一个确切的细节出发，一定得合乎逻辑，又要轻松愉快：这样的编造是我的一份兴趣。在这里，我终于自由自在了，真的是一气呵成的。

与此同时，我觉得，那个女人是第一个既看透了我，又认准了我的人。对我的父母亲来说，我总是"过分严肃"（母亲）或者"过分不通世故"（父亲）。姐姐无疑在我身上只看到了疯狂的秘密同盟。每次见面，女朋友的一双眼睛常常羞怯得发呆，只有当我终于——我不是总会如愿以偿——发自肺腑含笑注视她时，这羞怯才会缓解下来。有

---

[1] Tisina，斯洛文尼亚语，意思是"宁静"。

一次，全班出去郊游，我突然无缘无故地溜走了，越过田野，钻到灌木丛里去了，离开吧！独自一个人待着！等我回去以后，那位百般体谅的老师以一种不容改变的宣判的口气说："菲利普，这可就是你的不是了。"相反，在那个喀斯特印第安女人那里，这位年轻人第一眼就领受到了信任。她住在名叫利帕（德语的大意是"椴树"）的村庄里。在她家里待了几天以后，这信任变成了一种期待，一种对自己永久的自卑（"我将永远一事无成"）无声无息的反驳：一种释放，既出乎意料，又显而易见；令人鼓舞，让人安心，今天依然如故。也正是她，还在我开口说话之前，就赞扬起我的幽默了。在家里，我常常不让母亲笑出声来，因为这笑声会使我想起像在一帮讲下流笑话的男人堆里，女人们不断发出刺耳的尖叫声。而在同学那里，我被视为扫兴者，这是因为，一到讲笑话的时候，我就惯于在高潮到来的瞬间，要么指着桌面上的一道划痕，要么指着叙述者外套上一枚松动的扣子。惟独那个女朋友，有一次我们单独在一起的时间比较长，她最后也许会惊讶地叫出声来，并且对我用第三人称来说话，就像在两百年前的对话一样："他可真是个有趣的人！"然而，我的女主人无论什么时候，只要她一听到我脱口说出的小小议论，就会对我观察和倾听事物的方式表现出满意的神情。无论她要给我讲解或者示意什么，都显出一副热情奔放兴致勃勃的样子。这样的情形，只有一个演员从自己那完全心领神会的观众身上才会享受得到——照此说来，所谓的幽默无非就是幸福的心领神会了？当然有一次，也就是后来我要动身回家的前夕，我们两个一起坐在餐桌前，我只是一声不吭地朝外望着院子。这时，她告诉了我什么别的东西，相反的东西？附带的东西？她的话似乎让我从内心深处都要流泪了，独一无二，不同凡响，既平静又猛烈，势不可挡地要涌出来。那不仅仅是要流泪，而是要"发怒"，而这恰恰就是我的过人之处。她补充说，有一天，在几乎漆黑一片的利帕教堂里，她偷偷地听了一个男人在吟唱圣经诗篇，他独自一人，身子挺得直直的，声音又轻柔又坚定。尤其特别的是：这位吟唱者同时用十根指头紧紧地按着眼睛。然后当她站起来要向我演示这些时，我们真的为那不在场的第三者而会心地号啕大哭起来了。

有时候，我帮她干活，和她一起把那片小小的家庭灰岩坑。我们从红土地里刨出第一批土豆来，在院子里锯开过冬用的劈柴。我为她起草每天写给在德国的女儿的信，把她的房间粉刷得又白又亮（仿佛她随时都会回到这儿来似的）。我知道在灰岩坑里不刮风，那咸咸的汗水是无法吹干的。像在家里一样，我首先不得不勉强让自己去干每一样体力活，可通常的劲头在其间刚一冒头，我就只想着收工了。比起以往来，我干活的动作也几乎没有麻利多少。然而，由于这位老妪与父亲如此不同，不催不逼我，所以，她给我打开了眼界，让我知道干错了什么。尤其从我要干活的第一刻开始，她告诉了我，我是什么状态和怎样来干。

她让我认识到了，当活儿摆在面前时，我向来都不在场，而常常非得要人家从某个远远的角落里叫过来才是。然而，我的懒惰实际上是害怕失败了。我不只是害怕帮不了别人的忙：更为甚之，我会到处碍手碍脚，帮人家倒忙，让人家事倍功半，如此帮得不是地方，最终让人家一整天，也许甚至整个夏天的辛劳都泡汤了。（在他的作坊里，父亲动不动就朝着我又是咒骂又是吼叫，我刚一抡起锤子，就无声无息地又被打发走了。）凡是我要互相连接的东西，我都是勉勉强强地凑合在一起；凡是我要分开的东西，我都给撕裂了；凡是我要堆整起来的东西，我都是塞来堵去；无论和谁拉锯，我都找不到节奏；递到我手上的瓦片总是接不住；我垛成的柴堆，还没等到我转过身去就垮下来了。即便根本就不用着急，可我总是干什么都操之过急。虽然也许看上去我干得顺顺当当，可是我旁边的人一个动作接着另一个，慢慢悠悠，每次都比我先干完。由于我想同时干一切，所以，每个部分势必都乱了套：我不是什么灵巧的人，而是个生手。我充其量也不过是个抓瞎的能手；凡是别人需要打一个手势的地方，我却如此反复地把我的对象摸索来摸索去，从而不是把它损坏了就是弄碎了；假如我是个小偷的话，那么我就会在最细小的东西上留下无数的指纹。我黯然明白了，从我要使自己有作为的瞬间开始，我就变得目光呆滞了，就什么都不放在眼里，特别是看不到我手头的活儿了。于是我就面对那件分派给我的事情，盲目地晃来晃去，扯来扯去，翻来翻去，走来走去，挥来挥去，直到活儿没有干成，工具也给毁掉了，这也不是什么稀罕的事。而且一提起那想像中的陌生活儿，甚至是大镰刀那轻轻的嗖嗖声和把土豆从箱子倒进车筐时那柔和的辁辘声，我顿时什么都听不见了。想必是听到了，可是再也没有能力去接受那个我最喜爱的响声了，那个从树种到树种各不相同的沙沙声了。就是有了那样容易干的差事——"把奶桶送到奶站去！"，"帮我把床单拉平整！"——，可我只要一听到立刻就喘不过气来，脸涨得通红，张开大嘴喘息，我的身体一下子就散架了，和行走、阅读、学习或者干脆静静地坐在那儿时不一样了；躯干失去了与下身的连接，弯腰不再自如了，不像在采拾蘑菇或者捡起苹果时那样了，而是一种木偶似的弯曲。

首先，在和那个喀斯特印第安女人的合作中，我明白了，只要人家一叫我帮忙，我的问题就开始了，哪怕你有足够的时间去作任何准备也罢。我不是去作准备，而是立刻把手指和胳膊缩到身子上，甚至把脚蜷缩在鞋里，犹如要防卫似的。我在问自己，我对体力活儿的畏惧是不是也来自对父母形象的观察？我不是从小就为父亲那塌陷的胸腔和弯曲的膝盖以及母亲的肥臀而感到抬不起头吗？在学校的最后两年里，面对那些律师、医生、建筑师以及他们的贵夫人，这种羞惭越发升级了。那些家伙统统都人模人样的，尽管他们低三下四地去打听他们的孩子是否学习取得了进步。

　　于是，对于我干活的状况和我的困难来自何处的认识帮助我梳理了自己的操作，直到我对打短工一天比一天兴致大起来。我一边注视着老妪，一边学习在干活时怎样停顿。随之，虽然开始没有头绪，可是一个个交接变得越来越清楚了，我干活的范围，红土和白墙也绽放出色彩了。当我有一次抓着满满一把 terra rossa（红土）往回走的时候，我甚至闻到了它发出的香味。于是命令自己：脱离父亲吧！

　　后来有一天，这个让我有吃有喝的女人招呼我出了村子，领着我去邻近的荒漠里，来到一片少见的喀斯特耕田前，它没有沉降在灰岩坑里。这片田地四周围着低矮的围墙，杂草丛生，然而犁沟的起伏依然清晰可见，地面上闪烁出一片鲜红的色彩。入口用一个木栅栏门封着，旁边的围墙里外有石头台阶，仅供一个人跨越；墙根上开着一个四方孔，路边的雨水可以穿过孔淌到田地里。一到这里，这女人便伸开手臂，一板一眼地说出下面的话："To je vasa njiva！"（"这就是你们家的耕地！"）

我跨过围墙，身子弯到地上，土壤松松软软的，仿佛不久前才刚犁过似的。这块田地狭长，中间微微隆起，后面连着一片果树，棵棵都不一样。是这老妪弄错了呢，还是她有意要取笑我，或者她就是一个疯女人？我第一眼看见她时就这样盘思过。当我朝她转过身去时，她笑了，一副大脸笑容堆得满满的，笑声又轻柔又迷人，像一个非常年轻的姑娘，那是名副其实的笑啊。

不只是那个印第安女人，而在那数以百计的村庄里，人人都把我当作一个老相识或者老相识的儿子。我也只能是这样的人，因为从来就没有陌生人来过喀斯特。像奥德赛常常喝得酩酊大醉一样，那么后来在寻找他的过程中，我，他的儿子，也有一次醉醺醺地躺在地上了。在我们家乡，人们最多不过是喝喝果子酒，而且仅仅是为了解渴。我向来就远离那些酗酒的同学，也不是打那次一起去维也纳旅行之后才这样。当时，他们中有一个在呻吟和窒息中从青年旅馆的架子床上喷射出一股强大而酸臭的洪流，迎头浇在我身上。光是那酒精味、那奇怪的咕嘟声，首先是酗酒者那一瞬间洋相百出的举止就让我感到毛骨悚然了。要说喝酒，我向来不过呷一口而已。可是在喀斯特，在野外，在阳光下，在充满芬芳的和风里，酒对这个二十岁的年轻人来说开始——那个生动的词汇又是什么呢？——对上口味了。他一口接着一口地喝酒，每喝一口都把酒杯放下，而且常常在喝第一口时，他既感觉到与现实存在的亲密联系，又感觉到了平等，就像在两个终于同等晃动着的秤盘上一样。随之，我看得更确切了，梦得敏锐了，认清了各种各样的联系，拥有了一个个按照层次划分得清清楚楚的空间间隔，它们以顺时针方向给我描绘了一个井然有序的世界，我根本不用自己随之旋转。简直不可思议，人们怎么会把"葡萄酒"诽谤成"酒精"呢。

当我独自饮酒时，感觉就是这样。可是大家凑在一起——同伴们真的都去投奔忒勒马科斯——时，我时常就失去了对度的意识。我虽然不酗酒，也不像别人那样常常一口气干光，可是我把酒喝进去，却尝不出它的味道来，尤其想成为那个最终众人皆醉我独醒的人。一天夜晚，鸡已经打鸣了，同伴们个个都喝得不省人事，我一站起来，发现我生来第一次醉酒了。刚走出几步，我就栽倒了。我面朝下趴在草丛里，连一根指头再也无法动起来了。我还从来没有感受过自己与大地如此地亲近。我闻着大地，感到大地就挨着脸颊，听到地下河在深处汹涌澎湃，并且暗暗地笑起来，仿佛我完成了什么事情似的。当人们后来拽着胳膊拖着腿把我弄到屋里时，我也能够把我的成就说出一二来：一辈子都想要独立自主的我终于表现得像我现在这样无依无靠。这个人终于可以服服帖帖地让人帮助了，他曾经暗地里经常如此气急败坏，因此谁也不会赶去帮他的忙——一种解脱。

第二天，我听人家说，他们之前压根儿就没有看出我喝醉了；我不过是"非常严肃和傲慢"而已；两眼"直冒光"；我在向所有人宣告他们实际上是什么货色；最后我就语法发表了演讲，首先是关于斯洛文尼亚语中不存在的"被动式"，因此可以要求斯洛文尼亚民族最终一定要放弃作为"遭受痛苦的民族"而自我哀叹。

在这同样的时间里，我也第一次看到有人死了。我经过一个村子时，险些被一个女人撞翻在地。她从一户人家的大门里冲出来，在街道上打滚，尖声嘶叫着，两膝蜷缩成一团，仿佛处在分娩时的阵痛里。她被抬到一张长凳上，伸展开四肢，脑袋向后耷拉着。我从来都没有听到过像她最后的气息那样深沉和充满哀诉的声音。死者的下嘴唇还蠕动了一会儿，节奏变得越来越慢，就像是为了这样来吸气似的。等到这种蠕动凝固了，在这简直震耳欲聋的无比寂静中，我想像那嘴唇上还书写了什么东西，而这书写的文字现在已经写完了。我觉得，仿佛我认识这个陌生的女人，而且对家属来说，我和他们一起在灵旁守夜也是不言而喻的，尽管后来在不间断地做十字架念珠祷告时，我两眼都睁不开了。死者脸上没有皱纹，然而那干瘪和变形的眼皮上依旧铭刻着一切痛苦。奇怪，面对这个素不相识的死者，我顿时肃然起敬；奇怪，我发誓要无愧于她。

这样一个忠诚的许诺，当时在喀斯特，这个二十岁的年轻人独自当作自己的"婚礼"来庆贺，后来依然如故。事情发生在一个星期天做完礼拜之后，一家旅馆四面围着墙的大院里，一棵枝叶稀少的桑树下。当时，我正好坐在那里饮酒，大大小小一群人身着节日盛装，从大门走进来，看那高兴劲，仿佛"走向和平"的祝福把他们所有人依然紧密地连在一起。孩子们跑来跑去，大人们不间断地相互转过脸去，有一个独腿男子和一个矮小女人使得这场轮舞锦上添花。他们向我这个素不相识的人打招呼，一副友好且不言而喻的神情，男人们个个都脱去礼帽，女人们个个都面带微笑。他们坐在一张长条桌旁，然后桌上需要铺上几条桌布。桌布在高原风里不断鼓起，又随着时间变红，不仅因为酒，而且也因为那些落下来的软桑葚。这一群人虽然爱说爱笑，可是从中并没有突现出一个代言人更高的声音来。我注意到了一个年轻女子，她从头到尾一声不吭，仅仅是个听众，全神贯注，两眼几乎眨也不眨一下。最后，她微微转过脑袋，打量起我。她神情严肃。随之，这个听众变成了一个发言人，而被问话的人就是我。没有微笑，没有撅起嘴唇，惟有一双一动不动地盯着我的眼睛告诉说："你就是。"惊恐之中，我险些向一旁望去。然而，我抵挡住了这目光，镇静下来，并且自己找到了一种类似镇静的严肃，如此强大，仿佛这二十年之久我过的是非人的日子，没有意识，没有灵魂，只是在遇到这双女人的眼睛时才醒悟过来了，才获得新生了。果真如此啊；那举足轻重的事件就发生在这里；我心上之人的容貌就显现在这里！于是，这位年轻人就在一种我们两个独自可以感受到的仪式中嫁给了这个女人，仪式详尽，层次分明，隆重，庄严——"以心对天国!"（sursum corda）——，还有喀斯特阳光和海风陪伴，同时又保持距离，羞怯，没有言语或者姿态，在目光中心心相印，没有证人，除了这儿的叙述，也没有任何证明。面对面，冲动接着冲动，一个人如此接近另一个人，直到你是我，我是你。桑树下一个值得崇敬的人。你就是那个独一无二的女人。从她身上让我感受到了她就是我的心上人。

这些日子里，我也两次看到了失踪的哥哥。在火车站低地里的那天晚上教我认识到了，一个地方常常只有通过相邻的地方——刑讯隧道通过先驱隧道——才会成为完美的化身。于是，我现在避开那些在哥哥的信里提到的喀斯特村庄，相信通过探究所有与它们相邻的地方能够更加清晰地描绘它们。

那些童年的地方，虽然它们的名字我天天听得耳熟能详，可是我始终不过是接近它们而已。它们不也放射出比那些我真的已经走过的地方更加强烈的光芒吗？比如在雅恩费尔德平原东部边缘，有个叫圣卢兹亚的小村庄，除了一座孤零零耸立的教堂，几乎什么都没有，父母亲经常提起那个地方，因为他们是在那里结婚的；我从来没有去过那里，可是我把它的周围都走遍了。由于我感知的圣卢兹亚也许无非森林深处一条耕田边缘的犁沟，或者傍晚教堂的钟声和公鸡鸣叫。因此直到今天，我都觉得，仿佛那里开始了一个新的世界，尽管它距离家乡步行不到个把钟头的路程。后来在一个阳光明媚的时刻，又是在一家旅店前，在那样一个邻村里，我看到哥哥从大门里走进来。我觉得他出现在一个拥挤的人群里，因为教区在庆祝他们的教会日，人们从喀斯特高原四面八方来到这里朝圣。他真的进来了吗？没有，更确切地说，他只是站在那儿，站在大门口，站在门槛上，虽然出出进进的人很多，可是在他周围却形成了一个没有人的空间。伴随着这一时刻，他向我再现了他那个时代，也就是世界大战前那个时代。哥哥比我这个二十岁的后人要年轻，并且刚刚经历了他青年时代的最后一个节日。他穿着那套其间已经传给我的宽领西装，而他的两眼——他两眼望去——在梦想着逃离那些深不可测的洞穴，走向无限的广阔。虽然我一动不动地坐在同伴中间，可是同时觉得，仿佛我站起身来要证实我的存在似的。这个小伙子那一双眼睛黑得不能再黑了，犹如那些在夏日里到处都成熟了的接骨木果球的色彩，也绽放出其生机勃勃的光芒。我们久久地、一动不动地面对面站着，遥远，不可企及，无法搭话，在悲哀、从容、坦然和无望中融为一体。我额头骨上感受到了阳光和微风，观看着黑乎乎的小通道两旁的庆典活动，哥哥的形象就夹在其中，知道自己身在一年的中间。神圣的先人，小伙子殉难者，可爱的小孩。

另一次，那是一张空空的床，它向我叙述了格里高尔。我经常乘坐喀斯特火车，或者也只是在那些如此奇特的火车站停留。那些火车站，一般都远离村庄，坐落在荒郊野外，常常只是通过羊肠小道可以到达，也没有标识牌。一到晚上，有些火车站就笼罩在一片漆黑之中，只能摸索着向前才找得到，最好是叫一个当地人当向导。就在火车要到达之前，尽管我作为独一无二的候车人也不是什么稀罕事，可整个站区自然都亮起来了，显现出一片宽阔，有多种多样的设施，像一座工厂大小，像一个地主庄园雄伟：亮闪闪的碎石，雪松下的喷泉，在发出芳香的浅蓝色紫藤丛中闪烁的房屋立面，徽章似的盲窗。在这里，顶层上也住着人。在下面狭小的办公室里，一个男工作人员坐在闪亮的配电盘前，就像是坐在宇航员座舱里。而在他的头顶上方，一个相关的女人穿过房间过道，从许多窗户前走过。在荒漠的寂静中，一再响起刺耳的电话铃声，最后就是预告的排钟，像发号施令似的维持着秩序。条条轨道几乎全部都深深地开凿到喀斯特岩石里，就像切入峡谷似的。与之相应，火车越来越近的响声，嗒嗒声和隆隆声发出阵阵回响，与地铁隧洞里的回响不相上下。外面荒漠中那强大的铿锵声常常直接伴随着车站里的铃声，听上去，仿佛火车瞬间就会风驰电掣般地从岩洞里钻出来，又消失在许许多多的峡谷弯道里，许久之后又从一个意想不到的方向回响起来，伴随着一艘远洋轮船那间歇重复的洪亮鸣响。你还以为是耳朵听错了，喀斯特这个转动的管风琴终于从后面的漆黑里闪现出来了，在所有音区里又是鸣叫，又是呼啸，又是颤唱，又是轰隆。从车头前面那构成三角形的眼睛里可以看得出来，其中额头上那只在靠近时熄灭了。更加离奇的是一列列急驶而过的货车，那巨大的车厢一片黑乎乎的样子，常常是每个车厢都不一般长，其间也立着一排排未装货物的底架，带着高高耸立的支柱，一排看上去无穷无尽的连合音栓，伴随着强有力的叩击、锤打、啪嗒和敲击，在空旷的地方，留下了一条散发着钢铁气味的拖带，嗡嗡和歌唱，仿佛人类世界是不可战胜的。

　　在这样一个夜晚，我在一个喀斯特火车站里等待着最后一班客车。还要等好久，于是我坐在雪松旁的草地上，又在碎石上走来走去，描绘着候车室桌子上的条纹连同我放在上面的木棍，注视着那个涂成绿色的、缺少管道的铁炉子。外面繁星似锦的天空之下飞动着蝙蝠的影子。一个温暖的夜晚，同往常没有什么两样，紫藤的香味比丁香的柔和。我不禁想起了帝国时期那个计划，那就是把维也纳到的里雅斯特位于斯洛文尼亚的一段铁路线修成地下线，用一条穿越喀斯特溶洞的地下通道连接起来。我走过来走过去，然后经过一个亮灯的地下室窗户。它之前并没有引起我的注意。我弯下身去，望进一间大房子里。里面有一排书墙，一张床，布置得舒舒服服的。床铺得整整齐齐，被子叠着，好像是为使用者准备的。床头灯的一圈亮光照在枕头上。这莫非就是哥哥，那个逃兵哥哥藏身的地方吧！我向后退去，在上层一扇高窗前看到了一个女人的侧影。她悉心照料着他。在她那里，他过得挺自在的。

我看到自己到达目的地了。我本来就没有打算找到哥哥，而是叙述关于他的事情。——另一个记忆攫取了我：在一封前线来信里，格里高尔在一句话里提起了那个传说中的王国，它在我们斯洛文尼亚祖先的语言里叫做"第九王国"，是大家共同追求的目标："要是我们大家失散后有一天又重聚在一起，乘坐上披着节日盛装的四轮单驾轻便车，前往第九王国，参加第九代国王的婚礼——听着吧，上帝，我的请求！"这时，我觉得他那虔诚的愿望可以转换到人世间来实现：文字。就像火车站地下室里那张空空的床一样，我似乎也把外边车站房屋正面的那个寒暑表（是由世纪转折时期一位维也纳光学仪器制造者制作的）、旁边那个三腿木凳子、候车室里的葡萄图案和蟋蟀的啾啾声转换到我们家的屋子里。就这样，我要乘坐的火车越来越近了，蜿蜒穿越过荒野，一阵阵轰隆，又一阵阵减弱，若即若离，突然又爆发，机车头灯的光芒远远地从一条条深谷里预先扫射过来，然后自己出现了。车头最后停下来，所有那些内部小灯勾绘出了一道道细小的轮廓，一个噼噼啪啪、力大无比和童话般的庞然大物。一节节车厢里坐满了从各个城市、从海滨、从国外返回家乡的人，有打鼾的，有猜纵横填字字谜的，也有编织的。

当时在喀斯特，清醒的时刻，无论是夜晚还是白天，是那样明亮，梦幻是那样昏暗。它们把我从那梦寐以求的天堂里驱赶出来，又把我推进地狱里，没有平日的人群，我既是个该死的东西，又是个顽皮的家伙。我害怕睡着了；因为每个梦都关系到我愧疚自己不待在家里，不留在亲人身边。这时，我在那儿始终只看到庄园，从来也看不到一个人。而且庄园是废墟，屋顶塌陷到房子里，花园里荒草丛生，群蛇乱舞。从家人那里，除了他们越来越远的抱怨声，没有任何踪迹。或者就是几个像是融化的冰块留在地面尘土里的痕迹。我一次又一次醒来后，成了一个堕落的人。就连白天的阳光、洗礼风、行走、院里晾晒在我房间窗下的、不禁让人想起渔网里的一堆洋葱都随着时间的推移失去了它们的力量。于是我下定决心，随时随地朝着家乡方向逃去。

　　一路上，我才为自己南斯拉夫之行的最后一站赢回了平静。我乘车前往马堡，或者马里博尔，为的是寻找哥哥的学校。然而，寻找毕竟是没有必要的。从火车里望去，眼前显现出那座山丘，上面坐落着那个我从战前的照片上似曾相识的小教堂。近前一看，也好像二十五年过后，没有一丝一毫的变化：没有什么被毁坏了，也没有增添什么。惟独那个涂得五彩缤纷的大蜂房坍塌了，取而代之的是五颜六色的蜂箱散落在果树之间的草地上。我在这片开阔自由的绿色场地上走来走去，注视着主楼前的扇叶棕榈树，注视着缠绕在一棵杨树上的野葡萄，注视着大片蔓生在一棵鹅耳枥那光滑的树皮上的花体字母。许多字母向上通往一座侧楼大门的台阶（"到了晚上，他就和其他人一起坐在那里"）。我事后希望这样的活动、这样的种植园、这样的完美之地就曾经应该是我的寄宿学校。我攀葡萄山而上——这时，脚跟上的泥土变得越来越厚重了——，觉得需要一再弯下身去，用手抓进泥土里，收集起来，随身带走一些。保存，保存，再保存！在这包含着碎煤块的灰岩山里，我挖出碎煤块来。而且今天，也就是过了二十五年之后，我依然用它们在白纸上画起一道道歪歪斜斜的笔画：你们现在才有用武之地了。

　　小教堂坐落在山丘的一块岩顶上。山下的农业学校如此完好无损——一个个树冠伴随着一片橄榄林的闪烁，灰色的瓦屋顶格外醒目，像一种神秘的文字——，这块小小的圣地是如此荒芜不堪。看样子，仿佛我走进了出现在我那些噩梦中没有屋顶、无人居住的房子里。祭坛石被打碎了；壁画让那些抢占山头的人涂改上了他们的名字（惟独还留下了对圣像柱蓝的想像）。地面上，在十字架下殉难的耶稣的雕像被埋在瓦砾和碎木片里，倒卧在那里，身首分离了，铁丝网取代了荆冠。入口的门槛被树根撕裂了。我并非独自一人待在那里：一个年轻人站到我身旁，两臂交叉在胸前。然后，我听到他只是一个劲地深呼吸。后来还有一队人走进去，看样子，像一群集体出游的人。更加让人意外的是，他们都拐向小教堂，又开两腿列队站在前面。这片废墟博得了他们彻头彻尾不理解的目光，而这位祈祷者又招来了他们同样怀疑的目光。随后继续走去，这目光变成了一个共同的、呆滞的冷笑，与其说是嘲讽，倒不如说是诧异和窘迫。这时，我才从永恒的梦境里被拖出来，我获得了一个清清楚楚的历史图像，无论如何是此时此刻这个地方的图像。在这里，我并不是不要历史，而是要的另一个。我觉得，这个独一无二的凝神的人就是它的化身，就是它的人民，昂首挺立，意识清醒，容光焕发，聚精会神，坚定不移，不可征服，天真单纯，拥有权利。

然后，在外边正墙上，我找到了哥哥的名字。他以无比优雅的字体，用大写字母把名字刻在灰泥面上，那样高，想必他此时是站在墙脚上刻上去的：GREGOR KOBAL（格里高尔·柯巴尔）。这事发生在他离开学校回到敌视他的祖国的前一天。在这个祖国里，等待他的不是一个心上人，而是那种陌生的语言和那场战争，被小伙子们看成是对手。可在这里，经过这些年，他成了小伙子们的朋友。宁静包围了我。草丛里响起下雨的沙沙声，那是蜻蜓的一对翅膀发出的。

夜幕降临时，我站在下面城墙里，站在德拉瓦河大桥上。这条河在东边距我出生的村庄不到百十公里的地方成了另一条河。在家乡，它沉陷于特罗格峡谷里，掩藏在茂密的野生植物下面，河岸几乎难以到达，流水几乎无声无息。而到了马堡这里，便又露出自己的身影了，成了这片平原上远近可以看见的、闪闪发光的动脉，快速地流去，时而一个个的沙湾已经预示着黑海离得不远了。用哥哥的眼睛来看，我觉得它具有王者的风范，就像插满了无数的信号旗一样。那碧波荡漾的水面重现了那空空如也的山间小道，犹如一个个车厢从平行的火车桥上投下的阴影图像，重现了那个隐秘的帝国的盲窗。那些战前的筏子又顺流漂去，一个接着一个。我悠然自在地走在桥上，人群越来越稠密了，人人都匆匆忙忙地走来走去，睁着在风里眯起的眼睛。球形桥灯散射出一片白色光芒。在这座桥上，左右两侧都是穹顶结构。从那时起，我的目光就在世界各地所有的桥上寻求着那样的东西。身后那些接连不断走去的人让我感到脚底下在震动。我用双手紧紧抓住桥栏，直到我把这座桥连同风、夜晚、桥灯和行人一起转换成了我，并且心想着："不，我们不是无家可归。"

第二天，在回家的火车上，人们一下子蜂拥而来，车厢里挤得水泄不通，仿佛这是最后的逃亡机会。（之所以这样说，只是因为之前的车次被取消了。）夹在一堆陌生的躯体之间，犹如没有了手臂和腿脚，连下巴都扭歪了，免得撞上旁人的下巴。我逐渐在心里感到了一种越来越多的愉悦。我挤在这群人里。如此挤成一团，这甚至变成了一种惬意，而且不仅仅是我一个人有这样的感觉：比如我看到一个男人在这种迫不得已的境况中居然找到了读书的空间，一个女人在编织，一个小孩在吃苹果。到达边境之前，独自享有这列车厢，这是悲哀的奢望。

我很高兴，又和奥地利久别重逢了。我感觉到了，就是在喀斯特，我也非常迷恋这中欧的郁郁葱葱。这是我天生就注定的。又从那熟悉的一侧观看着拜岑山，"我们的山"，这也让人心旷神怡。想像着在绕口的外语天地里，首先是在困苦中度过了这些日子后，现在又要被包围在那熟悉的德语里，这就足够了，而且获得了安全感。在从边境车站前往布莱堡市途中，我在那被五彩缤纷的云朵粉饰得绚丽灿烂的夕阳西下的天空上看到了第二个更加深邃的天空。这个天空在灵光中红光四射。而这位行者发誓要与人为善，好像那是他不可分离的部分，没有什么奢求，也没有什么期待，是在自己的祖国充当客人而已的那个人。那一个个树冠拓宽了他承载的肩膀。

刚到达这小城里，这位返回家乡的人就陷入了那社会的喧嚣中。他觉得，就是在他离开的日子里，这个社会也一如既往地运转着，寻求着一个牺牲品。而现在，这个不可理喻的人，这个敌人又回来了！就在过来的途中，他们开着自己的小车超越了他，并且告诉其他人，他靠近了。他们的派遣队化装成夜晚散步的人，在等待着他。那些挂在身上牵狗的皮带实际上是枪背带。他们从街道各个角落传来的口哨和呼叫无非是用来包抄人的。然而，在这一天，他们不会动这个敌手一根毫毛。他注视着他们的眼睛，仿佛他在叙述着这样一个遥远的国度，使得他们不是不由自主地问候他，就是看到别处去，比如朝着那鼠疫灾难纪念碑望去。当他们朝着那些动物转过身去时，这更多是出于担忧，既为了自己，也为那四条腿朋友。

　　事实上，每踏进城里一步，仇恨与厌恶就在我的心里增多。我感到胸腔里热血沸腾，怒火中烧。他们在那儿又是齐头并进，又是迈着趾高气扬的步子，又是小步奔跑，又是慢慢悠悠地漫步，又是吧嗒吧嗒地拖着脚行走。他们在交通车辆的呵护中相互咧嘴对笑。他们的声音不是幸灾乐祸，就是叫苦不迭，或者假装虔诚，驱走了天上的蔚蓝和地上的葱郁。比起这些声音来，树枝的沙沙作响或者木头虫蚕食的响声都显得有灵魂了。他们说出的每句话都是客套话，一句比一句无情，从"停止使用！"到"一首诗等等"。无论是望着或者听着这一切，我都恨不得喷出火焰来烧死他们。这些同代人是彻头彻尾爱干净的人，发型整洁，衣冠楚楚，礼帽和扣眼上别着闪闪发光的徽章，散发出这样或那样的香气来，指甲修剪得尽善尽美，皮鞋锃亮（此时此刻，引人注目的是，他们欢迎的目光最先落在了我那泥迹斑斑的鞋面上）——然而，这整个人流里却充斥着一种简直是有罪的、应该受到惩罚的丑陋和奇形怪状。在我看来，这个中的原因就在于那缺少的目光色彩，它已经被一种冥顽不化的心怀恶意磨灭了。当我思考着这也许不过是我的想像时，就在同一瞬间，有人斜眼瞥了我一下。这目光气急败坏，恨不能把最先遇到的这个人杀死，接着闪着移向下一个人。在这个二十岁的年轻人心里，思考重新开始了。在这群人里，有不少曾经刑讯和杀害他人或者为之至少拍手叫好的人，一如既往地守在自己的圈子里。他们的子子孙孙似乎也会如此忠诚不渝，不假思索地把这传统的东西继承下去。现在，他们作为怀着强烈复仇心理的失败者缓缓走去，厌烦了这简直持续太久的和平时期。诚然，他们一天到晚都在忙忙碌碌，可是，他们的工作并没有为他们带来什么乐趣——他们最多不过是满足于不是把谁送进监牢里，就是向他发出警告——，所以，他们憎恨自己，与现代格格不入。在我的心里，简直就渴望着那一个，真的，我似乎能够回敬的基督徒目光。白痴、傻瓜、疯子，复活这个幽灵队伍吧，只有你们才是故乡的歌颂者。那么后来便是一个动物。由于这个动物的出现是作为小城市所有被追踪的人的化身，它使得我平静下来了，并且为这个乡巴佬在这区区小国的背后展现出了那个最广阔的王国，有草原、海滨和大海。黎明时分，突然有一只野兔出现在城边上，它拐来拐去，穿行在车辆和行人之间，横越过中心广场，谁也没有发现，就又消失了。野兔，被追踪着的徽章动物。

我尾随着它，来到一个下等酒吧里。我所了解的下等酒吧，迄今只是道听途说来的，它因为是酒鬼的聚集地而声名狼藉。在那里，我后来又碰到了来自市民行列的几个人。他们坐在那些堕落和出轨的人之中，像变了个人似的。仿佛他们终于成为平民百姓了，从而放射出善于交往和令人信赖的光彩。他们迫不及待地要叙述，不只是关于战争。在记忆中，我从他们那里听到了一首异常温和的感恩歌和哀歌，关于甜蜜的童年，关于被窃取的青春，看到他们是孤苦伶仃的人，是逃亡者，是被赶出局的人。他们正是那些遭受着身在同类朋党之中折磨的人；他们也正是那些做梦都想得到接纳的人，不是被一个显贵的俱乐部，而是被这个熙熙攘攘的集会接纳。熙熙攘攘？人们也许在七嘴八舌地说这说那，可是我觉得，似乎我听懂了每句话。对我来说，这个烟雾缭绕的洞窟的中心图像就是一个一目了然的秩序的图像。这个秩序是由个体放纵与共同迫切的严肃之间的相互协调来调节的。女服务员去哪儿，哪儿就有座位，厨师的手臂端着菜盘，从蒸汽里伸出来，就像从云里伸出来一样。洗牌时的响声不禁让人想起狗耳朵的抖动声和鸟羽毛的嗖嗖声。滚动着的色子块的响声替代了音乐。只要电话铃一响，个个都抬起头来，期待着去接电话。站在柜台后的女店主睁着一双什么都不会使之吃惊的眼睛。一个农妇进来，在这个环境里显得非常陌生。她把一捆新洗好的衣服放在自己那个趴在桌子上沉睡的儿子一旁，给自己要了一杯烧酒，然后借以慢慢消磨起时间来。我旁边那个人问我是谁，也听到了我的回答。我们肩并肩站着。后面可以看到一片菜园，前面望出去是大街，一辆辆小车嗖嗖地驶过去，一辆未亮灯的公共汽车超越了一辆亮灯的，犹如在一个无名而自由的大都市里。

　　回家之路穿过没有人烟的平原，笼罩在没有月光的星空之下。一如既往，当我久久离家之后，走近村庄时，总是兴奋不已。我的心简直像过节似的。它拉着我走去，仿佛我被这个地方吸住了。然而，我却一再告诫自己的心灵放慢步子。夜晚暖融融的，在这个地方太少有了，惟一的响动就是时而传来的狗叫声。虽然哪儿都再也没有大户农家了，可这狗叫声不由得让人想起宽敞的田园来。繁星撒满天空，甚或连那螺旋星云都清晰可见。一个个独立的画面相互交织在一起，共同展现出一座覆盖地球的宇宙之城。银河呈现为它的交通大动脉，而周围的群星为那条与之相应的机场跑道镶上了亮边。整个城市都作好了迎接的准备。我想像着火星上那座山峰，它几乎比珠穆朗玛峰还高两倍。山坡上的天空家园绵延向四面八方。

　　回到地球上吧：远处显现着林肯山村几扇亮灯的窗户，就像镶嵌在那黑沉沉的同名山脊上一样。仿佛这山脊是一座太古的建筑，如今变成了一片现代化的居住群。到了那个设有奶站的、标志着地界的三岔路口，我庆幸自己身上压着里面装着那两本厚书的海员背包。不然的话，我或许会欢呼雀跃起来。屋顶上，首先是那些饱经风雨沧桑的木屋顶上，闪烁出银色的亮光，屋顶在其中弯曲成了尖塔。那个护路人影影绰绰地站在门房入口。他问候我时，声音颤抖，听起来像是从与世隔绝的远方传来的，也不期待着得到回应，带着清真寺里宣礼的人在尖塔上召唤的腔调。在一个远离公路、坐落在一条果树林荫道尽头的庄园前，一家村民悉数紧紧地挨着坐在一张长凳上，沉浸在相互认同的默契中，犹如那个转化到尘世的夏夜的完美化身。我绕道走到公墓前：没有新添的坟堆（我后来一次次回家时才有，自然每次都少不了）。在回我们家的路上，一个女邻居从我身边走过，一声不吭，半挥起手臂，一个深深地印在心里的无能为力的标志。我再也无法辨清响在我耳际的沙沙声是来自旅店的风扇呢，还是我的热血里。

我们家个个房间里都亮着灯，姐姐坐在外面的长凳上，独自一人。虽然她的目光认出了这位来者，可是她并没有欢迎他的归来。她脸上露出了一种绝望的神色，那样无辜，我开始还把它看做是幸福。然而，我过后觉得才弄明白了，与其说是为弥留之际的母亲而绝望，倒不如说是为那个失去的心上人而哀伤，数十年之久，永世永生："舞伴加哭丧的女人"。这个二十岁的年轻人从来还没有见过一个更美的女人。我想吻去姐姐脸上的悲伤，而此时此刻，出于怜悯，那神秘的东西被激起了，然而，她却无动于衷。

在那棵行道树下，没人采摘，梨子成堆地落在地上烂掉了。我走到窗前，看到父母双双躺在里面小屋的床上。他们紧紧地搂抱在一起，相互侧着身子，男人把一条腿搭在女人腰上。他们翻来滚去，于是我轮番看到了这张和那张面孔。强悍的父亲毕竟表现得力不从心了，最后瘫倒在妻子胸前，把那件他复活节之夜披着的、在教堂地上伸展开四肢朝拜的大衣红红火火地披在肩上。母亲因为对死亡的恐惧而瞪大眼睛，想要靠着丈夫的搂抱继续活下去。——多年之后，在温暖的阳光照耀下，我还在床上那个地方发现了一棵生机勃勃的橡胶树。回想起了当年的痛苦隐秘，才真正地感受到了，并且事先看到了那个时刻，那攀缘蔓生的观赏植物似乎又会屈从于一个弯曲的人性。

无数个夜晚里，我在屋前踱来踱去，直等到我可以进去走到那两个人跟前，我爱他们，因为感谢他们生养了我。——而对接着发生的事情，始终还留在我心里的不是什么别的画面，而是热切和巨大的渴望，我空空的双手、等待着接受父母的目光，永生永世。

　　我常常在叙述中提起数字、年份、公里数、人数和物件数，为此我始终不得不克制自己，仿佛数字与叙述的精魂水火不容。因此，应该再一次说说我那个创作童话的老师。其间，他已经退休了，我偶尔去看望他。他在城外边修了一个花园，里面有一间屋子，他有时甚至在那里过夜，而且那个苍白的历史家面孔变成了栗色的地质学者面孔。他母亲还活着，一个白发老人，尽管我经常去那儿，可我从来还没有见过她；我向来只是听到她透过门与自己的独生儿子说话，不再像以前那样用言语了，而只是用敲击来交流，儿子一边数着敲击声，一边领会着其中的含义。他已经放弃创作童话了，取而代之的似乎就是数数。据说还在童年时期，他就默默地、常常不自觉地、持续地数着数。他当时觉得这是一种病。可是后来，当他独自在尤卡坦的原始森林里探险时，他自觉地发现了数数，数自己的步子，数自己的呼吸节奏是一种生还的手段；数数常常帮助他克服危险，是比任何童话都强有力的符咒，比任何祈祷都管用。现在，年龄大了，他越来越对与日俱增的公众标识和广告图像敏感，觉得自己就安居在数字之中，连那些价格牌和加油站的夜光钟都不例外。那些远古的诗人不就把数字看成了超越一切诀窍的东西吗？数数，它使他变得温和，让他悠然自在和富有秩序，并且悉心照料着他。他因此也摆脱了那个头版头条世界。他神圣的数字就是玛雅人的数字：9 和 13。进屋之前，他要分 9 次把鞋蹭干净；清早起来，他要把自己的枕头抖 13 次；一定要等到有 13 只鸟儿从花园上方飞过，他才出门干活，并且要歇息 9 次；晚上睡觉之前，他要转 9 乘 13 个圈。

这位老人就说到这儿了。——与之相反，在这叙述结束时，即使我今天就死了，我现在看到自己还处在人生的盛期，注视着空白纸上春天的阳光，回响着秋天和冬天，并且写起来：叙述，没有什么更现实的东西比得上你，没有什么更公正的东西比得上你，你是我最神圣的东西。叙述，远方战士的守护女圣徒，我的女主人。叙述，一个个宽敞无比的运输工具，天国之车。叙述的眼睛，映照出我吧，因为惟独你认识我，赏识我。天空的蔚蓝，通过叙述，降临到这低地上吧。叙述，参与的音乐，赦免、恩赐和净化我们吧。叙述，生机勃勃地掷出字母，充溢那词句的联系，组合成文字，以你别开生面的图案表现出我们共同的图案吧。叙述，重现吧，这就是说，重新活跃起来吧。一再推迟一个不许存在的决定吧。盲窗和空空如也的山间小道，愿你们是叙述的激励和透明水印花纹。叙述万岁。叙述一定要长存。叙述的阳光将会永远普照在那只有伴随着生命的最后一息才能够被摧毁的第九王国之上。从叙述王国里被驱逐的人，和你们一起离开那悲伤的本都，返回吧。后来者，当我永远不在这里时，你会在叙述的王国里找到我，在第九王国里。在你那杂草丛生的田间小屋里的叙述者，你怀着地方意识，哪怕你平静得一声不吭，也许沉默数百年之久，倾听着外面，沉浸在内心，可是过后呢，王者，孩子，集中心思，挺直身子，支撑在胳膊肘上，微笑一圈，深深地呼吸，再拿起你那调停一切争端的东西开始吧："……"

文
景

社科新知 文艺新潮

Horizon

去往第九王国

[奥地利] 彼得·汉德克 著

韩瑞祥 主编　韩瑞祥 译

出 品 人：姚映然

责任编辑：陈欢欢

封扉设计：荀冠虹

出　　品：北京世纪文景文化传播有限责任公司
　　　　　（北京朝阳区东土城路8号林达大厦A座4A　100013）

出版发行：上海人民出版社

印　　刷：山东临沂新华印刷物流集团有限责任公司

制　　版：北京大观世纪文化传媒有限公司

开 本：850mm×1168mm　1 / 32

印 张：10　字 数：152,000　插 页：4

2014年5月第1版　2019年11月第3次印刷

定 价：48.00元

ISBN：978-7-208-11514-9 / I·1158

图书在版编目（CIP）数据

去往第九王国 /（奥）汉德克（Handke, P.）著；韩
瑞祥译. —上海：上海人民出版社，2013
　ISBN 978-7-208-11514-9

　I.① 去… II.① 汉… ② 韩… III.① 中篇小说-奥
地利-现代 IV.① I521.45

中国版本图书馆CIP数据核字（2013）第153377号

本书如有印装错误，请致电本社更换 010-52187586

本书出版得到奥地利教育、艺术和文化部所提供之翻译资助

Die Übersetzung wurde gefördert mit Mitteln des Bundesministeriums

für Unterricht, Kunst und Kultur